Stern der Macht
Salomons Fluch

Elvira Zeißler

1. Auflage

Copyright © 2014 Elvira Zeißler
Lektorat: M. Grundmann
Korrektorat: Dr. Andreas Fischer

Covergestaltung: Viktoria Petkau unter Verwendung
von Bildmaterialien von eugenesergeev / fotolia, htt-
ps://www.facebook.com/MrsTheaPhotography

Herstellung und Verlag:
BoD – Books on Demand
In de Tarpen 42
22848 Norderstedt

ISBN: 978-3-7481-8034-0

*Die Deutsche Nationalbibliothek verzeichnet diese
Publikation in der Deutschen Nationalbibliografie;
detaillierte bibliografische Daten sind im Internet
über http://dnb.dnb.de abrufbar.*

*Wenn die Herzensglut entflammt und
Salomons Fluch Rubin mit Saphir auf ewig vereint,
wird aus wahrer Liebe der Stern zur neuen Macht erwachen.*

Was bisher geschah

Nachdem Erin und Daniel die Wahrheit über die hinterhältigen Pläne seiner Ziehmutter Melissa erfahren haben, bieten sie ihr die Stirn. In der darauffolgenden Auseinandersetzung bricht Daniel seinen heiligen Schwur gegenüber Melissa, indem er sich weigert, Erin etwas anzutun. In letzter Sekunde kann Erhard Melissa unschädlich machen und den beiden das Leben retten. Bevor sie das Anwesen verlassen, raunt der Sicherheitschef Erin noch eine geheimnisvolle Botschaft zu: »Ihr müsst das verschollene Amulett der Heilung finden, sonst ist jede Hoffnung verloren.«

Personen- & Stichwortverzeichnis

Erin: Die 17-jährige Protagonistin der Reihe und Trägerin des *Rubin-Amuletts*.

Daniel: Erins große Liebe und Träger des *Saphir-Amuletts*. Daniel ist bei der *Bruderschaft des Lichts* aufgewachsen und der Ziehsohn von deren Anführerin *Melissa*.

Melissa: Die Anführerin der *Bruderschaft des Lichts* und Daniels Ziehmutter. Sie hat schon früh erkannt, dass Daniel der *wahre Träger* des *Saphir-Amuletts* ist, dessen Macht sie für sich beansprucht. Sie hat Daniel seine wahre Herkunft und seine Beziehung zum Amulett verheimlicht, um ihn für ihre Zwecke einsetzen zu können.

Bruderschaft des Lichts: Eine Geheimorganisation, die seit dem frühen Mittelalter nach den fünf *Amuletten der Macht* sucht. Nach außen hin hat die Bruderschaft sich verpflichtet, die Macht der Amulette zum Wohle der Menschheit einzusetzen. Im Laufe der Jahrhunderte hat sie sich jedoch immer mehr von ihrem noblen Ziel abgewandt. Die Führungsspitze der Bruderschaft will die Macht der Amulette nun zum eigenen Vorteil nutzen. Das *Saphir-Amulett* hat sich viele Jahre im Besitz ihrer Anführerin *Melissa* befunden, bis Daniel es an sich genommen hat.

Suchende im Zeichen des Sterns: Die Gegenspieler der *Bruderschaft des Lichts*, die ebenfalls nach der Macht der Amulette trachten.

Erhard: Sicherheitschef der *Bruderschaft des Lichts* und im Geheimen gleichzeitig der *Wächter des Sterns.*

Wächter des Sterns: Die Tradition der Wächter des Sterns geht bis in die Entstehungszeit des *Sterns der Macht* zurück. Es gibt zu jeder Zeit nur einen Wächter, dessen Aufgabe es ist, darüber zu wachen, dass die Macht des Sterns nicht in falsche Hände fällt.

Amulette der Macht: Fünf magische Amulette, von denen jedes seinem Träger eine besondere übernatürliche Gabe verleiht. Sollte es jemandem gelingen, alle fünf Amulette zusammenzubringen und zum *Stern der Macht* zu vereinen, wird dem Besitzer große Macht zuteil, die über die Kräfte der einzelnen Amulette weit hinausgeht.

Rubin-Amulett: Eins der fünf *Amulette der Macht*, das seinem Träger die Fähigkeit verleiht, Gefühle und Stimmungen bei anderen Menschen wahrzunehmen. Das Amulett hat Erin zu seiner *wahren Trägerin* erwählt.

Saphir-Amulett: Eins der fünf *Amulette der Macht*, das seinem Träger die Fähigkeit verleiht, Dinge mit der Kraft der Gedanken zu bewegen (Telekinese). Das Amulett hat Daniel zu seinem *wahren Träger* erwählt.

Diamant-Amulett: Eins der fünf *Amulette der Macht,* auch »Amulett der Heilung« genannt. Es verleiht seinem Träger die Kraft des Lebens und kann fast jede Verletzung und Krankheit heilen. Der *wahre Träger* des Amuletts wird damit beinah unverwundbar und unsterblich. Das Amulett ist seit über 70 Jahren verschollen.

Wahrer Träger: Hat ein Amulett der Macht seinen wahren Träger gefunden, kann dieser die volle Macht des Amuletts nutzen. Besitzt einer ein Amulett der Macht, ohne der wahre Träger zu sein, kann er das Amulett zwar benutzen, es entfaltet aber nicht seine volle Kraft.

Stern der Macht: Wenn es gelingt, alle fünf *Amulette der Macht* zusammenzubringen, können sie zum Stern der Macht vereint werden. Die *Bruderschaft des Lichts* und die *Suchenden im Zeichen des Sterns* trachten beide danach, den Stern zusammenzusetzen und somit seine Macht für ihre Zwecke zu gebrauchen.

Prolog

1940, Aachen

»Bleiben Sie, wo Sie sind!« Panisch presste Dorothee sich an die weißgetünchte Wand des Krankenzimmers.

»Dorothee, Liebling. Ich bin's doch.« Beschwörend streckte Erik die Hand nach ihr aus.

»Ich kenne Sie nicht!«, stammelte die Frau verwirrt und blickte sich verständnislos um. »Wo bin ich? Was ist das?« Ihr Blick blieb an dem dünnen, grünlich karierten Krankenhaushemd hängen, das sie anhatte.

»Dorothee, bitte.« Erik trat vorsichtig näher und streckte seine Hand nach ihr aus. »Es wird alles gut, mein Schatz. Es wird alles wieder gut. Aber jetzt müssen wir von hier verschwinden, hörst du? Wir sind hier nicht sicher.« Er umfasste ihren Oberarm und versuchte, sie mit sich fortzuziehen.

»Lassen Sie mich in Ruhe!«, kreischte sie und ihr wilder Blick blieb schließlich an der Tür hängen. Mit einer Kraft, die er ihrem ausgemergelten Körper niemals zugetraut hätte, riss sie sich von ihm los und sprintete durch die Tür.

Wie betäubt starrte Erik ihr hinterher. Er konnte nicht fassen, was gerade geschehen war.

Eine Krankenschwester kam ins Zimmer gestürzt. »Was ist hier los?«, fragte sie streng. Dann sah sie auf das leere Bett. »Wo ist die Patientin?« Verständnislos schaute sie den Mann an, der noch immer fassungslos verharrte.

»Fort«, murmelte er.

»Was heißt hier fort? Sie kann nicht aufstehen. Sie liegt im Sterben!«

»Jetzt nicht mehr.« Stumpf ging Erik zur Tür.

»Sie können jetzt nicht einfach so gehen!«, rief die Frau ihm hinterher, doch er beachtete sie gar nicht. Fast automatisch tastete seine Hand nach dem verschlungenen Diamant-Amulett, das unter seinem Hemd auf seiner Haut lag. Noch immer konnte er die Nachwärme seiner Wirkung spüren. Und er verstand noch immer nicht, was gerade geschehen war. Er hatte es geschafft. Dorothee war gerettet. Und doch war etwas ganz furchtbar schiefgegangen.

Kapitel 1

Heute, Bergisches Land

Die ganze Autofahrt über konnte Erin ihre Augen einfach nicht von Daniel nehmen. Er hatte sich der tödlichen Kugel in den Weg geworfen, nur um ihr das Leben zu retten.

In der letzten Stunde war so viel vorgefallen, dass ihr Gehirn es noch gar nicht hatte verarbeiten können. Doch allmählich begriff sie, was soeben in Melissas Büro geschehen war.

Sie griff nach Daniels Hand. Um ein Haar hätte sie ihn verloren. Er war bereit gewesen, sich zu opfern, damit sie weiterleben konnte. Und sie konnte noch immer kaum fassen, dass es doch nicht zum tödlichen Schuss gekommen war, dass Erhard noch im letzten Augenblick eingegriffen hatte.

»Wie geht es dir?«, fragte Erin leise.

»Ganz gut, schätze ich«, erwiderte der Mann an ihrer Seite gefasst. »Bis auf die Kopfschmerzen. Doch ein paar Stunden Schlaf dürften das Problem wohl beseitigen. Und dir?«

Sie zuckte unsicher mit den Achseln. »Ich mache mir Sorgen.«

»Das brauchst du nicht.« Beruhigend legte er seine Hand auf die ihre. »Melissa kann dir nichts mehr antun.«

Erin schnaubte freudlos. »Es geht mir doch nicht um mich.« Sie sah ihn besorgt an. »Daniel, du hast deinen Eid gebrochen, als du dich geweigert hast, mich zu töten.«

Daniel presste für einen Moment die Zähne fest aufeinander und schluckte. Doch als er sprach, klang seine Stimme lässig und unbeschwert. Beinahe. »Du siehst doch, dass es mir gut geht«, sagte er aufmunternd. »Keine Angst, ich werde schon nicht gleich tot umfallen.«

»Na, hoffentlich«, brummte Erin, doch sie ließ ihn für den Rest der Fahrt in Ruhe. Sie hatten beide in den letzten Tagen genug durchgemacht, da musste sie mit ihren Ängsten nicht noch mehr düstere Stimmung verbreiten.

»So, da wären wir«, sagte Daniel, als er in der Einfahrt vor Erins Haus hielt. »Du hattest etwas von einem gemütlichen, weichen Bett erzählt«, fügte er lächelnd hinzu und unterdrückte ein Gähnen.

»Na, dann komm, mein müder Krieger«, erwiderte sie scherzhaft. »Den Weg kennst du ja schon.«

»Hallo, Lisa, wir sind wieder da!«, rief sie ihrer großen Schwester zu, als sie die Haustür öffnete.

Die tauchte gerade mit einem dampfenden Becher in der Hand aus der Küche auf und winkte den Neuankömmlingen fröhlich zu. »Ihr seht ja furchtbar aus«, bemerkte sie dann kritisch, als sie ihre Gesichter sah. »Muss eine wilde Party gewesen sein.«

»Du sagst es«, stimmte Erin ihr hastig zu und versuchte, an Lisa vorbei schnell nach oben in ihr Zimmer zu huschen.

Doch ihre Schwester hielt sie am Arm zurück. »So kurz nach einer Gehirnerschütterung solltest du es lieber nicht übertreiben«, ermahnte sie.

»Ja, ich weiß. Deswegen gehen wir jetzt auch ganz brav schlafen«, erwiderte Erin und drängte sich entschieden an ihr vorbei.

»Da schimpfen alle über die Studenten«, murmelte Lisa lächelnd. »Dabei sind die frischgebackenen Abiturienten noch um einiges schlimmer.«

Oben in ihrem Zimmer ließ Erin sich müde aufs Bett fallen. Dann besann sie sich jedoch und rückte ein wenig zur Seite, um für Daniel Platz zu machen. Eng an ihn gekuschelt, schloss sie die Augen und verdrängte entschieden alle Ängste und Zweifel, die in ihrem Hinterkopf lauerten. Während sie seinen ruhigen Atemzügen lauschte, fühlte sie sich plötzlich wie ein ganz gewöhnliches Mädchen, das neben seinem Freund lag. Über diesem glücklichen Gedanken schlief Erin schnell ein.

Das Klingeln ihres Handys riss sie plötzlich aus ihrem Schlummer. Verschlafen tastete Erin in ihrer Hosentasche danach und es dauerte eine Weile, bis sie es aus ihrer engen Jeans gezogen hatte. »Ja, bitte?«, fragte sie, als sie ranging. Fast rechnete sie schon damit, dass der Anrufer bereits aufgelegt hatte. Daher fuhr sie überrascht zurück, als eine Männerstimme ihren Namen sagte. Es dauerte einen Moment, bis sie die Stimme, die ihr vage bekannt vorkam, richtig einordnen konnte – Daniels lange verschollener und nun plötzlich aufgetauchter Vater, der natürlich bei den *Suchenden im Zeichen des Sterns* mitmachte. Als wäre ihr Leben nicht auch so schon kompliziert genug.

»Erin, bist du das?«, wiederholte die Stimme, als das Mädchen nichts erwiderte.

»Ja«, krächzte sie und wischte sich den Schlaf aus den Augen.

»Geht es dir gut?«

»Ja, ich habe nur geschlafen«, murmelte sie.

Neben ihr regte sich Daniel. Auch er schien nur mühsam aus dem Tiefschlaf zu erwachen. »Wer ist dran?«, fragte er und rieb sich die Stirn.

»Dein Vater«, erwiderte sie.

»Was will er?«

»Keine Ahnung.« Erin zuckte mit den Schultern.

»Erin, bist du noch dran?«, drang die Stimme aus dem Hörer zu ihr.

»Ja. Was wollen Sie?«

»Wir haben auf euch gewartet.« Der Mann am anderen Ende der Leitung klang überrascht. »Aber ihr habt euch nicht gemeldet. Da dachte ich, ich rufe mal an und frage, ob alles in Ordnung ist.«

»Ach so …« Erin verstummte unschlüssig. Es stimmte, sie hatten versprochen, sich zu melden. Aber nur, weil sie der Großmeister der *Suchenden* sonst bestimmt nicht hätte gehen lassen. Sie hatte ja nicht wirklich vorgehabt, dem Anführer des Geheimbunds, der bloß nach der Macht des Sterns trachtete, um sie für seine Zwecke einzusetzen, einen Besuch abzustatten. Wenigstens nicht so bald.

Aber das konnte sie Daniels Vater ja nicht so offen sagen. Ihm zumindest ging es wirklich nur um seinen Sohn. Und aus irgendeinem Grund wollte oder konnte er nicht sehen, dass er bloß als Köder dienen sollte, um Daniel und damit auch Erin in die Fänge des Großmeisters zu locken.

»Also …«, machte das Mädchen wieder einen Versuch, aber sie wusste einfach nicht, was sie sagen sollte. Sie fluchte innerlich. Sie hasste es, aus dem Schlaf gerissen zu werden und sofort eine geniale Ausrede parat haben zu müssen.

»Gib ihn mir mal.« Sanft nahm Daniel ihr das Handy aus der Hand. »Hallo, Vater«, sagte er vorsichtig. Das Wort kam nur zögernd über seine Lippen, da es noch viel zu neu für ihn war. »Ich weiß, wir hatten gesagt, wir würden heute wiederkommen. Aber es war einfach zu viel für uns gewesen. Erin und ich sind noch beide wie erschlagen. Ich hoffe, ihr versteht das. Wir würden einfach gern mal in Ruhe ausschlafen. Okay?«

»Natürlich«, kam es unentschlossen aus dem Hörer.

»Gut, wir melden uns dann«, sagte Daniel und beendete das Gespräch. »Zumindest für heute hätten wir dann Ruhe«, murmelte er und rieb sich müde über das Gesicht.

»Sind deine Kopfschmerzen nicht besser geworden?«, fragte Erin mitfühlend und legte ihm ihre Hand auf die Stirn.

»Nicht wirklich«, murmelte er.

»Vielleicht kann ich was versuchen«, schlug sie zögernd vor.

»Was denn?«

»Ich könnte versuchen, deinen Schmerz zu lindern.«

»Und wie?«

»Ich weiß nicht, wie ich das erklären soll. Aber manchmal, wenn ich deine Gefühle lese, habe ich den Eindruck, dass ich sie auch irgendwie ... ich weiß nicht, vielleicht beeinflussen könnte.« Sie sah ihn fragend an. »Wenn du willst, kann ich versuchen, deinen Schmerz wegzunehmen.«

»Ist schon gut«, wehrte Daniel sanft ab. »Es ist nicht so schlimm.«

Sein Lächeln sollte vermutlich beruhigend wirken, doch Erin kam es vor, als würde er sie damit mit Absicht auf Distanz halten, irgendetwas vor ihr verbergen wollen.

»Ich würde es trotzdem gern probieren«, beharrte sie. »Sieh es doch einfach als Training für meine Fähigkeiten.«

»Ich weiß nicht«, sagte er zögernd und Erin sah einen eigenartigen Ausdruck über sein Gesicht huschen. War es Sorge oder sogar Angst?

»Ach, komm schon«, sagte sie lockerer, als sie sich fühlte, und griff nach seiner Hand, um den Ring, der ihn gegen die Kraft ihres Amuletts abschirmte, von seinem Finger zu ziehen.

Daniel wehrte sich nicht, doch es lag eine merkwürdige Anspannung in dem Blick, mit dem er sie musterte.

Sie umklammerte seinen Ring in ihrer Hand und schloss die Augen in der Erwartung von Daniels Emotionen, die sie nun umhüllen müssten. Sie hatte schon die Gefühle von vielen Menschen gespürt, doch in Daniels Herz schauen zu können, war für sie stets unvergleichlich. Seine Liebe umspielte sie wie ein warmer Sommerwind oder wie Sonnenschein auf der Haut. In diesen Augenblicken fühlte sie sich so geliebt, geborgen und beschützt, dass Worte es nicht auszudrücken vermochten.

Doch dieses Mal blieb das rotgoldene Glühen seines Herzens aus. Irritiert öffnete Erin die Augen.

»Was ist los?«, fragte Daniel nervös.

»Ich spüre nichts«, erwiderte sie fassungslos. »Es ist, als hättest du den Ring noch immer an.«

»Hab ich aber nicht«, erwiderte er abwehrend und hielt wie zum Beweis beide Hände hoch.

»Ich weiß.« Erin schloss noch einmal die Augen und umfasste mit der linken Hand ihr Amulett, das an einer dünnen Silberkette um ihren Hals hing. Normalerweise half das, um ihre Kräfte besser fokussieren zu können. »Nichts«, flüsterte sie verwirrt. Dann schloss sie noch einmal die Augen und sandte ihren Geist nach ihrer Schwester aus. Sofort spürte sie die vertraute Präsenz von Lisas Gefühlen – eine Mischung aus Ehrgeiz, Geschäftigkeit und Frust, die sie beim Lernen meist an den Tag legte.

»Ich kann Lisa problemlos spüren«, sagte sie nachdenklich. »Es liegt also nicht an mir.«

»Wie meinst du das?«, fragte Daniel alarmiert und

Erin musterte ihn scharf. Er verbarg definitiv etwas vor ihr.

»Gestern hatte ich noch keine Probleme damit«, sagte Erin und runzelte konzentriert die Stirn. Etwas musste seitdem vorgefallen sein, etwas, das Daniels Herz nun vor ihr abschirmte. »Das Amulett!«, erkannte sie plötzlich. »Dein Amulett schützt jetzt dich, so wie meins mich schützt.« Sie lächelte erleichtert.

»Bist du sicher?«

Erin zuckte mit den Schultern. »Das lässt sich ja ganz schnell überprüfen.« Sie griff nach der Kette um seinen Hals. »Darf ich?«

Er nickte.

Vorsichtig zog Erin ihm die Kette samt Anhänger über den Kopf. Das Amulett sah genauso aus wie ihres, nur dass es bei ihr mit Rubinen besetzt war, während das seine Saphire enthielt.

Sie hatte ihm die Kette kaum abgenommen, als ein so starker Schmerz sie durchbohrte, dass sie das Amulett vor Schreck fallen ließ. Sie fasste sich mit beiden Händen an den Kopf, da sie Angst hatte, er würde in tausend Stücke zerspringen, wenn sie ihn nicht festhielt. Es fühlte sich an, als würde sich ein glühender Speer in ihren Kopf bohren und jeden Gedanken unerträglich machen. Sie atmete keuchend und sah zu Daniel hinüber.

Totenblass und mit weit aufgerissenen Augen tastete er auf dem Bett nach seinem Anhänger. Als seine Finger sich endlich darum schlossen, war es Erin, als wäre plötzlich eine Schleuse zugegangen. Sie ächzte erleichtert, doch es dauerte noch eine Weile, bis sie wieder ganz zu sich kam. Ihr Atem ging stoßweise und ihre Sinne waren noch immer wie benebelt, obwohl sie nun keinerlei Schmerz mehr verspürte.

Besorgt sah Erin Daniel an, der sich auch nur langsam zu erholen schien. Er war noch immer bleich und kalter Schweiß stand ihm auf der Stirn, doch immerhin atmete er wieder normal und seine Pupillen waren nicht mehr unnatürlich geweitet.

»Nicht weiter schlimm?«, fragte sie schockiert und schaute ihn ungläubig an.

»Ich habe keine Ahnung, was das eben war«, erwiderte Daniel verwirrt. »Der Schmerz kam erst, als du das Amulett entfernt hast.«

»Und jetzt ist er wieder weg?«, vergewisserte Erin sich.

»Beinahe. Es ist nur ein leichtes Pochen, definitiv nicht mit dem anderen zu vergleichen.« Er versuchte ein Lächeln. »Noch ein paar Stunden Schlaf und ich bin wieder wie neu.«

»Das glaube ich nicht«, flüsterte Erin tonlos. Ihr war, als wäre ihr schlimmster Alptraum plötzlich wahr geworden. Das, wovor sie sich insgeheim gefürchtet hatte, seit Daniel ihr das erste Mal von seinem Eid gegenüber der *Bruderschaft des Lichts* erzählt hatte, schien grausame Realität zu werden. Dem Eid, der durch den Stern der Macht gebunden war und nicht gebrochen werden durfte. Dem Eid, den er gebrochen hatte, als er sich geweigert hatte, sie, Erin, auf Befehl seiner Ziehmutter zu töten.

»Wie meinst du das?«, fragte Daniel und in seinen Augen sah sie, dass er die Wahrheit schon längst kannte.

»Du hast gewusst, dass es passieren würde, nicht wahr?«, schluchzte sie auf und warf sich an seine Brust. »Du hast es gewusst und den Eid dennoch gebrochen.« Tränen kullerten ihr aus den Augen und sie klammerte sich an ihm fest.

»Ich kannte das Risiko«, sagte er leise. »Ich wusste nicht genau, was passieren würde, aber es war mir klar, dass ich die Konsequenzen würde tragen müssen.«

»Es ist meine Schuld«, sagte Erin plötzlich mit tränenerstickter Stimme und rückte ein Stück von ihm ab. »Es ist ganz allein meine Schuld«, wiederholte sie leise und schlug sich verzweifelt die Hand vor den Mund.

»Nein«, sagte Daniel mit einer wehmütigen Mischung aus Traurigkeit und Zärtlichkeit in seinem Tonfall. » Es war meine Entscheidung. Und ich würde es immer wieder so machen. Ich habe versprochen, dich zu beschützen, und das werde ich bis zu meinem letzten Atemzug tun.«

»Nein! So leicht kommst du mir nicht davon!«, rief Erin entgeistert und sprang auf. Immer wieder schüttelte sie ungläubig den Kopf und Tränen rannen ihr ungehindert über die Wangen.

»Es gibt nichts, was wir noch tun können«, erwiderte Daniel gefasst.

Sie sah ihn an, als hätte er den Verstand verloren. »Nein! So einfach gebe ich nicht auf. Es geht hier schließlich um dein Leben!«, schleuderte sie ihm anklagend entgegen.

»Meinst du, ich wüsste das nicht?«, schnappte Daniel zurück. »Meinst du, mir macht es Spaß, hier zu sitzen und zu wissen, dass ich in ein paar Tagen sterben werde? Zudem vermutlich sehr qualvoll?« Er vergrub sein Gesicht in den Händen und atmete tief durch. Dann streckte er seinen Arm nach ihr aus. »Bitte, lass uns die letzten Tage, die uns noch bleiben, nicht mit Streiten verschwenden.«

»Es tut mir leid«, flüsterte Erin leise und setzte sich wieder neben ihn auf das Bett. »Es ist nur, dass ich den Gedanken nicht ertragen kann, dich zu verlieren«, sagte sie und drückte ihn fest an sich.

»Ich verstehe das einfach nicht«, flüsterte sie nach einer Weile. »Du hast mir mal erzählt, dass Andere, die den Eid gebrochen hatten, sich selbst das Leben genommen hätten. Das passt doch nicht zusammen.«

Daniel sah sie lange und nachdenklich an. »Ich hätte nie gedacht, dass ich das je sagen würde«, gestand er ihr schließlich. »Aber nach dem, was ich gerade erlebt habe, kann ich die Leute verstehen.«

»Wie meinst du das?«

Er senkte den Blick. »Ich kann die Verlockung eines schnellen Todes verstehen, wenn die Alternative aus purer Agonie besteht.«

Erin schluchzte wieder laut auf. »Aber dein Amulett, es schützt dich doch«, fiel es ihr plötzlich hoffnungsvoll ein.

»Ich glaube, es lindert den Schmerz, verschafft mir

vielleicht mehr Zeit. Aber wir sollten lieber nicht zu viel Hoffnung darauf setzen.«

»Hoffnung«, wiederholte Erin langsam. »*Sucht das Amulett der Heilung, sonst ist alle Hoffnung verloren*«, murmelte sie. »Das hatte mir Erhard gesagt, als wir Melissas Büro verließen.«

»Wirklich?« Überrascht sah Daniel sie an. »Ich habe nichts gehört.«

»Nun, er hat es vielleicht nicht direkt *gesagt*«, korrigierte Erin sich. »Die Worte waren vielmehr auf einmal irgendwie in meinem Kopf.«

»Du meinst, er könnte etwas wissen?«, fragte Daniel, während er versuchte, sich seine Aufregung und Erleichterung nicht zu sehr anmerken zu lassen.

»Einen Versuch ist es wert«, erwiderte Erin hoffnungsvoll. »Immerhin ist er der Wächter des Sterns, wenn jemand etwas weiß, dann doch er.«

»Das lässt sich schnell herausfinden«, sagte Daniel mit einem Lächeln und holte sein Smartphone hervor. »Hallo, Erhard«, sagte er, als der Mann am anderen Ende der Leitung sich meldete.

»Daniel, geht es dir gut?« Echte Sorge klang in der Stimme des Sicherheitschefs der *Bruderschaft*.

»Den Umständen entsprechend. Darüber müssen wir dringend mit dir reden. Persönlich.«

Der Mann am anderen Ende schwieg.

»Erhard, bist du noch dran?«, fragte Daniel nervös.

»Dann ist es also wahr«, flüsterte der Sicherheitschef schließlich. »Ich hatte gehofft, dass es nicht so weit kommen würde.«

Daniel schnaubte freudlos. »Glaub mir, ich auch.«

»Also gut. Wir treffen uns in einer halben Stunde in dem kleinen Café in der Fußgängerzone. Du weißt schon, das mit dem Klavier auf dem Schild.«

»Das Piano, ja«, bestätigte Daniel. »In einer halben Stunde sind wir da.« Er legte auf. »Wir sollten uns lieber direkt auf den Weg machen«, sagte er dann zu Erin. »Ich möchte keine Zeit verlieren.«

»Mir geht es ebenso«, gab sie leise zurück und küsste ihn zärtlich auf die Stirn.

Als sie nach unten gingen, schaute Lisa durch die offene Tür kurz aus der Küche heraus, wo sie, über ihre Bücher gebeugt, saß. »Alles in Ordnung?«, fragte sie Erin vorsichtig. »Es hörte sich an, als hättet ihr euch vorhin gestritten.«

»Alles bestens«, erwiderte Erin schnell und lächelte tapfer, dann wandte sie rasch ihren Blick ab. Ihr Leben war noch nie so weit von »in Ordnung« entfernt gewesen wie in diesem Augenblick. »Wir gehen bummeln«, fügte sie hinzu, nahm Daniel an der Hand und zog ihn aus dem Haus.

Obwohl sie fünf Minuten zu früh waren, wartete Erhard bereits bei einer Tasse Kaffee auf sie. »Wie geht es dir?«, fragte er Daniel ohne Umschweife und musterte aufmerksam den jungen Mann.

»Ganz gut.« Daniel zuckte mit den Achseln. »Ich habe nur etwas Kopfschmerzen.«

»Das sehe ich«, kommentierte Erhard nachdenklich. »Erstaunlich.«

»Was ist erstaunlich?«, fragte Erin besorgt. Sie konnte auf weitere Überraschungen getrost verzichten.

»Dass Daniel noch aufrecht stehen kann«, erklärte Erhard. »Wann hast du Melissa den Gehorsam verweigert? Vor ungefähr sechs bis sieben Stunden?«

Daniel nickte.

»Nach allem, was ich weiß, müsstest du nun in einem Zustand sein, der einem mittelstarken Migräneanfall ähnlich ist. Auf keinen Fall dürftest du in der Lage sein, munter umherzulaufen oder gar Auto zu fahren.«

»Dann hat sein Zustand vielleicht doch nichts mit dem blöden Schwur zu tun?«, fragte Erin hoffnungsvoll, doch Erhard schüttelte bedauernd den Kopf.

»Es ist das Amulett«, sagte Daniel leise. »Es schützt mich vor dem Schmerz, zumindest weitestgehend.«

»Interessant«, murmelte der ältere Mann fasziniert. »Ein Amulett der Macht gegen Salomons Fluch. Ich würde zu gern wissen, was stärker ist.«

»Salomons Fluch? Was?« Entgeistert starrte Erin ihn an. »Können wir hier bitte mal die ganze Geschichte erfahren?« In diesem Augenblick kam eine Bedienung herbeigeschlendert und wollte ihre Bestellung aufnehmen. »Nicht jetzt!«, schnappte Erin und scheuchte das Mädchen energisch fort. »Wieso denn nun auch noch ein Fluch?«, fragte sie jämmerlich. Als hätten sie nicht schon genug Schwierigkeiten.

»Nicht *noch* ein Fluch«, beruhigte Erhard sie mit einem leichten Lächeln. »Es ist der Fluch, der den Schwur bindet.«

»Aber ich dachte, dass es *die zweifache Kraft des Diamanten* wäre, was auch immer das bedeuten soll. Immerhin lautet so doch die Formel.«

Erhard atmete tief durch. »Ich glaube, ich muss weiter vorne anfangen.«

Erin und Daniel nickten gespannt.

»Also, wie ihr wisst, hatte Salomon vier der fünf Amulette besessen. Und natürlich hatte auch er Angst, dass er eines Tages verraten werden könnte. Daher ließ er den Magier, der den Stern erschaffen hatte, einen Eid ersinnen, der mit einem Fluch belegt worden war. Durch den Fluch sollte die zweifache Kraft des Diamant-Amuletts heraufbeschworen werden.«

»Und was ist diese zweifache Kraft?«, sagte Daniel. »Das habe ich mich schon immer gefragt.«

»Die Kraft jedes Amulettes hat zwei Seiten, so wie alles in unserem Universum zwei Seiten besitzt. Nur der wahre Träger kann sie jedoch erkennen und für sich nutzen. Bei dem Amulett der Heilung sind die beiden Seiten selbst für Uneingeweihte offensichtlich.«

»Leben und Tod«, flüsterte Daniel, als er es verstand.

»Genau.« Erhard nickte bestätigend. »Sollte jemand den Treueschwur brechen, so würde er die tödliche Seite zu spüren bekommen. Das ist der Fluch des Salomon.«

»Ich verstehe es immer noch nicht. Wenn der Fluch töten soll, wieso lebt Daniel noch?« Verwirrt runzelte Erin die Stirn.

»Salomon wurde nicht umsonst *der Weise* genannt. Wenn jeder Verräter sofort sterben würde, hätte der König nie erfahren können, worum es demjenigen gegangen war. Außerdem war er wohl der Ansicht gewesen, dass jeder eine zweite Chance verdiente.«

»Eine zweite Chance?« Gespannt beugte Daniel sich vor. Und auch Erin sah Erhard erwartungsvoll an. Endlich mal etwas, das vielversprechend klang.

»Ja. Der Fluch sollte den Verräter an der Ausführung seiner Absichten hindern, ihn außer Gefecht setzen. Und er sollte mit jedem Tag, der verging, an Stärke zunehmen. Bis derjenige sein Vergehen wieder wettmachte und den Treueschwur erneuerte oder starb.« Erhard verstummte.

Daniel atmete hörbar aus. »Ich kann weder den Schwur erneuern noch mein *Vergehen*, wenn man es denn so nennen will, wiedergutmachen. Melissa ist tot.«

»Das stimmt«, erwiderte Erhard nachdenklich. »Und dennoch könnte es eine Möglichkeit geben.«

»Das Amulett der Heilung?«, fragte Erin skeptisch.

»Ja. Das ist die einzige Hoffnung, die Daniel noch bleibt.«

»Aber das ist seit über siebzig Jahren verschwunden. Niemand weiß, wo es ist.« Die Aufregung war wieder aus Daniels Zügen gewichen und sein Gesicht glich erneut einer gefassten Maske.

Erins Herz sank. »Wie sollen wir es dann finden?«

Erhard zuckte mit den Achseln. »Ich weiß es nicht. Ich weiß nur, dass es eure einzige Chance ist.«

»Wie lange?«, fragte Daniel seltsam unbeteiligt.

»Wie lange was?«, fragte der Mann zurück.

»Wie lange habe ich noch?«

»Schwer zu sagen«, erwiderte er nachdenklich. »Normalerweise trat der Tod innerhalb von fünf bis sieben Tagen ein. In deinem Fall aber … Zwei Wochen vielleicht, maximal drei.«

»Das ist nicht fair!«, rief Erin verzweifelt aus. »Sie haben Melissa getötet und sitzen hier nun quietschvergnügt vor uns. Daniel hat ihr nichts getan und nun muss er sterben?!« Ihre Stimme überschlug sich.

»Mir konnte der Eid nichts anhaben, weil ich dem Schutz des Sterns verpflichtet bin. Dieser Treueeid wiegt noch um einiges schwerer.«

»Aber das ist es doch!« Erin war bereit, sich an jeden Strohhalm zu klammern. »Wieso kann Daniel nicht einfach auch diesen Eid leisten? Dann wäre er doch auch geschützt.«

»So funktioniert das leider nicht«, sagte Erhard bedauernd. »Als er Melissas Befehl missachtet hat, hat er den Fluch des Salomon heraufbeschworen. Und damit womöglich noch ganz andere Ereignisse in Gang gesetzt.«

»Du meinst doch nicht etwa diese alberne Prophezeiung?«, warf Daniel ein. Er hatte sich zurückgelehnt und die Arme abwehrend vor der Brust verschränkt.

Besorgt sah Erin ihn an. Sein Gesicht hatte nun wieder diesen betont gleichgültigen Ausdruck angenommen, hinter dem er schon den ganzen Tag seine Gefühle versteckte.

»Die Prophezeiung ist nicht albern«, erwiderte Erhard tadelnd. »Sollte der Stern tatsächlich zusammengefügt werden, würde er die größte Macht seit Menschengedenken darstellen.«

»Und was hat das mit uns zu tun?«, fragte Daniel und auch Erin sah den Wächter des Sterns verständnislos an.

»Ihr seid die wahren Träger zweier Amulette der Macht. Damit tragt ihr auch eine gewaltige Verantwortung. Ihr dürft nicht zulassen, dass der Stern in die falschen Hände gerät.«

Wütend und ungläubig funkelte Erin den Wächter an. »Hier geht es um Daniels Leben, nicht um Ihren blöden Stern!«

»Vier der fünf Amulette sind bereits im Spiel. Der Wettlauf um das letzte hat begonnen. Findet es, bevor es die Anderen tun, und Daniel wird leben. Wenn ihr versagt, wird vermutlich nicht nur er sterben.«

»Dann kommen Sie doch mit«, sagte Erin herausfordernd. »Mit Ihrem Wissen hätten wir bestimmt eine höhere Chance.«

»Ich muss mich um die Dinge hier vor Ort kümmern und außerdem weiß ich nicht, wo sich das Amulett befinden könnte.«

»Auch gut«, erwiderte Erin viel tapferer, als sie sich fühlte. »Wenn Sie uns nicht helfen können, sollten wir hier nicht länger unsere Zeit verschwenden. Lass uns gehen«, sagte sie zu Daniel und erhob sich.

»Was hast du vor?«, fragte Erhard neugierig.

»Daniels Leben retten«, erwiderte sie knapp.

Kapitel 2

Während sie nach Hause fuhren, hüllte Erin sich in trotziges Schweigen. Entschlossen starrte sie aus dem Fenster und vermied es, ihren Freund anzuschauen, obwohl sie seinen traurigen Blick auf sich spürte. Sie wusste, wenn sie ihn ansah, würde sie in Tränen ausbrechen. Und außerdem wollte sie nicht hören, was er ihr sagen würde. Sie wusste es auch so. Er glaubte nicht, dass sie es schaffen würden, das hatte sie in seinen Augen gesehen. Wie denn auch? Immerhin suchten zwei Organisationen mit weit mehr Ressourcen, als sie beide jemals würden aufbringen können, seit über siebzig Jahren nach dem verschollenen Amulett. Doch sie würde nicht aufgeben. Sie würde ihn nicht einfach sterben lassen. Sie wusste, dass es ihnen gelingen musste. Einfach, weil die Alternative undenkbar war.

Sie hatte gehofft, dass Erhard ihnen wirklich helfen könnte. Aber Daniel war ihm anscheinend egal. Ihm ging es um nichts Anderes als seinen blöden Stern. Auch gut. Dann würden sie es eben allein schaffen. Sie hatten keine Hilfe zu erwarten. Von niemandem. Denn niemanden außer ihr kümmerte es wohl, was aus Daniel wurde.

Oder vielleicht doch?

Sie zögerte kurz. »Wir müssen den *Suchenden* noch einen Besuch abstatten und mit deinem Vater sprechen«, sagte sie aufgeregt.

»Wieso denn das?«

»Vielleicht kann er uns ja helfen«, erklärte Erin. Und während sie sprach, spürte sie, dass es tatsächlich klappen konnte. »Du hattest mir doch mal gesagt, das Amulett der Heilung sei zuletzt in den Händen der *Suchenden* gewesen, bevor einer von ihnen es gestohlen hatte und damit abgetaucht war.«

Daniel nickte.

»Also müssten sie doch irgendwelche Informationen haben, die uns helfen könnten. Und dein Vater wird sie uns gewiss gern beschaffen.« Sie sah ihn hoffnungsvoll an. Es fühlte sich gut an, zumindest den Ansatz eines Plans zu haben.

»Das könnte klappen«, sagte Daniel und endlich erschien ein kleines Lächeln auf seinen Lippen.

»Gut, dann sollten wir keine Zeit verlieren. Am besten, wir fahren zuerst zu mir und packen unsere Sachen. Außerdem muss ich mir noch eine Alibi-Geschichte für Lisa und meine Eltern überlegen. Wenn wir tatsächlich etwas erfahren, will ich direkt danach aufbrechen.«

Daniel lächelte über ihren Enthusiasmus und drückte dankbar ihre Hand. »Ich liebe dich«, flüsterte er.

»Ich dich auch«, erwiderte sie und hielt seine Hand fest. Am liebsten würde sie sie niemals wieder loslassen.

Als sie aus dem Auto stiegen, klingelte plötzlich Erins Handy.

»Erin, Süße, wo hast du bloß gesteckt?«, drang die Stimme ihrer Freundin Mia an ihr Ohr, als Erin das Gespräch annahm. »Geht es dir gut? Du wolltest dich doch melden, wenn du aus dem Krankenhaus raus bist.«

»Ja, also«, setzte Erin an. In den letzten Tagen hatten sich die Ereignisse derart überschlagen, dass sie gar nicht mehr an Mia gedacht hatte. Sie war froh, überhaupt noch am Leben zu sein. »Daniel und ich …«

»Habt es wohl so richtig krachen lassen, wie?«, fiel Mia ihr gutgelaunt ins Wort. »Kann ich euch nicht verübeln, nach dem ganzen Abi-Stress. Eigentlich wollte ich drei Tage am Stück durchschlafen, aber du glaubst nicht, was Sven gemacht hat!«

»Was denn?«, fragte Erin, froh darüber, selbst nichts erzählen zu müssen. Offensichtlich platzte Mia geradezu vor Ungeduld, ihre Neuigkeit loszuwerden.

»Du weißt ja, dass es in letzter Zeit nicht so besonders zwischen uns gelaufen ist. Und da hat er sich echt etwas einfallen lassen, um mich zurückzugewinnen!«

»Was denn?«, wiederholte Erin und bemühte sich, wirklich neugierig zu klingen. Mia konnte ja nichts dafür, dass sie selbst gerade vor dem schlimmsten Abgrund ihres Lebens stand.

»Sven hat eine Vier-Sterne-Reise nach Mallorca gebucht!«, brach es endlich aus Mia hervor. »Heute Nacht geht es los und dann heißt es eine Woche lang nur noch Sonne, Strand, Cocktails und Party! Ist das nicht toll?!«

»Ich freue mich für dich«, erwiderte Erin.

»Vier Sterne, All inclusive!«, betonte Mia, der Erin anscheinend nicht genügend Begeisterung an den Tag gelegt hatte. »Die Reise muss seine gesamten Ersparnisse aufgebraucht haben. Und alles nur, um mich zurückzukriegen. Ist das nicht unglaublich süß?«

Trotz ihrer Sorgen musste Erin plötzlich lächeln. Mia war so herzerfrischend impulsiv und offen. »Ich freue mich wirklich für dich«, sagte sie. »Erhol dich schön, aber flirte nicht zu sehr mit anderen Jungs, das hat der arme Sven nicht verdient.«

»Welche anderen Jungs?«, fragte Mia unschuldig zurück. »Keine Angst, wer mir so einen Urlaub spendiert, verdient meine ungeteilte Aufmerksamkeit. Okay, jetzt muss ich packen. Ich melde mich, wenn ich wieder da bin!«

»Ja, tu das«, erwiderte Erin. »Bis dann.«

»Was ist los?«, fragte Daniel, der sich inzwischen auf dem Bett niedergelassen hatte.

»Mia«, erwiderte Erin belustigt. »Ihr Freund hat ihr einen Urlaub spendiert und nun schwebt sie im siebten Himmel.« Schlagartig wurde sie wieder ernst. »Ob unser Leben auch jemals so einfach sein wird?«

»Ich hoffe es«, sagte Daniel, um einen lockeren Ton bemüht.

Erin sah ihn lange an und spürte, wie ihr wieder Tränen in die Augen zu steigen drohten. Doch sie durfte ihnen nicht nachgeben, sie konnte sich keine Schwäche erlauben. »Wie geht es dir?«, fragte sie besorgt.

»Unverändert«, erwiderte er. »Aber tu mir bitte einen Gefallen, ja?«, setzte er dann leise hinzu.

»Klar, jeden!«, sagte Erin und wollte schon aufspringen, um ihm, was auch immer er brauchte, zu holen.

Doch Daniel hielt sie sanft zurück. »Frag mich das

bitte nicht ständig, okay? Das macht es nur noch schlimmer.«

»Oh.« Erin verstummte betreten. »Es tut mir leid«, flüsterte sie und biss sich auf die Unterlippe, um die Tränen, die nun doch herauszubrechen drohten, zurückzuhalten.

»Wir sollten jetzt lieber packen«, erinnerte Daniel sie und erhob sich.

»Packen, ja.« Erin sprang auf und sah sich geschäftig im Zimmer um. Dann ging sie entschlossen zu ihrem Schrank und kramte ihre Reisetasche heraus, während Daniel seine aus der Ecke am Fußende des Bettes holte. Darin waren noch genug frische Wechselsachen für ein paar Tage.

»Ich bin eigentlich schon fertig«, meinte er mit einem kleinen Lächeln. »Muss nur noch meine Zahnbürste aus dem Bad holen.«

»Ich bin auch gleich soweit«, sagte sie, während sie sich bemühte, möglichst viele ordentliche Wäschestapel in der Tasche unterzubringen.

»Was willst du eigentlich deinen Eltern sagen?«, fragte Daniel sie unvermittelt.

»Ich weiß es noch nicht«, gab Erin unsicher zu. »Wir wissen ja nicht, wo und wie lange wir überhaupt weg sein werden.«

»So oder so, es wird wohl kaum länger als drei Wochen dauern«, sagte er grimmig.

Erin unterdrückte einen kleinen Schluchzer, als ihr der Sinn seiner Worte dämmerte. Rasch wandte sie ihr Gesicht ab und starrte konzentriert in ihre Reisetasche.

»Du hast recht«, rief sie schließlich betont fröhlich. »Wir sind im Handumdrehen wieder da. Wir finden das Amulett, lösen den Fluch und sind rechtzeitig zum Abi-Ball zurück. Ein Spaziergang.« Dann kam ihr plötzlich eine Idee. »Genau, das ist es.«

»Ein Spaziergang?«, fragte Daniel verwirrt.

»Nein, ein Urlaub«, erklärte Erin. »Wenn Mia in Urlaub fahren kann, können wir das doch auch. Ich sage meinen Eltern einfach, dass du mich zu einem Überraschungsurlaub eingeladen hast. Ich habe keine Ahnung, wohin die Reise gehen wird, nur dass wir in drei Wochen wieder zurück sind.«

»Und wenn deine Eltern nicht einwilligen?«

»Dann fahren wir trotzdem«, entgegnete Erin fest. »Anschließend können sie mir von mir aus für den ganzen Sommer Hausarrest aufbrummen oder das Taschengeld streichen oder was weiß ich.« Mit einem Ruck zog sie den Reißverschluss ihrer Tasche zu. »Fertig.«

»Gut, dann solltest du jetzt am besten deine Eltern anrufen.«

Erin atmete tief durch und holte ihr Handy hervor. Als ihre Mutter endlich ans Telefon ging, klopfte ihr das Herz bis zum Hals. »Hallo, Mama.«

»Hallo, Schatz, alles in Ordnung? Du klingst so außer Atem.«

»Alles bestens! Sogar mehr als das!« Erin bemühte sich, Mias begeisterten Tonfall nachzuahmen. »Du glaubst nicht, was Daniel getan hat!«, rief sie atemlos.

»Was denn?«

»Er hat eine Überraschungsreise für uns geplant, damit wir uns von dem ganzen Abi-Stress erholen können.«

»Und wohin soll's gehen?«, fragte die Mutter skeptisch nach.

»Das ist ja das Tolle! Ich weiß es nicht«, erwiderte Erin. »Er sagte nur, dass wir drei ganze Wochen weg sein werden. Ist das nicht unglaublich?«

»Ja, sicher«, erwiderte ihre Mutter nicht ganz überzeugt. »Ich würde dennoch gern ein paar Details haben. Ist Daniel bei dir?«

»Ja.«

»Dann gib ihn mir doch bitte.«

Wortlos reichte Erin das Handy an ihren Freund weiter.

»Wann geht es los?«, fragte Erins Mutter ihn ohne Umschweife.

»Morgen früh.«

»Ist die Reise schon gebucht?«

»Nicht ganz. Wir wollen sie eher spontan gestalten.«

»Ihr bleibt also nicht an einem Ort?«

»Vermutlich nicht.«

»Habt ihr genug Geld? Ich will nicht, dass ihr zwischendurch keine Bleibe habt, nur weil euch das Geld ausgegangen ist, oder dass ihr irgendwo feststeckt und nicht mehr wegkommt.«

»Sie können mir vertrauen, das wissen Sie doch«, sagte er so überzeugend wie möglich. »Ich habe mir alles genau überlegt. Und ich werde gut auf Erin aufpassen.«

»Werdet ihr wenigstens in Europa bleiben?«

»Aber sicher. Es soll eine Art Städte- und Kulturreise werden. Und wir werden bestimmt nichts Gefährlicheres als ein paar Wanderungen in der Natur unternehmen.«

»Also gut«, gab die Mutter sich geschlagen. »Verbieten kann ich es euch ja ohnehin nicht, da kann ich auch viel Spaß wünschen.«

»Danke.«

»Und jetzt gib mir bitte Erin noch einmal.

»Hallo, Mama.«

»Erin, Schatz, versprich mir, dass du aufpassen wirst.«

»Mache ich.«

»Und ich will, dass du dich jeden Tag bei uns meldest.«

»Aber Ma, ich weiß doch nicht, wo ich sein werde und was dort gerade ansteht.«

»Wo auch immer du bist, du wirst doch bestimmt eine Minute Zeit finden, deinen Eltern eine kurze SMS zu schicken.«

»Vielleicht gibt es dort keinen Empfang.«

»Solange du durch europäische Städte tourst, dürfte das kein Problem sein«, erwiderte ihre Mutter bestimmt.

»Ja, Mama.«

»Und pack dir genug warme Sachen ein. Das Wetter kann ganz schnell umschlagen.«

»Ja, Mama«, wiederholte Erin leicht genervt.

»Schon gut, ich weiß, du bist alt genug, um deinen

Koffer allein zu packen«, sagte sie und ein Lächeln klang in ihrer Stimme mit. »Viel Spaß, Kleines, und sei vorsichtig.«

»Danke. Ich melde mich dann morgen Abend.«

»Das will ich auch hoffen. Ich hab dich lieb.«

»Ich dich auch.« Erin legte auf. »Das wäre also geklärt.« Dann sah sie Daniel neugierig an. »Woher weißt du, dass das Amulett in Europa ist?«

»Weiß ich nicht«, gab er schulterzuckend zu.

»Aber du hast doch gesagt ...«

»Sie hätte dich sonst nicht gehen lassen. Außerdem werden wir die EU ohnehin nicht so einfach verlassen können. Oder hast du etwa deinen Reisepass in der Tasche?«

»Den habe ich tatsächlich!« Triumphierend zog Erin ihn aus einem Seitenfach hervor.

»Ich meinen aber nicht«, erwiderte Daniel. »Er liegt sicher verwahrt irgendwo in Melissas Büro. Ich kann froh sein, wenn meine Kreditkarte noch funktioniert.«

»Keine Angst. Ich habe auch noch etwas Geld auf dem Konto. Und wenn es hart auf hart kommt, soll Erhard uns gefälligst helfen. Immerhin ist er ja auch daran interessiert, dass wir das Amulett finden.«

»Komm her, meine Kämpferin«, sagte Daniel mit einem Blick, in dem sich Bewunderung und Zärtlichkeit mischten.

»Erin, Daniel! Ich bin wieder da!«, tönte in diesem Augenblick Lisas Stimme durch das Haus.

Widerstrebend löste Erin sich aus seiner Umarmung. »Ich gehe ihr eben auch noch Bescheid sagen und dann sollten wir uns wohl schlafen legen. Morgen wird schon wieder ein harter Tag.«

Erin wachte auf, weil Daniel sich neben ihr unruhig herumwälzte. Sie richtete sich auf dem Ellbogen auf und sah ihm besorgt ins Gesicht. Seine Augenbrauen waren zusammengezogen und sein Gesicht schmerzhaft verkrampft. Sanft legte sie ihm eine Hand auf die Stirn und spürte, wie er sich bei ihrer Berührung entspannte. Nicht zum ersten Mal wünschte sie sich, seine Gefühle wieder spüren zu können. Sie hätte nicht gedacht, dass ihr das warme Glühen seiner Emotionen so fehlen würde. Außerdem wollte sie wissen, wie es ihm ging, auch wenn er sie gebeten hatte, ihn nicht danach zu fragen. Es fiel ihr unsagbar schwer, diesen Wunsch zu respektieren. Sie brauchte einfach die Gewissheit, dass sie noch Zeit hatten, wenn sie den Mut nicht verlieren wollte. Allein der Gedanke, dass Daniel mit jeder Minute, die verstrich, dem Tod näherkam, brachte sie zur Verzweiflung.

Erin schaute auf ihre Armbanduhr. 6:05 Uhr. Auch wenn sie ihm gern noch etwas Schlaf gegönnt hätte, sollten sie keine Zeit mehr verlieren. Außerdem schienen seine Träume ohnehin nicht besonders entspannend oder erholsam zu sein. Sie wagte es sich nicht einmal vorzustellen, was der Fluch in seinem Kopf anstellen mochte.

Sie beugte sich zu ihm hinunter und berührte zärtlich seine Lippen mit den ihren. »Aufwachen«, flüsterte sie ihm zu.

Es dauerte einen Moment, bis Daniel seine Lider öffnete, und auch dann schien er im ersten Augenblick nicht zu wissen, wo er war. Doch dann fokussierte sich sein Blick endlich auf Erins Gesicht und er lächelte leicht. »Guten Morgen«, flüsterte er. »Hast du gut geschlafen?«

»Ja.« Sie nickte. »Und was ist mit dir? Hast du schlecht geträumt?«

Er zuckte mit den Schultern. »Ich weiß nicht, ich kann mich nicht erinnern. Wieso?«

»Du hast gerade nicht eben entspannt ausgesehen.« Sie schaute ihn prüfend an, doch er sagte nichts weiter. Erin holte tief Luft. »Ich werde dich nicht fragen, wie es dir geht«, sagte sie schließlich. »Weil du mich darum gebeten hast. Aber ich mache mir Sorgen und vielleicht wäre es okay für dich, mir einfach jeden Morgen zu sagen, ob es dir besser oder schlechter geht. Nur damit ich Bescheid weiß, verstehst du?«

Daniel zögerte, dann nickte er schließlich widerstrebend. »Es ist schwer zu sagen. Ich scheine mich an die Kopfschmerzen gewöhnt zu haben. Sie machen mir heute nicht mehr so viel aus. Ich fühl mich gut, ehrlich«, fügte er hinzu, als er ihren zweifelnden Blick bemerkte.

Erin nickte. Zu gern hätte sie gewusst, ob es der Wahrheit entsprach oder ob er einfach nur ihr zuliebe den Tapferen spielen wollte. »Wir sollten uns jetzt fertig machen«, sagte sie. »Ich hatte Lisa gestern gesagt, dass wir früh rausmüssen.«

»Gut.« Daniel erhob sich und rieb sich müde über das Gesicht.

Es erschreckte Erin, wie eingefallen und grau es auf einmal wirkte. »Rufst du deinen Vater an, während ich ins Bad gehe?«, fragte sie und wandte ihren Blick von ihm ab. Je schneller sie das Amulett fanden, desto eher würde Daniel wieder gesund werden. Und das war alles, was zählte.

Nach dem Frühstück fuhren sie zu dem kleinen Bahnhof, den sie als Treffpunkt mit Daniels Vater vereinbart hatten. Natürlich hielten die *Suchenden* die genaue Adresse ihrer Residenz geheim. Doch da Erin und Daniel bei ihrem letzten Besuch nach einer nur rund fünfminütigen Fahrt dort abgesetzt worden waren, konnte das Haus nicht wirklich weit entfernt sein. Daniel hoffte, dass sie im Notfall den Bahnhof auch zu Fuß erreichen konnten, falls sie schnell wieder verschwinden müssten.

Eine schwarze Audi-Limousine fiel ihnen sofort ins Auge, als sie auf den kleinen Park-and-Ride-Parkplatz fuhren. Zwei Männer stiegen daraus aus, als sie Erin und Daniel erkannten. Einer von ihnen war Stephan, sein Vater, der andere offensichtlich ein Sicherheitsmann.

»Daniel, Erin, wie schön, euch zu sehen.« Stephan lief sofort auf sie zu. »Was ist passiert?«, fügte er hinzu, als er Daniel die Hand drückte und seinem Sohn prüfend ins Gesicht blickte. »Du siehst irgendwie mitgenommen aus.«

»Das ist eine lange Geschichte«, erwiderte Daniel knapp.

»Wir brauchen Ihre Hilfe«, fügte Erin schnell hinzu.

»Natürlich. Was braucht ihr denn?«

»Ihr solltet jetzt lieber einsteigen«, unterbrach der Sicherheitsmann das Gespräch. »Der Großmeister wartet.« Er öffnete die Hintertür und bedeutete Erin und Daniel, dass sie einsteigen sollten, während Daniels Vater sich auf den Beifahrersitz setzte.

So ein Mist, dachte Erin enttäuscht. Sie hatte zwar damit gerechnet, dass der Großmeister sie auch würde sehen wollen, doch sie hatte gehofft, dass sie zumindest unterwegs ungestört sprechen könnten. Deswegen hatten sie auch direkt Daniels Vater kontaktiert und ihn gebeten, sie abzuholen, in der Hoffnung, dass er allein kommen würde. Aber sie hätte sich natürlich denken können, dass Enrico von Treibnitz kein Risiko eingehen würde, indem er Daniel und Stephan ohne Zeugen sprechen ließ.

»Auf den Sitzen liegen Augenbinden, ich muss euch bitten, sie euch umzulegen«, sagte der Sicherheitsmann, als er die Autotür hinter ihnen schloss.

»Wie oft wollen Sie das eigentlich noch durchziehen?«, fragte Erin genervt. Es interessierte sie nicht die Bohne, wo das blöde Hauptquartier der *Suchenden* war.

»So oft wie nötig«, lautete die Antwort und Erin seufzte resigniert, als sie nach dem schwarzen Stoffstreifen griff.

Nach ihrer Ankunft wurden sie in ein Büro geführt, in dem Enrico von Treibnitz, der Großmeister der *Suchenden im Zeichen des Sterns*, bereits auf sie wartete.

Überrascht blickte Erin sich in dem großen Raum um, in dem außer einem Schreibtisch auch eine kleine Sitzgruppe stand. Im Vergleich zu ihrem letzten Besuch, bei dem sie in einem düsteren Kellergewölbe gewesen waren, war dies echt eine Verbesserung.

»Bitte setzt euch doch.« Der Großmeister, der dieses Mal einen gewöhnlichen graublauen Anzug anstatt einer braunen Kutte trug, wies einladend auf die Polstergruppe.

Gehorsam nahmen Erin und Daniel auf einem kleinen Zweisitzer Platz, während sein Vater und der Großmeister sich ihnen gegenüber in jeweils einen Sessel setzten. Der Sicherheitsmann bezog vor der geschlossenen Tür Aufstellung, von wo aus er den ganzen Raum im Auge behielt.

»Ich muss gestehen, dass ich mich äußerst freue, euch wiederzusehen«, begann Enrico von Treibnitz das Gespräch. »Nach dem gestrigen Telefonat hatte ich schon befürchtet, ihr hättet es euch anders überlegt.« Aufmerksam sah er Daniel an. »Dein Vater sagte, ihr wärt unpässlich gewesen. Geht es euch jetzt besser?«

»Nicht wirklich«, erwiderte Daniel gefasst.

Zwei Augenpaare richteten sich bei dieser Antwort gebannt auf ihn. Während sein Vater ihn besorgt musterte, lag im Blick des Großmeisters eine Art gespannter Erwartung. »Was fehlt dir denn?«

»Das ist eine lange Geschichte.« Daniel schaute konzentriert auf seine ineinander verschränkten Hände.

»Wir haben Zeit.« Entspannt lehnte sich der Großmeister in seinem Sessel zurück.

»Du kannst es uns sagen, mein Junge«, fügte Stephan hinzu. »Du kannst uns alles sagen.«

»Ich brauche eure Hilfe«, sagte Daniel leise. »Wir müssen das Amulett der Heilung finden.«

»Weshalb? Was ist passiert? Bist du krank?« Sein Vater sprang halb aus seinem Sessel, als er sich vorbeugte, um Daniel besser ansehen zu können. Einem Impuls nachgebend, strich er seinem Sohn leicht über die Stirn.

»Daniel hat einen Schwur gebrochen, den er auf den Stern geleistet hat«, sagte Erin schnell, als ihr Freund nicht reagierte, »und dabei einen Fluch auf sich gezogen, der ihn langsam, aber sicher umbringt.« Ihre Stimme zitterte, als sie das erzählte. Wann immer sie es aussprach, hatte sie das Gefühl, den Fluch dadurch noch zu verstärken. Als würden ihre Worte ihn immer realer machen. Denn noch merkte man Daniel nichts an. Noch könnte sie vergessen, wie groß die Gefahr tatsächlich war, in der der Mann schwebte, den sie über alles liebte.

Das Lachen des Großmeisters riss sie aus ihren Gedanken. Erin fühlte sich, als hätte er sie geschlagen. Wütend starrte sie ihn an und hätte sich am liebsten auf ihn gestürzt.

»Verzeiht«, entschuldigte sich dieser noch immer lachend und fächelte sich mit der Hand Luft zu. »Meine Reaktion war wohl etwas unangemessen. Aber bin ich hier der Einzige, dem die Ironie des Ganzen nicht entgeht?«

Erin durchbohrte ihn mit ihren Blicken.

»Anscheinend«, fügte er seufzend hinzu, hörte aber immerhin auf zu lachen. »Ich fand es nur köstlich, dass der Junge selbst in die Falle getappt ist, die ihr mir zu stellen versucht habt.«

»Wir wollten Ihnen keine Falle stellen, sondern uns nur absichern!«, zischte Erin. »Und Daniel verstieß gegen den Eid, um mir das Leben zu retten!«

»Wie nobel.« Der Großmeister sah sie spöttisch an. »Und wie kommst du mit deinen Schuldgefühlen zurecht?«

Erin sprang auf und klatschte dem Mann ihre Handfläche mit aller Kraft ins Gesicht. Aus dem Augenwinkel sah sie den Sicherheitsmann vorschnellen, doch Enrico von Treibnitz hob abwehrend seine Hand. »Schon gut. Die junge Dame hat es sicher nicht so gemeint. Ihre Gefühle sind wohl mit ihr durchgegangen. Verständlich, wenn man bedenkt, welche Schuld sie auf sich geladen hat. Aber sie wird es nie wieder tun, nicht wahr?« Er fixierte Erin mit seinem kalten Blick.

Da wäre ich mir nicht so sicher!, wollte sie ihm schon entgegenrufen, doch er fuhr schnell fort.

»Immerhin will sie ja etwas von mir.«

Erin schluckte und ballte ihre Hände zu Fäusten. Nur mit Mühe gelang es ihr, ihren Ärger im Zaum zu halten. Vor Anspannung zitternd setzte sie sich wieder hin.

»Fluch? Was für ein Fluch?«, fragte Daniels Vater nervös und schaute verständnislos von einem zum anderen.

»Der Fluch, der ihn töten wird, wenn wir es nicht verhindern«, erwiderte Erin tonlos und es kümmerte sie nicht, dass der Mann erschrocken nach Luft schnappte. Sie hatte kein Mitleid mehr übrig. Sie brauchte ihre ganze Kraft, um selbst nicht vor Verzweiflung zusammenzubrechen.

»Der Fluch des Salomon.« Der Großmeister ließ sich die Worte genüsslich auf der Zunge zergehen.

Es war keine wirkliche Frage und doch nickte Erin schwach. Es hatte keinen Sinn, es zu leugnen, und sie brauchten alle Hilfe, die sie kriegen konnten. Doch als sie einen Blick in Enricos Gesicht warf, sank ihr Herz. Sie würden keine Hilfe bekommen, zu gierig war das Glitzern, das in seine Augen getreten war. Er stand langsam auf und ging zu Daniel herüber. »Gehe ich recht in der Annahme, dass sich unter diesem unscheinbaren Shirt ein Amulett der Macht verbirgt?«, fragte er und streckte seine Hand nach seinem Hals aus.

Daniel fing die Hand auf und hielt sie mit aller Kraft fest. Sein Blick bohrte sich in die Augen des Großmeisters. »Fassen Sie mich nicht an«, presste er zwischen zusammengebissenen Zähnen hervor. Dann ließ er die Hand abrupt frei.

»Wohl doch noch nicht ganz dem Tode nah«, murmelte Enrico von Treibnitz, während er sich die gequetschten Finger rieb.

»Komm, Erin. Wir gehen«, sagte Daniel fest und erhob sich. »Hier werden wir keine Hilfe bekommen.«

»Natürlich helfen wir dir!«, rief sein Vater, doch keiner beachtete ihn. Erin und Daniel starrten gebannt den Großmeister an und warteten auf seinen nächsten Zug.

»Ihr geht nirgendwohin!«, meinte dieser und streckte erneut seine Hand nach Daniel aus.

Bevor Erin Daniel zu Hilfe kommen konnte, wurde der Großmeister plötzlich durch die Luft geschleudert und prallte gegen die Wand. Daniel hatte sich nicht bewegt.

»Das Saphir-Amulett!«, flüsterte Enrico von Treibnitz ehrfürchtig, als er sich benommen aufrappelte.

»Ja«, bestätigte Daniel grimmig. »Und wir werden jetzt gehen.«

Plötzlich spürte Erin etwas Kaltes an ihrem Hals und schrie erschrocken auf. »Ganz ruhig«, flüsterte ihr eine Stimme bedrohlich ins Ohr und eine Hand schlang sich von hinten fest um ihren Brustkorb. Während sie nur Augen für Daniel gehabt hatte, war der Sicherheitsmann hinter sie getreten und drückte ihr nun seine Waffe an den Hals. Erin erstarrte.

Daniels Blick zuckte kurz von ihr zum Sicherheitsmann, er schien seine Chancen abzuwägen.

»Das würde ich an deiner Stelle lieber lassen«, sagte der Großmeister nun. »Mein Freund dort hat einen ganz nervösen Zeigefinger. Und jetzt setz dich!«

Widerstrebend folgte Daniel dem Befehl.

»Was geht hier vor?«, fragte Stephan erneut. Er war während des Kampfes zur Seite getreten und nun flackerte sein Blick verständnislos und nervös zwischen den Beteiligten hin und her.

Daniel sah ihn mitleidig an. Wie hatte der Mann nur all die Jahre im Dienste der *Suchenden* verbringen können und so wenig von dem, was sie taten, verstehen? Und wie konnte er nur so unentschlossen bleiben, wenn seinem Sohn offensichtlich Gefahr drohte? Enttäuscht wandte der junge Mann seinen Blick ab. Er kannte ihn noch nicht lange, aber er hatte nicht das Gefühl, dass er seinen Vater jemals wirklich würde respektieren können. Nicht, dass ihm noch viel Zeit dazu bliebe, es zu tun.

Das Klicken der Tür riss Daniel aus seinen Gedanken. Er wandte den Kopf und sah drei weitere Sicherheitsmänner in den Raum stürmen.

»Nehmt ihm das Amulett ab!«, befahl der Großmeister kalt.

»Nein! Das dürfen Sie nicht tun!«, ertönte Erins erschrockener Schrei. Daniel sah, wie sie verzweifelt versuchte, sich aus dem Arm des sie festhaltenden Mannes zu befreien. »Das bringt ihn um!«

Hektisch sah Daniel sich um. Aber es gab keinen Ausweg. Wäre er allein gewesen, hätte er die Flucht versucht. Er hatte ohnehin nicht viel zu verlieren. Aber er durfte nicht Erins Leben aufs Spiel setzen. »Schon gut«, rief er ihr zu, doch zu mehr kam er nicht, denn im nächsten Augenblick war einer der Männer bei ihm und riss ihm grob die Kette mit dem Anhänger vom Hals. Einen Moment schien die Welt stillzustehen und dann explodierte der Schmerz in seinem Kopf. Als er keuchend in die Knie ging, sah er aus dem Augenwinkel, wie auch Erin winselnd zu Boden sank. Dann presste er die Augen zusammen, in dem fruchtlosen Versuch, den Schmerz zu vertreiben.

Erin lag wimmernd am Boden. Dass es Daniels Schmerz war, den sie da fühlte, machte es für sie nur noch schlimmer. Eine brennende Woge jagte die nächste, und obwohl sie ihre Augen weit aufgerissen hatte, konnte sie nichts sehen. Sie japste nach Luft.

Und dann war es plötzlich vorbei. Als wäre da nie etwas gewesen. Benommen sah sie, dass ein Mann sich neben ihr aufrichtete. In seiner Hand lag die silberne Kette mit dem Anhänger, die er ihr vom Hals gerissen hatte. Die zwei Rubine darin glänzten wie Blut. Ohne das Amulett fühlte sie sich unvollständig, hilflos und doch war sie erleichtert, Daniels Schmerz nicht mehr zu spüren. Ihr Blick wanderte zu seiner noch immer am Boden gekrümmten Gestalt und sie schluckte. Nur weil sie den Schmerz nicht mehr spürte, war er für Daniel noch lange nicht vorbei.

»Bitte«, schluchzte sie und sah den Großmeister flehend an. »Bitte, Sie müssen ihm sein Amulett zurückgeben. Es schützt ihn vor dem Fluch.« Daniel stöhnte gequält und ihre Augen füllten sich mit Tränen. »Bitte«, wiederholte sie.

»Es tut mir leid, aber das Risiko kann ich nicht eingehen«, erwiderte Enrico von Treibnitz kalt. »Hätte er mich nicht angegriffen, hätte ich es mir vielleicht noch einmal überlegt. Aber nun hat er sich eindeutig gegen mich gestellt. Schade.« Er seufzte resigniert. »Ich hatte wirklich gehofft, dass wir uns friedlich einigen könnten.«

»Sie Mistkerl!«, schrie Erin ihn unter Tränen an.

»Ich kann verstehen, dass sein Anblick dich verstört«, sagte der Großmeister im Plauderton. »Schafft ihn weg!«, befahl er seinen Männern. »Mit ihm ist eh keine Unterhaltung mehr möglich.«

»Was ist mit ihm? Wohin bringen sie ihn?«, rief sein Vater sich wieder in Erinnerung. Er hatte sich neben Daniel gekniet und ihm hilflos eine Hand auf die Stirn gelegt.

»Du kannst gern mit ihm gehen und dich ein wenig um ihn kümmern«, erwiderte der Großmeister gleichgültig.

Zwei Männer packten Daniel unter den Achseln und schleiften ihn in Richtung Tür. Stephan folgte ihm bedrückt.

Erin wusste, dass sie nur diese eine Chance hatte. »Daniel wird sterben, wenn wir nicht das Amulett der Heilung finden!«, sagte sie so laut, dass der Mann es auch hören musste, auch wenn sie dabei den Großmeister ansah. »Deshalb sind wir hierhergekommen. Es hatte sich zuletzt im Besitz der *Suchenden* befunden, nicht wahr? Bevor einer eurer Leute es gestohlen hatte.«

Die Tür fiel mit einem Klicken ins Schloss und Erin konnte nur hoffen, dass Daniels Vater ihre Nachricht verstanden hatte.

»Und wieso denkst du, dass es euch gelingen würde, es zu finden?«, fragte Enrico von Treibnitz neugierig. »Immerhin haben wir auch überall danach gesucht.«

»Weil wir keine andere Wahl haben«, erwiderte Erin schlicht. »Ich werde Daniel nicht sterben lassen!«

»Du meinst also, es wäre alles eine Frage der Motivation?«, bemerkte der Großmeister lächelnd.

»Wieso lassen Sie uns nicht gehen und finden es heraus?« Herausfordernd sah Erin ihn an.

»Ein interessanter Vorschlag.« Der Großmeister tat einen Augenblick lang so, als müsste er überlegen. »Aber ich fürchte, das Risiko ist mir zu groß«, erklärte er schließlich. »Mit euch habe ich nun vier der fünf Amulette in der Hand und bin meinem Ziel näher als irgendjemand sonst in den letzten dreitausend Jahren. Lasse ich euch aber gehen, habe ich wieder nur zwei.«

»Aber Daniel wird sterben, wenn Sie uns nicht gehen lassen«, flehte Erin ihn an.

»Wohl wahr.« Enrico nickte bedauernd. »Ich fürchte, da kann man nichts machen.«

»Und was ist mit der Prophezeiung?«, wagte Erin noch einen Versuch.

»Du weißt davon?« Überrascht sah der Mann sie an. »Du steckst wirklich voller Überraschungen.«

»Sie haben mich doch selbst darauf gebracht, wissen Sie nicht mehr? Sie meinten doch, dass mit Daniel und mir Saphir und Rubin vereint wären.«

»Schön. Und weiter?«

Erin fluchte innerlich. Er schien nicht darauf anzuspringen. Also musste sie ihm die ganze Sache noch ein wenig schmackhafter machen. »Es ist doch offensichtlich«, sagte sie so überzeugend wie möglich. »Erst finden Rubin und Saphir zueinander und jetzt kommt noch Salomons Fluch dazu. Und da Daniel und ich uns wirklich lieben, scheint es doch offensichtlich zu sein, dass wir den Stern zusammenfügen können. Doch dazu muss er am Leben bleiben.« Sie sah ihn erwartungsvoll an.

Der Großmeister erwiderte nachdenklich ihren Blick. »Aus deinem Mund scheint die Deutung einer Prophezeiung, über die sich viele Männer, die weit gebildeter und – verzeih mir, wenn ich das so offen sage – auch klüger waren als du, lange den Kopf zerbrochen haben, ja ganz einfach zu sein«, sagte er schließlich. »Was auch immer man von dir denken mag, an Mut und Selbstvertrauen mangelt es dir bestimmt nicht«, fügte er amüsiert hinzu. »Aber das heißt nicht, dass du recht hast«, schloss er erbarmungslos.

»Helfen Sie mir, Daniel zu retten, und wir werden sehen.« Erin starrte ihn an und wusste, dass dieser Mann gerade über Daniels und damit auch über ihr Leben entschied. Bitte, sag ja. Bitte, sag ja, beschwor sie ihn in ihren Gedanken. Denn wenn er es nicht tat, war Daniels Schicksal besiegelt.

»Es tut mir leid.« Der Großmeister schüttelte den Kopf. »Aber wie ich bereits sagte, ist das Risiko zu groß. Die Prophezeiung mag euch meinen oder auch nicht. Und der sprichwörtliche Spatz in der Hand ist mir immer noch lieber als die Taube auf dem Dach.«

Erin schwankte, als ihr die Schwere dieser Entscheidung dämmerte. Sie hatten verloren. Daniel würde sterben. Und es würde ihre Schuld sein. Sie musste ihre ganze Selbstbeherrschung aufbringen, um aufrecht stehenzubleiben. Hasserfüllt starrte sie den Mann ihr gegenüber an. »Auch Sie haben einst geschworen, uns keinen Schaden zuzufügen«, presste sie leise hervor. »Ich hoffe, Sie wissen, dass Sie nun dabei sind, diesen Schwur zu brechen.«

Der Großmeister sah sie beinah mitleidig an. »Wenn du dich genau erinnerst, erkennst du, dass ich lediglich geschworen hatte, euch bei eurem *letzten* Besuch unversehrt ziehen zu lassen. Und diesen Schwur habe ich vollständig erfüllt.«

Erin schloss für einen Moment die Augen, um ihre Fassung zu wahren. Sie hatte ihren letzten Trumpf ausgespielt und verloren. Doch sie würde vor diesem Monstrum keine Tränen mehr vergießen.

Kapitel 3

Erin wusste nicht mehr, wie sie schließlich in dem kleinen, düsteren Raum gelandet war. Sie erwachte erst aus ihrer Erstarrung, als die Tür hinter ihr ins Schloss fiel und sie hörte, wie der Schlüssel mehrmals umgedreht wurde. Sie war eingesperrt. Ihr Blick schweifte durchs Zimmer. Es gab ein kleines Fenster, vor das dunkle Stoffvorhänge gezogen waren, einen Schrank und ein Bett, in dem jemand lag.

»Erin?«, erklang Daniels Stimme leise, als sie an das Bett herantrat.

»Wie geht es dir?«, fragte sie zögerlich und legte ihm ihre Hand auf die Stirn. Sofort spürte sie ein leichtes Pochen in den Fingerspitzen und runzelte überrascht die Stirn.

»Es geht eigentlich«, erwiderte er und richtete sich vorsichtig auf. »Anscheinend ist mein Vater hier der Arzt. Er hat mir ein paar echt starke Schmerzmittel gegeben. Sie scheinen zu helfen.«

»Gut«, sagte Erin erleichtert und zog ihn fest an sich.

Er schlang seine Arme um ihre Mitte und suchte mit seinen Lippen nach den ihren. Er küsste sie mit einer Leidenschaft und einem Hunger, den Erin jetzt nicht erwartet hätte. Nicht in seiner gegenwärtigen Verfassung, nicht in ihrer ausweglosen Situation.

Auch wenn es ihr schwer fiel, versuchte sie, sich

ein wenig von ihm zu lösen. »Wir sollten reden«, murmelte sie leise gegen seine drängenden Lippen.

Daniel hielt einen Augenblick lang inne und musterte sie mit einem feurigen Blick. »Ich möchte nicht reden, Erin«, flüsterte er heiser und zog sie wieder an sich. Er vergrub sein Gesicht in ihren Haaren und sog genüsslich den Duft ein, den sie verströmte. »Ich möchte spüren, mit jeder Faser meines Körpers und mit all meinen Sinnen. Ich möchte *dich* spüren, und dass *ich* noch am Leben bin.« Verzweifelt klammerte er sich an sie. Und Erin verstand, was ihn bewegte. Auch sie wollte ihn festhalten. Festhalten, solange es nur ging, als könnte sie ihn allein durch ihre Umarmung im Leben halten. Sie sah ihm in die Augen und erkannte darin die gleiche Angst, Entschlossenheit und Liebe, die auch sie verspürte. Ihr Herz klopfte ihr bis zum Hals, als sie sein Shirt aus seinem Hosenbund zog und ihre Hände über seine heiße, nackte Haut gleiten ließ.

»Was hast du vor?«, fragte Daniel erschauernd.

»Auch ich will dich spüren, mit jeder Faser meines Körpers«, wiederholte sie seine Worte, während sie ihm das Shirt über den Kopf zog.

»So habe ich das nicht gemeint ... Du musst nicht ...«, stotterte Daniel, während er sie mit seinen Blicken verschlang.

»Ich weiß. Aber ich will dich. Alles von dir«, erwiderte sie. Ihr unausgesprochenes »Solange es noch geht« hing in der Luft, doch sie weigerte sich, daran zu denken. Sie neigte sich vor und bedeckte seinen

Hals mit leidenschaftlichen, kleinen Küssen, um den Gedanken daran zu vertreiben, dass dies ihr erstes und auch letztes Mal sein konnte.

Daniel stöhnte auf und ließ sich rücklings zurück auf das Bett fallen, wobei er sie mit sich zog. Er ließ seine Hände unter ihr Oberteil gleiten und hielt noch einmal fragend inne. Doch für Erin gab es keine Fragen mehr. Sie löste sich nur so weit von ihm, um sich das Oberteil über den Kopf zu ziehen, dann schmiegte sie sich wieder an seine nackte Brust und genoss das überwältigende Gefühl, Haut an Haut mit ihm zu sein. Seine Küsse und Berührungen ließen sie alles Andere vergessen. Und gemeinsam tauchten sie in eine Welt ein, in der es keine Schmerzen, keine Angst und keine Gefahr mehr für sie gab, sondern nur das vollkommene und reine Glück, das die Erfüllung ihrer Liebe ihnen schenkte.

Als sie schließlich eng an ihn gekuschelt lag und dem Nachklang ihres pochenden Herzens lauschte, kehrte Erin allmählich in die Realität zurück. Ihr war, als würde der Schleier der Seligkeit, der sich kurzzeitig um sie beide gelegt hatte, nun wieder beiseitegezogen und sie wieder der unbarmherzigen und kalten Welt ausgesetzt. Sie drückte sich näher an den Mann an ihrer Seite und atmete seinen herben Duft ein, um diesen perfekten Moment noch etwas länger festzuhalten. Was eben zwischen ihnen geschehen war, würde sie in ihrem ganzen Leben niemals vergessen. Aber sollte die Erinnerung an diese wenigen Augenblicke etwa alles sein, was ihr von Daniel bleiben würde? Konnte das Leben, das Schicksal, was auch immer so grausam sein, ihr die Liebe ihres Lebens schon zu entreißen, noch ehe das Leben richtig begonnen hatte?

Neben ihr atmete Daniel tief durch. Und Erin wandte ein wenig ihren Kopf, um ihn anzusehen. Er lag auf dem Rücken, die Augen weit geöffnet, und starrte zur Decke. Sie lauschte besorgt seinen Atemzügen. Ein und aus. Ein und aus. Ganz tief, als würde er meditieren … oder gegen seine Schmerzen ankämpfen.

Er wandte ebenfalls seinen Kopf und sah sie an. Der Ausdruck in seinen Augen brachte Erin endgültig in die erbarmungslose Realität zurück. Es lag eine so tiefe Traurigkeit darin, dass es ihr die Kehle zuschnürte.

»Danke«, flüsterte Daniel leise. »Danke für dieses wunderschöne Geschenk.«

Erin nickte und Tränen traten ihr in die Augen. Sie hatte sich schon oft ausgemalt, wie ihr erstes Mal mit Daniel sein und was anschließend geschehen würde. Aber nie hätte sie gedacht, dass es ein Abschied sein würde. Doch für ihn war es genau das gewesen, das sah sie in seinem Blick.

Erin schloss ihre Augen und schüttelte entschieden den Kopf. Sie würde es nicht zulassen. Wenn es sein musste, würde sie das Schicksal selbst herausfordern, doch sie würde Daniel nicht einfach sterben lassen. Und sie würde nicht zulassen, dass er die Hoffnung aufgab. Bis zu seinem letzten Atemzug würde sie um sein Leben kämpfen.

»Es war wirklich schön«, bestätigte sie mit einem

kleinen Lächeln. »Wir sollten das bei Gelegenheit mal wiederholen«, fügte sie fröhlicher hinzu, als sie sich fühlte.

Genüsslich strich Daniel über ihren nackten Arm. »Da hätte ich bestimmt nichts gegen. Allerdings brauche ich erst noch ein paar von diesen netten kleinen Pillen.«

»Hast du wieder Schmerzen?«, fragte sie mitfühlend und bemühte sich, sich ihren Aufruhr nicht anmerken zu lassen. Das war nicht gut. Überhaupt nicht. Normalerweise hätte das Schmerzmittel nicht so schnell die Wirkung verlieren dürfen. Erst recht nicht, wenn es so stark war, wie Daniel behauptet hatte. Sie schluckte den Kloß in ihrem Hals herunter. Da war sie wieder, diese unbändige Panik, als würde Erin vor einem Abgrund stehen und wissen, dass sie jeden Augenblick herunterfallen könnte. Doch sie durfte ihr nicht nachgeben. »Wo sind die Tabletten? Ich hol sie dir«, sagte sie daher nur und machte Anstalten, vom Bett aufzustehen.

»Ich habe keine mehr«, erwiderte Daniel zerknirscht. »Ich habe sie alle genommen.«

»Wie viele?« Schockiert starrte sie ihren Freund an.

Er zuckte mit den Achseln. »Vier oder fünf, glaube ich.«

»Aber das ist gefährlich!«, setzte Erin entgeistert an, doch er zuckte nur wieder mit den Schultern und schaute sie eigenartig an. Ich habe eh nichts zu verlieren, schien sein Blick ihr zu sagen und Erin spürte trotz all ihrer Vorsätze Tränen in ihren Augen aufsteigen. »Ich besorge dir noch welche!«, sagte sie entschieden und wandte sich ab, um sich heimlich über ihre feuchten Wangen zu wischen. »Aber versprich mir, dass du nicht mehr als zwei auf einmal nimmst!«

»Was du willst, mein Schatz«, murmelte er und ließ seinen Kopf wieder in das Kissen sinken.

Während Erin ihre verstreuten Kleidungsstücke einsammelte, die sie in ihrer Leidenschaft vorhin achtlos nach allen Seiten geworfen hatte, spürte sie eine leichte Röte in ihren Wangen aufsteigen. Sie wandte ihren Kopf, um Daniel anzusehen, und bemerkte, wie er lächelnd ihre nackte Gestalt beobachtete. Ein Kribbeln ging durch ihren gesamten Körper, doch sie rief sich zur Ordnung. Dafür würden sie später noch Zeit haben, wenn alles überstanden und Daniel außer Gefahr war.

Rasch zog sie sich an und ging zur Tür. Es überraschte sie nicht, diese fest verschlossen vorzufinden. Und so rüttelte sie mit aller Kraft am Knauf und klopfte mit ihren Fäusten gegen die Tür.

»Hallo! Ist da jemand!«, schrie Erin, als keiner reagierte. »Wir brauchen Hilfe!« Sie lauschte, doch es tat sich nichts.

»Lass gut sein«, sagte Daniel schließlich nach einer Weile.

Erin wandte sich zu ihm um und sah, dass er den Kopf zwischen seinen Händen hielt. »Oh, tut mir leid!«, rief sie und lief zu ihm. »War das zu laut? Ich habe nicht daran gedacht, ich wollte doch nur …«

»Schon gut«, unterbrach Daniel sie sanft und verzog seinen Mund. Es hatte ein Lächeln sein sollen, aber es wirkte mehr wie eine Grimasse.

»Vielleicht kann ich dir helfen«, schlug Erin zögernd vor.

»Wie denn?«

»Ich hatte dir doch gesagt, dass ich manchmal den Eindruck habe, dass ich Gefühle nicht nur wahrnehmen, sondern auch beeinflussen könnte.«

»Aber du hast dein Amulett nicht mehr.«

»Ich weiß«, sagte sie und legte ihm ihre Hand auf die Stirn. Sofort spürte sie wieder das Pochen in ihren Fingerspitzen, diesmal deutlich stärker als noch vor einer Stunde. »Und dennoch kann ich deinen Schmerz spüren.«

Erschrocken zuckte Daniel zurück und versuchte, von ihr wegzurücken. »Ich will nicht, dass du auch Schmerzen hast«, sagte er rau.

Sanft hielt sie ihn fest. »Es tut mir nicht weh, nicht wirklich. Es ist eher wie ein leises Echo, ein Kribbeln in meinen Händen. Bitte, lass mich dir helfen.«

»Also gut«, stimmte er widerstrebend zu. »Aber wenn es zu unangenehm für dich wird, hören wir sofort auf, verstanden?«

»Ja«, sie nickte. »Und jetzt leg deinen Kopf auf meine Knie und schließ die Augen. Versuch, dich zu entspannen.«

Daniel gehorchte wortlos und sie legte beide Hände leicht auf seine Schläfen. Dann beugte sie sich herunter und küsste zärtlich seine Stirn, seine Wangen, seinen Mund.

»Mhh«, murmelte Daniel. »Daran könnte ich mich gewöhnen.«

Sie küsste ihn noch einmal, dann richtete sie sich auf und schloss die Augen. Ohne ihr Amulett fiel es ihr schwer, in seine Seele einzutauchen. Und hätte sie es nicht bereits schon so viele Male getan, sie hätte den Weg nicht gefunden. Es waren tatsächlich nur Echos, die sie wahrnahm, blasse Abbilder der Emotionen, die sie sonst bei ihm gespürt hatte. Sie atmete tief durch und konzentrierte sich noch mehr. Endlich tauchte vor ihrem inneren Auge das schwache Glühen seiner Liebe zu ihr auf, die ihr den richtigen Weg wies. Doch kaum war Erin ihr gefolgt, wurde sie plötzlich von Schwärze umfangen. Erschrocken schnappte das Mädchen nach Luft, als auch sie einen Hauch der Pein spürte, die in Daniels Kopf tobte. Doch es war nicht nur der Schmerz. Von der Schwärze ging auch eine Kälte und Hoffnungslosigkeit aus, die Erin schaudern ließ. Es war, als würde der Fluch Daniels Leben direkt aus seinem Herzen saugen.

Sie bemühte sich, etwas von ihrer eigenen Wärme, Hoffnung und Liebe der Dunkelheit entgegenzusetzen, sie mit feinen goldenen Strahlen zu umwickeln, auch wenn sie sie niemals würde vollständig vertreiben können. Erin verlor sich ganz in ihrem Kampf und kam erst wieder zu sich, als Daniel sanft ihre Hände von sich löste.

»Das reicht«, flüsterte er und sah sie dankbar an.

»Hat es geholfen?«, fragte sie benommen. Nur mit Mühe gelang es ihr, sich völlig von ihm zu lösen und sich in der realen Welt einzufinden.

»Besser als die Schmerztabletten«, erwiderte er zärtlich.

»Wirklich?«, fragte Erin hoffnungsvoll.

»Ja. Die hatten nur den Schmerz betäubt. Aber du …«, er brach ab und suchte nach Worten, »du hast mir Frieden gebracht.« Er verstummte und sah sie unsicher an. »Ergibt das irgendeinen Sinn für dich?«

»Ja.« Erin nickte schwach. »Ich denke schon.«

In diesem Augenblick wurde ein Schlüssel im Schloss herumgedreht und sie zuckte erschrocken zusammen. Sie wollte schon aufspringen, doch plötzlich drehte sich der Raum um sie herum.

»Oh«, stöhnte sie überrascht.

»Was ist los?« Besorgt sah Daniel sie an.

»Mir ist nur etwas schwindelig«, sagte Erin und hielt sich an ihm fest.

»Es war doch zu anstrengend für dich«, bemerkte er grimmig und erhob sich. »Bleib lieber sitzen«, fügte er hinzu, während er sich ein Laken um die Hüften schlang.

Die Tür ging auf und ein kleiner Rollwagen mit zwei dampfenden Tellern darauf wurde hereingeschoben. »Mittagessen«, sagte der Mann, der dahinter kam. Er ließ den Wagen stehen und drehte sich um, um den Raum wieder zu verlassen.

»Warten Sie!«, hielt Daniel ihn zurück. »Was wird nun mit uns geschehen?«

»Darüber weiß ich nichts«, sagte der Mann grob. »Wenn der Großmeister es für angebracht hält, wird er es euch sagen.« Mit diesen Worten verschwand er durch die Tür und schloss die beiden Gefangenen wieder ein.

Neugierig hob Daniel den Deckel von einem der Teller. »Hmm, lecker«, bemerkte er sarkastisch. »Bratwurst und Gemüsepampe.«

»Na ja, besser als nichts«, meinte Erin, als er ihr ihren Teller reichte. Sie nahm einen Bissen und sah ihren Freund ernst an. »Sie werden uns nicht gehen lassen«, sagte sie leise.

»Nein, das werden sie nicht«, stimmte er ihr zu.

»Es tut mir leid.« Erin atmete tief durch. »Es war ein Fehler, hierherzukommen, aber ich glaubte wirklich, dein Vater …«

»Ja, ich weiß.« Daniel schnaubte freudlos. »Doch er scheint nicht von der besonders tatkräftigen Sorte zu sein.«

Erin schwieg bekümmert.

»Hey.« Daniel berührte sanft ihr Kinn und zwang sie, ihn anzusehen. »Es ist nicht deine Schuld, mein Schatz. Nichts von alledem. Hierherzukommen war unsere einzige Chance. Denn ohne weitere Informationen hätten wir das Amulett der Heilung ohnehin nicht finden können. Und erst recht nicht in der knappen Zeit.«

Erin schluckte. Da war er wieder, der Kloß von der Größe eines Wolkenkratzers in ihrem Hals. »Ich will dich nicht verlieren«, flüsterte sie erstickt.

»Und ich will nicht verloren werden.«

»Und was machen wir nun?«

»Ich schätze, wir müssen von hier verschwinden. Und dann sehen wir weiter.«

»Aber ohne dein Amulett wirst du die Schmerzen nicht aushalten können.«

»Vielleicht doch. Ich hab ja dich.«

Erin nickte. Sie würde alles für ihn tun, doch sie befürchtete, dass ihre Kraft nicht reichen würde, um dem Fluch auf Dauer Einhalt zu gebieten. Sie sah ihn tapfer an. »Ja, du hast mich.«

Daniel erhob sich, ging zu dem Fenster hinüber und zog die dicken Vorhänge beiseite. »Vergittert«, stellte er grimmig fest. Dann öffnete er das Fenster und rüttelte versuchsweise an den dicken Metallstäben. »Sitzen bombenfest«, sagte er bedauernd.

»Vielleicht können wir den Mörtel irgendwie wegkratzen«, schlug Erin vor, als sie nähertrat.

»Du hast zu viele alte Gefängnisfilme gesehen«, kommentierte er trocken. »Hier lässt sich garantiert nichts wegkratzen.«

»Bleibt also noch die Tür. Irgendwann müssen sie ja wiederkommen, um das Geschirr abzuräumen. Wenn wir es geschickt anstellen, können wir vielleicht das Überraschungsmoment ausnutzen.«

»Einen Versuch ist es wert«, stimmte Daniel ihr zu. »Aber wenn es zu einem Kampf kommt, möchte ich, dass du dich da raushältst, verstanden?« Er sah sie fest an.

»Aber …«

»Kein Aber. Ich habe oft mit Erhard und seinen Jungs trainiert. Du nicht.« Er sah ihr eindringlich in die Augen. »Was nützt uns die Freiheit, wenn du verletzt wirst? Ich bin nicht bereit, dein Leben zu riskieren, verstanden?«

Und was ist mit deinem Leben?, wollte Erin ihm

entgegenschreien, doch sie wusste, dass es zwecklos war. Stattdessen durchsuchte sie den Rollwagen nach etwas, das als Waffe zu gebrauchen wäre. »Fehlanzeige«, stellte sie schließlich enttäuscht fest.

»Ja, mit diesem Plastikmesser hier kann man wohl niemanden in Schach halten«, stimmte Daniel ihr zu.

»Nur mit diesem Laken bekleidet dürfte es dir ohnehin schwerfallen«, bemerkte Erin mit einem kleinen Kichern.

Daniel warf ihr einen abschätzenden Blick zu. »Was meinst du, soll ich mich anziehen oder wollen wir uns die Wartezeit etwas angenehmer gestalten?«, fragte er anzüglich.

»Ich denke, du solltest dich lieber anziehen«, entgegnete sie auf einmal wieder ernst.

Überrascht sah Daniel sie an. »Stimmt etwas nicht?«, fragte er und versuchte, die Enttäuschung aus seiner Stimme zu vertreiben. »Ich dachte, dir hätte es auch gefallen.«

»Hat es auch, sehr sogar«, beeilte Erin sich, den falschen Eindruck, den er bekommen haben mochte, zu zerstreuen. »Aber ich glaube, es strengt dich zu sehr an. Du hast selbst gesehen, wie schnell die Wirkung der Schmerzmittel nachgelassen hat.« Unsicher sah sie ihn an. »Ich schätze, du solltest Aufregung und …«, sie spürte, wie sie wieder errötete, »körperliche Betätigung eher vermeiden«, sagte sie schnell.

»Körperliche Betätigung?« Belustigt blickte Daniel sie an. Dann trat wieder ein verführerischer Glanz in seine Augen. »Ich will nicht joggen gehen, sondern

Liebe mit der Frau meines Lebens machen. Solange ich es noch kann«, fügte er leise hinzu.

»Dazu wirst du noch ausreichend Gelegenheit haben«, erwiderte Erin, so fest sie konnte. »Wenn wir hier raus sind und die ganze Sache endlich überstanden ist. Und jetzt beeil dich, sie kommen bestimmt bald, um das Geschirr abzuholen.«

Tatsächlich ertönten in diesem Moment Schritte auf dem Flur und Daniel schlüpfte rasch in seine Hose. Doch die Schritte verklangen wieder, ohne dass die Tür geöffnet wurde.

»Jetzt heißt es wohl warten«, sagte Erin missmutig und setzte sich auf das Bett.

Die nächsten Stunden zogen sich zäh dahin. Ihnen beiden war nicht nach reden zumute. Und Erin vermutete, dass Daniels Gedanken sich ebenso wie die ihren darum drehten, wie beschissen und unfair das Leben doch sein konnte.

Einige Male hörten sie Schritte und sprangen dann auf, um ihre Plätze neben der Tür einzunehmen. Doch niemand kam. Jedes Mal brauchte Erin eine Weile, um ihren wilden Herzschlag wieder zu beruhigen, und spürte förmlich das Adrenalin durch ihre Adern schießen. Immer öfter wanderte ihr besorgter Blick zu Daniel hinüber. Wenn sie mit ihrer Vermutung recht hatte, war Adrenalin nicht gut für ihn. Sie merkte, wie seine Stirn sich immer mehr verkrampfte und dass er seine Hände wieder so fest geballt hatte, dass die Knöchel weiß hervortraten.

»Du solltest dich hinlegen«, sagte sie sanft und

strich ihm über die Stirn. »Es wird wieder schlimmer, nicht wahr?«

Daniel nickte steif und atmete ein paarmal tief durch.

Es klang wütend und überrascht sah Erin ihn an. »Was ist los?«

»Weißt du, was das Schlimmste jetzt gerade ist?«, fragte er sie gepresst.

Sie schüttelte verständnislos den Kopf.

»Es ist nicht der Schmerz«, sagte er stockend. »Nicht einmal die Tatsache, dass ich wahrscheinlich sterben muss. Was mir gerade den letzten Nerv raubt und mich beinahe um den Verstand bringt, ist, dass ich zu schwach bin, um dich zu beschützen.« Verzweifelt sah er sie an. »Selbst wenn sich diese Tür öffnet, werde ich nichts ausrichten können, nicht in dieser Verfassung. Es tut mir leid«, flüsterte er gequält. »Ich habe geschworen, dich zu beschützen. Aber ich werde diesen Schwur nicht halten können.«

»Scht.« Beruhigend zog Erin ihn an sich und streichelte ihm über die Stirn. »Dann werde ausnahmsweise ich dich eine Weile beschützen, bis es dir wieder besser geht«, sagte sie leise. »Es war ohnehin keine besonders gute Idee, uns den Weg freizukämpfen. Selbst wenn wir dieses Zimmer verlassen hätten, wären wir vermutlich nicht weit gekommen. Uns wird bestimmt noch etwas Anderes einfallen, du wirst schon sehen. Alles wird gut, solange wir zusammen sind«, sprach sie tröstend auf ihn ein und Daniel lächelte leicht.

»Danke. Ich teile zwar nicht ganz deine Zuversicht, aber danke für den Versuch.«

»Soll ich probieren, deine Schmerzen wieder ein wenig zu lindern?«, bot sie ihm an und gab ihm einen Kuss auf die Stirn.

»Nein, spar dir deine Kräfte«, erwiderte er. »Ich habe gesehen, wie sehr es dich mitgenommen hat, und zumindest einer von uns sollte voll da sein, wenn sich doch eine Gelegenheit zur Flucht ergibt.«

»Aber ich muss dir doch irgendwie helfen.«

»Dann halte mich einfach fest.« Er legte sich auf das Bett und streckte einladend die Arme nach ihr aus.

Erin kuschelte sich eng an ihn und schloss die Augen. Wenn sie alles Andere vergaß und sich nur auf das Hier und Jetzt konzentrierte, hätte es eigentlich ein vollkommener Tag der Zweisamkeit für sie sein können. Sie wusste, dass sie sich immer voll Wehmut daran erinnern würde. Denn obwohl sie es nicht wahrhaben wollte, schlich sich immer wieder der Gedanke in ihr Herz, dass ihnen nicht mehr viele solcher Tage vergönnt sein würden. Erin presste ihre Augen fest zusammen und klammerte sich mit aller Kraft an Daniel. Wie kostbar solche Augenblicke doch erschienen, wenn man wusste, dass sie gezählt waren.

Kapitel 4

Irgendwann wurde die Tür schließlich wieder geöffnet und ein neuer Speisewagen hereingerollt. Doch Erin kümmerte sich nicht weiter darum. Und auch nicht um den neugierigen Blick, mit dem der Mann ihre auf dem schmalen Bett eng verschlungenen Gestalten musterte.

Daniel war endlich eingeschlafen, und obwohl seine Stirn noch immer verkrampft war, schien sich zumindest der Rest seines Körpers etwas zu entspannen.

Als die Tür wieder geschlossen wurde, löste sich Erin vorsichtig aus seiner Umarmung und schlich auf Zehenspitzen zu dem Tablett mit dem Essen hin. Nachdem sie das Mittagessen weitgehend verschmäht hatte, meldete sich nun ihr Appetit. Außerdem hatte Daniel recht, sie mussten bei Kräften bleiben, wenn sie tatsächlich eine Flucht riskieren wollten. Sie streckte ihre Hand nach einem Brötchen aus, zögerte jedoch kurz, als sie an Gift oder Drogen dachte. Doch dann sagte sie sich, dass Enrico von Treibnitz keinen Grund hatte, zu solch subtilen Methoden zu greifen. Es gab nichts mehr, was er noch von ihnen wollen könnte, und sie waren ihm auch so auf Gedeih und Verderb ausgeliefert.

Während Erin Essen auf ihren Teller lud, ging sie im Kopf noch einmal alle ihre Optionen durch. Es gab genau zwei Menschen, die ihnen prinzipiell helfen könnten: Erhard und Daniels Vater. Doch beide waren im Augenblick unerreichbar für sie. Fast routinemäßig holte sie ihr Handy hervor und warf einen Blick darauf. Kein Empfang. Resigniert steckte Erin es wieder in ihre Tasche. Sie hatte ja auch nichts Anderes erwartet. Bereits bei ihrem ersten Besuch waren ihre Handys schon im weiträumigen Umkreis um das Haus der *Suchenden* blockiert worden. Daher hatte Melissa sie ja auch nicht verfolgen können. *Damals* war es recht praktisch gewesen. *Jetzt* würde sie alles dafür geben, dass der Störsender für nur wenige Minuten ausfiel.

Sie nahm ihren Teller und wollte damit schon zum Bett zurückgehen, als ihr plötzlich eine waghalsige Idee kam. Aufgeregt drehte sie sich wieder zum Rollwagen um und schlug gespannt das lange weiße Tuch hoch, das ihn bedeckte. Darunter kam tatsächlich ein zweiter Boden zum Vorschein. Erin zögerte. Entweder hatte Daniel recht und sie hatte tatsächlich zu viele alte Agentenfilme gesehen, oder ... Oder sie hatte gerade eine Möglichkeit entdeckt, den Raum zu verlassen. Wenn sie Glück hatte, würde man sie unentdeckt direkt bis zur Küche bringen. Und die hatte bestimmt einen Hinterausgang. Wenn es ihr erst einmal gelungen war, das Anwesen zu verlassen, würde sie Hilfe holen können. Sie würde Erhard anrufen oder auch die Polizei. Ihr war mittlerweile alles recht, wenn sie und Daniel nur endlich frei wären, um nach dem lebensrettenden Amulett zu suchen.

Ohne zu zögern lief sie zum Bett und knüllte die Decke neben Daniel so zusammen, dass es bei flüchtigem Betrachten wie eine eingekuschelte Person aussah. Dann kletterte sie in den Rollwagen und richtete das Tuch. Nun hieß es nur noch warten.

Die Zeit ging nur quälend langsam voran. Erins Rücken war von der unbequemen Haltung schon ganz steif geworden, von ihren Beinen, die längst eingeschlafen waren, ganz zu schweigen. Sie bemühte sich vorsichtig, ihr Gewicht ein wenig zu verlagern, als ihr der beunruhigende Gedanke kam, dass das Geschirr womöglich erst am nächsten Tag abgeräumt werden würde. Sie wollte ihr Vorhaben schon aufgeben, als das Türschloss ganz leise geöffnet wurde. Erin hielt den Atem an. Sie hatte keine Schritte im Flur gehört.

Mit einem fast unhörbaren Klicken fiel die Tür wieder ins Schloss. Jemand war im Zimmer!

Erins Herz klopfte ihr bis zum Hals und sie betete, dass derjenige, wer auch immer es war, einfach nur den Wagen hinausrollen würde, ohne Licht anzumachen, denn dann würde ihr Trick mit der Bettdecke garantiert auffliegen.

Leise Schritte näherten sich ihr und Erin spannte ihren Körper an, um nicht umzukippen, wenn der Wagen sich in Bewegung setzte.

Doch der Besucher ging an ihr vorbei in Richtung Bett.

Irritiert runzelte Erin die Stirn. Dann hielt sie es nicht mehr aus und hob das Tischtuch ein Stückchen hoch, um hinausschauen zu können. Nur noch wenig Licht fiel durch die dicken Stoffvorhänge am Fenster, doch es reichte, um einen Mann zu sehen, der sich nun über Daniel gebeugt hatte und ihn leicht an der Schulter rüttelte.

»Daniel, wach auf, Junge«, flüsterte der Mann und Erin erkannte erstaunt die Stimme von Daniels Vater. War er doch gekommen, um ihnen zu helfen?

Vorsichtig stieg sie aus ihrem Versteck und näherte sich dem Mann ganz leise von hinten.

»Vater«, murmelte Daniel, als er endlich die Augen öffnete. Er stöhnte leise, als er sich aufzurichten versuchte. »Hast du noch ein paar von diesen Tabletten?«, fragte er hoffnungsvoll.

»Ich habe was Besseres«, erwiderte dieser und holte etwas aus seiner Tasche, das er seinem Sohn in die Hand drückte. Augenblicklich entspannte sich Daniels Gesicht. Überrascht öffnete er seine Finger und starrte ungläubig auf das Saphir-Amulett, das darin lag.

»Sie haben das Amulett gefunden!«, rief Erin fassungslos.

Stephan zuckte vor Schreck zusammen, als er ihre Stimme so dicht neben sich hörte. »Erin, wo kommst du denn her?«, fragte er ungehalten. »Wir müssen uns beeilen«, fügte er dann schnell hinzu, ohne ihre Antwort abzuwarten.

»Können Sie uns hier rausbringen?« Aufgeregt fasste sie nach seinem Arm.

»Ich werde es versuchen. Hier«, er reichte Erin ebenfalls eine Kette, die sie sich freudestrahlend um den Hals legte.

»Danke! Wie können wir das jemals wiedergutmachen?«

»Indem ihr am Leben bleibt, beide«, erwiderte er düster.

»Haben Sie etwas über das Amulett der Heilung herausfinden können?«, fragte Erin hoffnungsvoll.

»Nicht wirklich. Dafür war die Zeit zu knapp. Doch ich war im Archiv. Der Mann, der es gestohlen hatte, hieß Erik Buchman.«

Er reichte Erin einen großen Umschlag. »Hier drin ist alles, was er nach seiner Flucht bei uns zurückgelassen hat.«

Wortlos nahm Erin den Umschlag entgegen. Er war schwerer, als sie erwartet hatte. Sie konnte noch immer kaum fassen, was gerade geschah. Daniel und sie würden nicht nur entkommen, sie hatten sogar womöglich eine Spur.

Daniel war jedoch nicht so leicht zu beeindrucken. »Wie hast du das alles geschafft?«, fragte er misstrauisch. »Der Großmeister wird dir unsere Amulette ja nicht gerade freiwillig abgegeben haben. Und in den Fluren hat es bestimmt auch Wachen gegeben, oder?«

Mit einem düsteren Lächeln schlug sein Vater sein Jackett zurück, sodass das Innenfutter zu sehen war. In seiner Innentasche steckten ein paar kleine Spritzen. »Betäubungsmittel«, sagte er schlicht. »Es wirkt jedoch nicht ewig, deswegen müssen wir uns auch beeilen. Kommt jetzt, ich führe euch raus.«

»Du kommst doch mit uns, oder?«, fragte Daniel, als sie so leise wie möglich das Zimmer verließen.

Stephan zögerte überrascht.

»Sie glauben doch nicht, dass der Großmeister Sie einfach so ungestraft lässt?«, zischte Erin. »Immerhin haben Sie ihm zwei Amulette der Macht gestohlen.«

»Sie gehörten nicht ihm. Die beiden anderen habe ich nicht angerührt.«

Erin rollte genervt mit den Augen. »Das wird er Ihnen kaum anrechnen.«

»Das stimmt«, mischte Daniel sich wieder ein. »Wann begreifst du endlich, dass er ein berechnendes und machthungriges Monster ist und nicht der nette Onkel von nebenan?«

Sein Vater nickte traurig. »Ihr habt vermutlich recht. Ich schätze, ich habe in all den Jahren meine Augen vor der Wahrheit verschlossen, weil ich mit aller Kraft daran glauben wollte, dass er sein Versprechen mir gegenüber hält.« Er fasste nach Daniels Hand. »Und letztendlich hat er es auch getan. Er hat mir dich wieder zurückgegeben. Auch wenn ich nun erkennen muss, dass er seine eigenen Ziele dabei verfolgt hat. Doch es ist nicht einfach, seine gewohnten Denkmuster zu durchbrechen.«

»Wem sagst du das«, murmelte Daniel leise. Auch seine Welt war innerhalb weniger Tage mehr als einmal auf den Kopf gestellt worden.

»Wir müssen uns beeilen«, brachte Erin die beiden Männer auf den Boden der Realität zurück.

»Natürlich, folgt mir.« Stephan lief vorsichtig los und winkte ihnen, ihm zu folgen.

Er brachte sie zu einem Notausstiegsfenster, an dem eine Feuertreppe nach unten führte. »Seid leise und beeilt euch«, warnte er sie eindringlich. Mit etwas Glück könnt ihr in der Dunkelheit entkommen, ohne dass euch jemand bemerkt.«

»Und was ist mit dir? Ich dachte, du kommst mit«, sagte Daniel und fasste nach seinem Arm.

»Ich muss noch etwas erledigen, ich komme so schnell wie möglich nach. Bringt euch erst in Sicherheit. Etwa fünfhundert Meter in dieser Richtung«, er deutete mit der Hand, »gibt es eine Telefonzelle. Dort könnt ihr euch ein Taxi rufen. Braucht ihr Geld?«, fiel ihm plötzlich ein.

»Nein«, sagte Daniel schnell.

»Nun komm schon«, drängte Erin, die bereits auf der Feuertreppe stand.

Doch Daniel zögerte noch immer. Es behagte ihm nicht, seinen Vater einfach so zurückzulassen. »Wo treffen wir uns?«, fragte er heiser.

»Vor der nächsten Autobahnauffahrt in Richtung Köln gibt es ein kleines Motel »Truck'n'Roll«. Wartet dort auf dem Parkplatz auf mich. Und jetzt geht!« Er gab Daniel einen leichten Schubs, dann wandte er sich ab und eilte den Flur entlang.

Ohne sich noch einmal umzublicken, schwang Daniel seine Beine über die Fensterbank und folgte Erin, die bereits eine Plattform tiefer ungeduldig auf ihn wartete.

So leise wie möglich rannte Stephan den Flur entlang. Immer wieder drehte er sich um, aber es war nur seine

Angst, die ihm im Nacken saß. Er verfluchte seine Dummheit. Doch er war so um Daniel besorgt gewesen, dass er keinen Gedanken an seine eigene Sicherheit verschwendet hatte. Hätte er alles in Ruhe durchdenken können, hätte er alles Wichtige sofort mitgenommen. Dann müsste er jetzt nicht riskieren, entdeckt zu werden, während er in seine Kammer zurückkehrte. Aber er hatte kaum einen klaren Gedanken fassen können, nachdem er gesehen hatte, wie schlecht es seinem Sohn ohne den Schutz des Amuletts ergangen war.

Gleich nachdem er ihm die Schmerzmittel gebracht hatte, hatte Stephan sich auf den Weg gemacht. Zuerst ins Archiv, wo er den Wachmann mit einem Piks ins Reich der Träume befördert hatte. Allein bei dem Gedanken daran musste er schaudern. Der Mann hatte ihm vertraut und er hatte ihn hinterrücks angegriffen. Dabei war er Arzt. Er hatte geschworen, keinem Menschen ein Leid anzutun. Und er hatte den Schwur stets gehalten. Bis jetzt.

Die Suche im Archiv hatte länger gedauert, als er gedacht hatte. Und als er mit der mageren Ausbeute im Arm zurückkehrte, kam der Wachmann allmählich zu Bewusstsein. Also hatte Stephan ihn erneut unter Drogen setzen müssen. Und dann hatte er etwas Undenkbares getan. Er war direkt in das Arbeitszimmer des Großmeisters gegangen. Ohne einen Plan, nur mit dem verzweifelten Wunsch, seinem Sohn zu helfen. Hätte er Zeit gehabt, darüber nachzudenken, hätte er diesen Schritt niemals gewagt. Denn er wusste, dass eins seiner Amulette dem Großmeister die Macht verlieh, Gedanken lesen zu können. Es war pures Glück gewesen, dass Stephan nicht aufgeflogen war. Aber als er das Büro betreten hatte, hatte Enrico von Treibnitz die Amulette gar nicht um den Hals getragen. Stattdessen hatte er die vier Schmuckstücke vor sich auf dem Tisch ausgebreitet.

Irritiert hatte der Großmeister aufgeschaut, seinen Blick jedoch wieder abgewandt, als er Stephan erkannt hatte. »Es will mir einfach nicht gelingen«, hatte er frustriert gemurmelt und das Saphir- und das Rubin-Amulett in die Hände genommen. »Noch immer nicht. Vielleicht braucht man alle …«

Scheinbar interessiert war Stephan nähergetreten. Er hatte nicht erwartet, dass es so einfach werden würde. Der Großmeister schien seine Anwesenheit völlig vergessen zu haben, während er die beiden Amulette aneinanderhielt. Erst als Stephan ihn schon erreicht hatte, hatte er unwillig aufgesehen und barsch »Was suchst du hier?« gefragt.

Statt einer Antwort hatte Daniels Vater ihm die Betäubungsspritze in den Hals gejagt. So schnell er es vermocht hatte, hatte er den Kolben hineingedrückt. Nicht schnell genug. Mit einer Kraft, die er dem älteren Mann nicht zugetraut hätte, hatte dieser ihn zur Seite gestoßen und dann die Spritze, die noch immer in seinem Hals gesteckt hatte, herausgerissen.

Doch das Medikament hatte schnell gewirkt. Noch während Stephan sich wieder aufrappelte, war der Großmeister langsam in die Knie gesunken. Er hatte noch zweimal keuchend Luft geholt, dann war er vornüber gefallen und reglos liegengeblieben.

Sofort war Stephan zu ihm geeilt und hatte seinen Puls kontrolliert. Er war erstaunlich schnell gewesen, aber Daniels Vater hatte keine Zeit gehabt, sich damit zu befassen. Ein Blick auf die Spritze verriet ihm, dass der Großmeister immerhin die Hälfte der Dosis abbekommen hatte. Einen Moment hatte Stephan gezögert, ob er noch den Rest verabreichen sollte. Doch er hatte keine Zeit zu verlieren. Die injizierte Dosis sollte genügen. Rasch hatte er die beiden Amulette vom Boden aufgehoben und war hinausgerannt.

Und nun musste er nur noch ein paar Sachen holen und dann würde er der Organisation für immer den Rücken kehren. Sie waren quitt. Er hatte den *Suchenden* zwanzig Jahre seines Lebens treu gedient und dafür hatten sie endlich ihr Versprechen gehalten und ihm seinen Sohn zurückgegeben. Jetzt war er frei.

Da, er hatte die Tür zu seinem Zimmer erreicht. Erleichtert machte Stephan sie auf und huschte hinein. Er hatte es geschafft! Er gönnte sich eine Minute, um seinen wilden Herzschlag zu beruhigen, dann holte er seine Reisetasche aus dem Schrank und machte sich ans Packen. Nachdem er seine spärlichen Habseligkeiten verstaut hatte, sah er sich nach dem einen Ding um, dessentwegen er überhaupt zurückgekommen war. Der kleine Bilderrahmen mit dem Foto, das ihn mit seiner Frau und seinem Sohn kurz nach Daniels Geburt zeigte, hatte ihn all die Jahre über begleitet. Es zurückzulassen, wäre undenkbar. Seine Hand griff fast automatisch zu der Stelle an seinem Nachtschränkchen, wo es normalerweise stand. So war es immer das Erste gewesen, das er beim Aufwachen sah, und das Letzte, bevor er einschlief. Stephans Herz setzte einen Schlag aus. Das Bild war nicht da.

»Suchst du vielleicht das hier?«, riss eine krächzende Stimme ihn aus seinen Gedanken.

Erschrocken wirbelte Stephan herum und sah direkt in die hasserfüllten Augen des Großmeisters, der von zwei weiteren Männern flankiert wurde.

Lässig wedelte Enrico von Treibnitz mit dem Bilderrahmen in der Luft. »Liebe macht ja so berechenbar«, sagte er verächtlich. »Obwohl ich zugeben muss, dass ich dir niemals den Mumm zugetraut hätte, mich anzugreifen, nur um deinem Sohn zu helfen.«

Wut stieg in Stephan hoch und holte ihn aus seiner Angststarre. »Das Bild gehört mir!«, sagte er. »Und ich habe dich nicht angegriffen! Ich habe dir keinen Schaden zugefügt!«

»Nein, überhaupt nicht!«, schrie der Großmeister sarkastisch und kalter Zorn blitzte in seinen Augen. »Du hast mir nur zwei Amulette der Macht gestohlen!«

»Ich habe sie nicht gestohlen«, beharrte Stephan, »sondern sie nur ihren Besitzern zurückgegeben.«

»Sie gehörten mir!«, zischte Enrico von Treibnitz und kam drohend auf ihn zu.

Daniels Vater schluckte. Wie hatte er sich nur die ganze Zeit so in dem Mann täuschen können? Wieso hatte er ihn nicht als das machtgierige Monster erkannt, das er so offensichtlich war? Er hatte sein halbes Leben dem Machthunger dieses Mannes geopfert. Er sah in die Augen des Großmeisters und erkannte darin sein Ende. Er würde den Raum nicht mehr lebend verlassen. Stephan warf einen Blick auf das Bild seiner Familie und spürte plötzlich eine tiefe Ruhe sich in ihm ausbreiten. Zumindest jetzt hatte er das Richtige getan. Er hatte seinem Sohn zur Flucht verholfen. Und alles, was er jetzt noch für ihn tun konnte, war, ihm Zeit zu verschaffen.

Alle Angst fiel von ihm ab, als er entschlossen dem Blick des Großmeisters begegnete. »Solltest du nicht noch tief und fest schlafen?«, bemerkte er. »Die Dosis hätte einen Menschen für mindestens zwei Stunden ruhig stellen sollen.«

Enrico von Treibnitz lachte verächtlich. »Einen *gewöhnlichen* Menschen vielleicht. Glaubst du, ich hätte mich so lange an der Spitze der Macht halten können, wenn ich nicht gewisse Vorkehrungen getroffen hätte? Ich habe mich jahrelang mit Meditations- und Trancetechniken beschäftigt, die mich gegen die meisten Gifte gefeit machen. Ich gebe zu, dass ich noch ein wenig wackelig bin, aber immerhin ist es mir gelungen, durch Beschleunigung des Metabolismus' das Betäubungsmittel viel schneller abzubauen. Aber genug davon.« Er trat noch einen Schritt näher und seine Augen funkelten boshaft. »Ich weiß, was du bezweckst. Du willst mich ablenken, weil du hoffst, dass dein ach so kostbarer Sohn mir in der Zwischenzeit entkommen kann. Doch du irrst dich. Du irrst dich gewaltig. Er kann uns nicht entkommen. Dafür haben wir vorgesorgt.« Er holte ein kleines Gerät aus der Tasche und klappte es auf. »Das Signal des Peilsenders kommt klar und deutlich«, stellte er zufrieden fest. »Wir haben also alle Zeit der Welt für einen gemütlichen kleinen Plausch unter Freunden.«

»Du Mistkerl!«, rief Stephan verzweifelt und stürzte sich auf ihn. Doch bevor er auch nur einen Schritt weit kam, ragte plötzlich eine riesige Feuerwand vor ihm auf. Abrupt blieb er stehen und ruderte mit den Armen, um sein Gleichgewicht zu halten und nicht in die Flammen zu stürzen. Erschrocken sah er sich um. Er war in einem Ring aus Feuer gefangen und spürte die Hitze, die ihm Haut und Haar versengte. Stephan keuchte. Die Luft war heiß und mit jedem Atemzug fiel ihm das Atmen schwerer.

»Weißt du, was dein letzter Fehler gewesen war?«, ertönte plötzlich die Stimme des Großmeisters.

Stephan strengte seine Augen an und konnte den Mann schemenhaft durch die flackernden Flammen erkennen.

»Du hättest mir *alle* Amulette abnehmen sollen, als du die Gelegenheit dazu hattest. Obwohl«, der Großmeister zuckte mit den Schultern, »an deinem Schicksal hätte es nichts geändert. Ich kann Verräter einfach nicht ausstehen. Und doch bin ich nicht völlig herzlos.« Mit einer großmütigen Geste warf er Stephan das Bild von dessen Familie hin. »Mögt ihr alle im Tode vereint sein.«

Das Bild krachte auf den Steinfußboden und das Glas zerbrach. Schluchzend stürzte sich Stephan darauf und presste es an sich, bevor die Hitze das empfindliche Papier zerstören konnte. Noch einmal öffnete er die Augen, um seine Lieben anzusehen. Dann schloss sich der Feuerring gänzlich um ihn. Er hustete, keuchte und schrie, bis sich endlich die gnädige Dunkelheit um ihn legte.

Ungerührt betrachtete Enrico von Treibnitz die zusammengekrümmte, wimmernde Gestalt auf dem kalten Steinfußboden. »Das hätte ich ihm wirklich nie zugetraut«, murmelte er noch immer fassungslos. »Aber zum Glück kann der Schaden noch behoben werden.« Er wandte sich an einen der beiden Männer, die sich bisher still im Hintergrund gehalten hatten. »Hier, nimm den Signalempfänger und bring mir die beiden Flüchtigen zurück.« Dann griff er in die Tasche und holte einen kleinen Silberring hervor. »Und steck dir den hier an. Er wird dich vor dem Mädchen abschirmen.«

Der Sicherheitsmann nickte knapp und wandte sich zum Gehen.

»Nein, warte!«, hielt der Großmeister ihn plötzlich zurück. »Vielleicht hat das Mädchen ja recht und es gelingt ihnen tatsächlich, das letzte Amulett zu finden«, murmelte er leise. »Einen Versuch ist es wert.« Nachdenklich kaute er auf seiner Unterlippe. »Folge den beiden«, befahl er schließlich. »Aber unauffällig. Ich will nicht, dass sie dich bemerken. Das könnte sie zu sehr von ihrer Suche ablenken. Du bleibst also im Hintergrund und hältst mich über jeden ihrer Schritte auf dem Laufenden.«

Der Mann nickte erneut und verließ eilig den Raum.

»Und du schaffst das hier weg«, befahl der Großmeister dem anderen Wächter mit Blick auf die reglose Gestalt am Boden, bevor er ebenfalls das Zimmer verließ.

Kapitel 5

Schweigend packte Erin ihr Handy weg, mit dem sie gerade ihre Pflicht-SMS an ihre Eltern geschickt hatte, und sah angestrengt aus dem Fenster. »Ich glaube, er kommt nicht mehr«, sagte sie leise. In der Dunkelheit versuchte sie, Daniels Gesichtszüge auszumachen. Ohne Erfolg. Seit über einer Stunde saßen sie schon im Auto auf dem düsteren Parkplatz vor dem kleinen Motel. Aus Angst, entdeckt zu werden, hatten sie nicht einmal die Innenbeleuchtung angemacht, obwohl alles in Erin danach drängte, endlich den Umschlag zu untersuchen, den Daniels Vater ihnen gegeben hatte. Natürlich hatten sie ihn bereits geöffnet. Soweit sie es ohne Licht feststellen konnten, waren darin bloß eine Bibel und eine formell wirkende Klemmmappe enthalten. Nicht sehr vielversprechend und doch die einzige Spur, die sie hatten.

Erneut blickte sie zu Daniel hinüber und verkniff sich die Frage, wie es ihm ging. Er hielt das Lenkrad mit beiden Händen umklammert und hatte seinen Kopf darauf abgelegt. Ob es die Schmerzen waren, die ihm zusetzten, die Angst vor der Zukunft oder die Sorge um seinen Vater, vermochte Erin nicht zu sagen. Vermutlich trug alles einen Teil zu seiner Anspannung bei.

»Daniel?«, fragte sie sanft und legte ihm ihre Hand auf die Schulter.

Er richtete sich auf und atmete tief durch. »Lass uns fahren«, sagte er knapp.

»Glaubst du, sie haben ihn erwischt?«, fragte sie vorsichtig.

»Keine Ahnung«, erwiderte er betont gleichgültig. »Vielleicht hatte er es sich auch bloß anders überlegt.«

Erin wusste, dass es ihm nicht egal war. Aber sie wollte nicht noch eine Wunde in ihm aufreißen. Sie seufzte leise. Es schien immer mehr Dinge zu geben, über die sie nicht mit ihm sprechen konnte. »Wohin fahren wir?«, wollte sie stattdessen wissen, als er den Wagen startete.

»Keine Ahnung. Zunächst fort von hier. Ich werde mich deutlich besser fühlen, wenn ich erst einmal ein paar Hundert Kilometer zwischen uns und alle möglichen Geheimorganisationen gebracht habe«, entgegnete er mit dem Anflug eines Lächelns.

»Soll ich mir inzwischen den Inhalt des Umschlags genauer ansehen? Vielleicht finde ich ja einen Hinweis, in welche Richtung wir fahren sollen.«

»Sicher.«

Erin schaltete die Innenlampe an und nahm sich zuerst die Klemmmappe vor. »Das scheint eine Art Personalakte für seine Zeit bei den *Suchenden* zu sein. Viel ist es nicht gerade«, erzählte sie, während sie sich das Deckblatt ansah. In der Mitte war ein vergilbtes Schwarzweiß-Foto eingeklebt, das einen Mann von etwa 35 Jahren zeigte. Er hatte kurze Haare, eine Adlernase und intelligente, durchdringende Augen. Er wirkte ehrgeizig, zielstrebig. Und irgendwie bezweifelte Erin, dass er das Amulett aus purer Nächstenliebe entwendet hatte. Er hatte bestimmt eigene Pläne damit verfolgt.

Unter dem Bild stand sein Name: Erik Buchman. Und darunter prangte ganz dick ein roter Aufkleber mit der Aufschrift: »Gesucht!« Aber das wusste sie ja schon. Neugierig schlug sie die Mappe auf. »Hier steht, dass er 1895 in Herfordshire geboren wurde«, berichtete sie, während sie die Zeilen überflog. »1927 hatte er begonnen, für die *Suchenden* zu arbeiten, und war 1932 der Organisation fest beigetreten. Anscheinend hatte er eine recht steile Karriere bei ihnen gemacht. Hier gibt es eine ganze Liste verschiedener Einsätze überall auf der Welt, bei denen er mitgemacht hatte. Schließlich war er sogar zum inneren Zirkel aufgestiegen, nur um 1940 zusammen mit dem Diamant-Amulett spurlos zu verschwinden.«

»Steht da vielleicht, wieso er das gemacht hat?«

»Nein«, bedauernd schüttelte sie den Kopf. »Aber es kommen ja noch ein paar Seiten«, fügte sie zuversichtlicher hinzu. »Hier stehen nur noch zwei Einträge unter *Persönliches*. Er hatte 1930 eine Dorothee Egler geheiratet und sich 1934 wieder scheiden lassen.«

»War wohl keine besonders glückliche Ehe«, kommentierte Daniel trocken.

»Nein.« Erin runzelte die Stirn und versuchte, etwas zu entziffern, das mit Bleistift hinzugefügt worden war. *Nicht eingeweiht* stand da in Klammern hinter dem Namen der Frau. Ungläubig schüttelte sie den Kopf. »Kein Wunder, dass die Ehe nicht gehalten hatte«, sagte sie dann. »Offensichtlich hatte der ehrgeizige Mr. Buchman seiner Frau von seiner Tätigkeit für die *Suchenden* gar nichts erzählt. So etwas kann ja gar nicht gut gehen.«

»Gibt es vielleicht eine Adresse oder sonst irgendeinen Anhaltspunkt, wohin er mit dem Amulett geflüchtet sein könnte?«, fragte Daniel, während er die fast leere Autobahn entlangraste. »Ich würde nämlich gern wissen, ob ich ungefähr in die richtige Richtung fahre.«

»Nach seiner Scheidung hatte er immer im Hauptquartier der *Suchenden* gelebt. Damals war es in einem Anwesen in der Nähe von Frankfurt gelegen. Über die Frau steht hier nichts weiter, wahrscheinlich war sie der Organisation nicht wichtig genug.« Gespannt blätterte Erin weiter. Es folgten viele Seiten, die dicht mit der Schreibmaschine beschrieben worden waren. »Das hier sieht aus wie Berichte und Protokolle von irgendwelchen Einsätzen, die er geleitet hatte«, sagte sie, während sie die Überschriften überflog. »Und hier ist sogar ein psychologisches Gutachten.« Schließlich blieben ihre Augen an der letzten Seite hängen. »Aha. Das könnte interessant sein«, murmelte sie und las aufgeregt vor: »*Abschlussbericht*. Anscheinend ist dies eine Zusammenfassung aller Suchaktivitäten, die durchgeführt worden sind, um Mr. Buchman und das Diamant-Amulett zu finden. Hier steht ein Haufen Adressen von Freunden, Bekannten, Familie, die durchsucht worden sind.« Sie erbleichte. »Offensichtlich sind sehr viele Menschen verhört und sogar gefoltert worden, nur um eine Spur des Amuletts zu finden. Die Mistkerle hatten sich als SS getarnt, um ungestört schalten und walten zu können. Ah! Und hier steht doch die Adresse der Frau. Sie war offensichtlich in die Eifel gezogen. Oh!« Erin verstummte überrascht. »Hier steht, dass sie sehr krank gewesen war – Krebs im Endstadium. Ihr Haus war seit Wochen verlassen, als es durchsucht worden war. Die Nachforschungen hatten ergeben, dass sie in einem Krankenhaus in Aachen behandelt worden war. Und dann war sie von einem Tag auf den nächsten spurlos verschwunden.« Aufgeregt blickte Erin auf.

»Das Amulett!«, sprach Daniel ihren Gedanken aus. »Er muss es gestohlen haben, um sie zu heilen.«

Erin nickte enthusiastisch, dann beugte sie sich wieder über das Papier. »Die *Suchenden* sind zum selben Ergebnis gekommen, aber leider haben sie nie wieder eine Spur von Erik und Dorothee Buchman gefunden.« Niedergeschlagen ließ sie die Mappe sinken.

»Und was nun?«, fragte Daniel leise.

»Ich weiß es nicht«, erwiderte Erin unsicher. »Vielleicht finden wir ja noch einen Hinweis, wenn wir alles genau durchlesen.«

Daniel atmete tief durch. »Das glaube ich nicht«, sagte er schließlich. »Immerhin hatten die *Suchenden* diese Akte die ganze Zeit zur Verfügung gehabt. Sie haben die Texte darin selbst geschrieben. Wie hoch ist da die Wahrscheinlichkeit, dass wir etwas entdecken, das ihnen verborgen geblieben ist?«

»Es muss etwas geben«, beharrte Erin.

Daniel lächelte müde und wischte sich über das Gesicht. »Lass uns jetzt lieber eine Pause machen«, schlug er sanft vor. »Vielleicht fällt uns morgen noch etwas ein.«

»Meinst du, wir sind weit genug weg?«, fragte Erin besorgt.

»Keine Ahnung.« Er atmete tief durch. »Aber ich kann kaum noch geradeaus gucken. Ich schätze also, dass das Autofahren für uns im Augenblick auch nicht besonders sicher ist.«

»Soll ich?«, bot Erin zögernd an. Sie hatte zwar nicht besonders viel Übung, weil sie meist mit ihrem Rad unterwegs war, aber sie hatte ihren Führerschein mit siebzehn gemacht und konnte eigentlich fahren, wenn auch offiziell nur in Begleitung eines Erwachsenen.

»Morgen kannst du mich gern ablösen«, sagte Daniel entschieden. »Du siehst nämlich auch schon ganz schön fertig aus. Es war mal wieder ein sehr harter Tag, was?« Er versuchte sich an einem Lächeln.

Wortlos drückte Erin seine Hand. Was für eine Untertreibung. Sie fragte sich, ob ihr Leben jemals wieder normal verlaufen würde.

»Da vorne ist ein Rastplatz«, sagte Daniel nach einer Weile. »Wie wär's? Möchtest du mit mir auf dem Rücksitz kuscheln?« Er fuhr an einer Reihe parkender LKW vorbei und ließ das Auto im Schatten eines großen Baumes stehen, dessen Äste sie vor dem hellen Licht des Rasthofs abschirmten. Dann stieg er aus und holte eine alte Decke aus dem Kofferraum.

Als sie sich halbwegs gemütlich auf der Rückbank aneinandergekuschelt hatten, stellte Erin die Frage, die sie sich die ganze Zeit über verkniffen hatte. »Wie geht es dir?«, flüsterte sie leise und legte ihm ihre Hand auf die Stirn.

»Es geht«, erwiderte er gepresst. »Aber diese Kopfschmerzen werden mich noch umbringen«, fügte er mit einem Anflug von Galgenhumor hinzu.

Erschrocken schnappte Erin nach Luft.

»War nur Spaß«, beeilte er sich, sie zu beruhigen. »Wirklich, das Amulett hält das Meiste ab. Zwischendurch habe ich es sogar ganz vergessen. Mach dir keine Sorgen, mein Schatz.« Er drückte ihr einen Kuss auf die Stirn.

Erin schloss die Augen und presste sich ganz fest an ihn. So gern hätte sie ihm geglaubt. Doch wenn sie ihre Stirn an seine Schläfe drückte und sich konzentrierte, konnte sie ein schwaches Pochen spüren, das wohl ein Echo seines Schmerzes war, obwohl sein Amulett ihn vor ihr abschirmte.

Erin wachte auf, als Daniel sich vorsichtig von ihr zu lösen versuchte. »Entschuldige, ich wollte dich nicht wecken«, sagte er leise. »Aber wir müssen bald weiter. Da wollte ich zumindest etwas zum Frühstück besorgen.«

Erin richtete sich langsam auf und unterdrückte ein Stöhnen. Eine Nacht auf dem schmalen Rücksitz hatte ihrem Rücken überhaupt nicht gutgetan. »Heute Nacht schlafen wir aber in einem Motel, einverstanden?«

»Ich hätte bestimmt nichts dagegen. Allerdings sollten wir vorher noch mal unsere Finanzen überprüfen.«

»Wieso?« Alarmiert sah sie ihn an.

»Meine Kreditkarte läuft auf die *Bruderschaft* und ich würde sie nur ungern strapazieren.«

»Meinst du, Erhard könnte uns den Geldhahn abdrehen?«

»Er vielleicht nicht. Aber er ist bestimmt nicht der Einzige, der dort etwas zu melden hat. Wer weiß, wie schnell sich das Machtvakuum nach Melissas Abgang wieder füllt. Und ich möchte vermeiden, dass unsere Kreditkartenabrechnungen irgendwem in die Hände fallen.«

»Du hast natürlich recht«, murmelte Erin. Daran hatte sie noch gar nicht gedacht. »Wie viel Geld hast du noch?«

Daniel warf einen schnellen Blick in sein Portemonnaie. »Siebzig Euro. Ein letztes Mal wollte ich die Kreditkarte gleich noch bemühen, falls ich einen Geldautomaten finde. Danach würde ich sie nur im Notfall benutzen. Falls sie überhaupt noch funktioniert.«

»Gut. Und wenn nicht, plündern wir einfach mein Konto. Da müssten auch noch rund sechshundert Euro drauf sein.«

»In Ordnung. Für Kaffee und ein paar Brötchen wird es also auf jeden Fall noch reichen. Ich bin gleich zurück. Rühr dich nicht von der Stelle.«

Erin sah Daniel nach, wie er in Richtung der kleinen Raststätte verschwand. Dann stieg auch sie aus dem Auto, um sich ein wenig die Beine zu vertreten. Am liebsten hätte sie sich jetzt in irgendein gemütliches Bad verkrochen, um ausgiebig zu duschen. Aber das kam wohl nicht in Frage. Stattdessen holte sie eine Sprudelflasche hervor und nahm ein paar große Schlucke Wasser, um den schalen Geschmack in ihrem Mund loszuwerden.

Als sie sich wieder ins Auto setzen wollte, fiel ihr Blick auf die unscheinbare Bibel, die noch immer auf dem Armaturenbrett lag und die sie gestern nicht weiter beachtet hatten. Vorsichtig nahm Erin das kleine Buch hoch und schlug es wahllos auf. Es war tatsächlich eine Bibel. Die hauchdünnen Papierseiten waren über und über mit kleinen Buchstaben bedeckt. Und Erin fragte sich, wer so etwas überhaupt lesen mochte. Sie blätterte ein paar Seiten weiter, ohne sich viel davon zu versprechen. Das Buch hatte bestimmt nichts zu bedeuten. Wahrscheinlich hatte es gar nicht Erik Buchman gehört, sondern war schon in seinem Zimmer gewesen, als er dort eingezogen war. Deshalb hatte er es bei seiner Flucht wohl auch nicht mitgenommen.

Frustriert blätterte Erin das Buch durch und wollte es schon achtlos zur Seite legen, als ihr plötzlich etwas auffiel. Ein Stück Papier! Da war doch eben ein Stück Papier zwischen den Seiten gewesen. Aufgeregt blätterte sie zurück. Tatsächlich! Ein abgegriffenes, vergilbtes Lesezeichen lag vergessen zwischen zwei dünnen Seiten. Erin strich die Seiten glatt, atmete tief durch und begann zu lesen.

»Was hast du da?«

Sie zuckte erschrocken zusammen und sah Daniel vorwurfsvoll an. »Du sollst dich doch nicht so anschleichen.«

»'Tschuldigung. Eigentlich habe ich ganz normal getrampelt.« Er lächelte leicht. Dann beugte er sich über ihre Schulter. »Hast du was gefunden?«, fragte er aufgeregt, als er das Buch in ihrer Hand erkannte.

»Ich weiß nicht.« Sie zuckte mit den Achseln. »Da liegt ein Lesezeichen, siehst du?« Sie hob das Buch ein Stückchen höher, damit er den kleinen Zettel, der noch immer in der Mitte der aufgeschlagenen Doppelseite steckte, besser sehen konnte. »Also dachte ich, dass es da vielleicht einen Hinweis gibt. Aber mir sagt das alles nichts.« Sie rümpfte die Nase. »Nimm du das lieber. Du kennst dich mit verstaubten Büchern ja viel besser aus als ich.«

»Das klingt ja, als wäre ich richtig langweilig«, beschwerte sich Daniel, griff aber nach dem Buch und hielt ihr im Austausch die Papiertüte mit dem Frühstück hin.

»Gibst du mir bitte einen Kaffee?«, fragte er, nachdem sie sich wieder ins Auto gesetzt hatten. »Ohne Koffein kann ich nicht klar denken.«

»Sicher doch«, sagte Erin und reichte ihm seinen Becher, bevor sie selbst einen großen Schluck aus dem ihren nahm.

Daniel balancierte die aufgeschlagene Bibel auf dem Lenkrad und griff mit der rechten Hand nach dem Getränk. »Mmhh«, machte er genüsslich. »Nichts vertreibt den Nebel im Kopf besser als ein frischer, heißer Kaffee.« Dann beugte er sich über die Bibel. »*Das Buch der Weisheit. Die Weisheit und das Schicksal des Menschen*«, las er leise murmelnd vor.

»So weit war ich auch schon«, kommentierte Erin brummig.

»Ja, aber wusstest du auch, dass das Buch der Weisheit zwar erst um ca. 50 vor Christus entstanden ist, sein Inhalt aber König Salomon zugeschrieben wird?«, fragte er mit einem überlegenen Lächeln.

»König Salomon?«, wiederholte Erin und endlich spürte sie wieder einen Anflug von Hoffnung. »Meinst du, Mr. Buchman hat irgendeinen verborgenen Hinweis gesucht?«

»Möglich.« Daniel zuckte mit den Achseln. »Hör dir das mal an: *Denn Gott hat den Tod nicht gemacht und hat keine Freude an dem Untergang der Lebenden. Hat er doch alles zum Sein erschaffen.* Na, wenn das nicht nach einer Aussicht auf Unsterblichkeit klingt, dann weiß ich es auch nicht.«

»Steht da noch mehr?«, fragte Erin neugierig.

»Aber klar doch. Hier, halt das mal.« Daniel reichte Erin das kleine Lesezeichen, damit er den Text besser erkennen konnte. »*Die Seelen der Gerechten aber sind in Gottes Hand und keine Qual kann sie berühren ...*«

Daniels Stimme verlor sich in den Emotionen, die urplötzlich auf Erin einstürmten. Wie geisterhafte Echos nahmen sie mit ihren Bildern und Farben ihren Verstand gefangen. Erin schüttelte den Kopf, um ihn wieder freizubekommen. Und es dauerte eine Weile, bis sie erkannte, dass die Gefühle aus dem kleinen Stück Papier entströmten, das sie in ihrer Hand hielt.

»… *so war doch ihre Hoffnung auf Unsterblichkeit erfüllt.*«

»Stopp!«, rief sie Daniel zu, der noch nichts von ihrem inneren Aufruhr bemerkt hatte.

Überrascht sah er sie an. »Was ist los?«

»Ich bin nicht sicher«, sagte sie zögerlich. Immerhin war es ihr gelungen, die Echos in ihrem Kopf in einen entfernten Winkel ihres Geistes zu verdrängen. Langsam ließ sie das Lesezeichen, oder was auch immer es sein mochte, los und horchte sorgfältig in sich hinein. Nichts. Dann nahm sie es wieder vorsichtig in ihre Hand und spürte sofort den leichten Druck der Gefühle, die sich in ihre Seele drängen wollten. »Ich spüre etwas. An diesem Stück Papier haften viele Emotionen.«

»Nach all den Jahren?«, fragte Daniel ungläubig und fasziniert zugleich. »Wie ist das möglich?«

»Ich weiß es nicht. Vielleicht hatte es ihm viel bedeutet.«

»Und was genau spürst du?«

Erin kniff die Augen zusammen und versuchte, die verworrenen Eindrücke zu sortieren. »Bedauern, Hoffnung, Schmerz, Zweifel, Sehnsucht«, zählte sie leise auf. »Es ist wirklich nicht einfach zu benennen. Es sind nur noch ferne Echos da. Aber ich glaube, ihm muss viel durch den Kopf gegangen sein, als er das angesehen oder berührt hat.«

»Zeig mal her.« Behutsam löste Daniel den Zettel aus ihrer Hand und sah ihn sich genauer an. »Sieht aus wie ein Faltblatt von einem Gottesdienst«, sagte er leise, als er ihn vorsichtig in seiner Hand hin- und herdrehte. »Hier, siehst du?«, er zeigte auf einen zerschlissenen Rand. »Die Knickstellen sind wohl irgendwann durchgescheuert worden. Aber vielleicht gelingt es uns trotzdem, ihn auseinanderzufalten.« Sorgfältig trennte er die einzelnen Schichten und bald lagen vier Stücke auf seiner Handfläche, die zusammengesetzt ungefähr die Größe einer Postkarte gehabt hätten.

»Kannst du erkennen, welche Kirche das ist?«, fragte Erin atemlos.

»Warte.« Daniel drehte eins der Stücke um. »Hier muss doch bestimmt irgendwo eine Adresse oder Ähnliches stehen. Tatsächlich!« Aufgeregt beugte er sich tiefer über die verblasste Schrift. »St. Mary's Chapel. Brynmawr, Wales.«

»Wales?«, wiederholte Erin entgeistert. »Ist das nicht in England?«

»Großbritannien«, verbesserte Daniel sie automatisch. »Aber im Prinzip hast du recht. Es liegt an der südwestlichen Ecke von England.« Skeptisch sah er sie an. »Glaubst du wirklich, da könnte das Amulett sein?«

Unsicher biss Erin sich auf die Lippe. Sie wusste genau, was er dachte. Sie hatten nur einen einzigen Versuch frei. Die Zeit rannte ihnen davon. Und wenn sie an der falschen Stelle suchten … Sie weigerte sich, diesen Gedanken zu Ende zu bringen. Sie zuckte mit den Achseln. »Hast du in der Bibel irgendeinen Anhaltspunkt gefunden?«

Daniel schüttelte den Kopf. »Mag sein, dass der Mann darin irgendetwas gesucht hatte. Vielleicht einen Hinweis, vielleicht aber auch nur Weisheit oder Trost. Immerhin ist dies die Bibel. Ich kann da aber nichts Außergewöhnliches entdecken. Und bestimmt keine Ortsangabe.«

»In der Mappe war auch nichts weiter gewesen«, fügte Erin traurig hinzu. Sie hatte wirklich gehofft, dass sie in den Unterlagen, die Daniels Vater ihnen beschafft hatte, einen entscheidenden Hinweis finden würden. Erst jetzt wurde ihr richtig bewusst, wie kindisch und naiv diese Vorstellung gewesen war. Natürlich hatten die *Suchenden* alle Orte durchsucht, die auch nur annähernd als Versteck in Frage gekommen waren. Immerhin hatten sie alle Informationen gehabt.

Alle, bis auf die Tatsache, dass das verschlissene Stück Papier, das vergessen zwischen den Blättern einer alten Bibel lag, eine besondere Bedeutung für Erik Buchman gehabt hatte. Das hatte nur sie erkannt. Hatte nur sie erkennen können. Das war die einzige Spur, der die Anderen noch nicht nachgegangen waren. Aber war sie wirklich bereit, Daniels Leben darauf zu verwetten? Verzweifelt kaute sie auf ihrer Unterlippe. Sie wollte diese Entscheidung nicht treffen, sie konnte es nicht. Was, wenn sie falsch lag? Was, wenn sie schon morgen den richtigen Hinweis finden würden, falls sie hier bleiben und weitersuchen würden? Aber was, wenn sie doch recht hatte?

»Schon gut«, sagte Daniel plötzlich und berührte sanft ihre Hand.

Überrascht schaute sie zu ihm auf.

»Es ist gut, Erin«, sagte er leise und lächelte sie leicht an. »Ich vertraue dir. Wenn dein Gefühl dir sagt, dass wir nach Wales sollen, dann fahren wir dorthin.«

Erins Augen füllten sich mit Tränen angesichts seines Vertrauens und der ungeheuren Verantwortung, die damit auf ihr lastete. »Aber ich weiß nicht, was mein Gefühl mir sagt.«

»Doch, du weißt es«, widersprach er ihr sanft. »Es ist nur deine Angst, die jetzt aus dir spricht.«

»Ich kann das nicht entscheiden …«, setzte sie an.

»Tust du nicht«, unterbrach er sie leise. »Ich entscheide es. Wir fahren nach Wales.«

»Aber was, wenn ich mich irre?«

»Dann werde ich zumindest noch ein bisschen was von der Welt sehen. Weißt du, ich bin in meinem Leben noch nie in Wales gewesen.«

»Gut, dann lass uns mal sehen«, sagte Erin und schnappte sich sein Smartphone. »Wie heißt dieser Ort noch mal? Brynmar?«

»Brynmawr«, korrigierte Daniel mit einem Blick auf das Flugblatt.

Erin tippte den Namen in das Fenster der Suchmaschine und sah sich neugierig die Trefferliste an. »Es gibt ein Brynmawr in Pennsylvania«, meinte sie schließlich. »Aber das ist ja in den USA, das kann doch nicht gemeint sein, oder?«, fragte sie erschrocken. Ohne Daniels Reisepass und ohne Visum würden sie es kaum in die USA schaffen. »Auf dem Zettel stand ganz sicher Wales, nicht wahr?«

»Schwarz auf weiß«, beruhigte Daniel sie. »Tipp das doch mit ein.«

Erin ergänzte die Suche um *Wales* und atmete erleichtert auf. »Da ist es.« Sie schnaubte. »*Brynmawr* ist walisisch für *großer Hügel*. Klingt ja nicht gerade vielversprechend.«

»Steht da vielleicht sonst noch etwas?«

»Nein. Anscheinend ist der Ort viel zu klein für eine eigene Internetseite.«

»Na ja, solange er im Routenplaner zu finden ist, soll es mir egal sein.«

»Das haben wir gleich«, sagte Erin zuversichtlich. Nach ein paar weiteren Klicks erschien das vertraute Bild der Navigations-App.

»Na dann, auf nach Wales!«, sagte Daniel optimistisch und lenkte den Wagen auf die Autobahn.

1940, Frankfurt a. M.

Niedergeschlagen ließ Erik Buchman den kleinen Brief sinken. Er hatte ihn in den letzten Tagen schon mehr als ein Dutzend Mal gelesen und dieser eine Satz hämmerte immer und immer wieder in seinem Kopf: *Ich werde bald sterben.*

Seit er den Brief erhalten hatte, wachte er jede Nacht schweißgebadet auf und sah diese gnadenlosen Worte vor sich. Seine lebenslustige, energische, wundervolle Dorothee lag im Sterben. Schon jetzt war sie zu schwach gewesen, um den Brief selbst zu schreiben. Stattdessen füllte die krakelige Schrift einer hilfsbereiten Krankenschwester die Seiten. Und jeder Tag, der verstrich, brachte sie dem Tod noch ein Stückchen näher.

Es gibt keine Hoffnung mehr, das war der andere Satz, der ihn immer wieder verfolgte. Keine Hoffnung. Er schloss die Augen und vergrub sein Gesicht in den Händen, während Herz und Verstand sich weigerten, diese Wahrheit zu akzeptieren. Vielleicht war sie sogar schon tot. Vielleicht tat sie genau in diesem Augenblick, während er nur untätig dasaß, ihren letzten Atemzug. Er wusste es nicht. *Bald* war ein sehr dehnbarer Begriff. Sie hatte den Brief vor zehn Tagen geschrieben. Fünf Tage lang hatte er in dem kleinen Postfach auf ihn gewartet, das er extra für sie eingerichtet hatte und vor dem Rest der Welt geheim hielt. Jahrelang war da nichts gewesen, obwohl er täglich auf eine Nachricht von ihr gehofft hatte, und dann war dieser Brief gekommen.

Und obwohl er sie jahrelang nicht gesehen hatte, konnte Erik den Gedanken an eine Welt, in der es sie nicht mehr gab, einfach nicht ertragen.

Müde stand er auf und faltete den Brief sorgfältig zusammen. Dann griff er nach seiner Brieftasche, um den Umschlag darin zu verstauen. Dabei fiel ein anderer Zettel aus dem großen Fach heraus. Und als er sich bückte, um ihn aufzuheben, musste er unwillkürlich lächeln. Er schloss die Augen und gab sich wehmütig der Erinnerung an diesen einen perfekten Tag hin.

Es war im Frühling 1930 gewesen. Dorothee und er hatten einer spontanen, verrückten Idee nachgegeben. Sie waren für ein paar Tage nach Wales gefahren und hatten sich in einem kleinen, verschlafenen Örtchen in einer Pension eingebucht. Sie waren so glücklich, verliebt und unbeschwert gewesen. Sie waren durch die Gegend gewandert und hatten die wilde, ursprüngliche Landschaft und die direkte, herzliche Art der Menschen genossen. Dann, eines Morgens waren sie bei ihren Streifzügen auf die kleine St. Mary's Chapel gestoßen, vor der die Menschen gerade Schlange standen. Jemand drückte ihm eine Einladung für den Gottesdienst in die Hand, doch sie hatten freundlich abgewunken. Stattdessen waren sie über den kleinen Friedhof mit den halbverfallenen, überwucherten Grabsteinen geschlendert und hatten sich dann im Schatten einer halbhohen Mauer niedergelassen. Er wusste noch genau, wie sie darüber gestaunt hatten, dass die Mauer um einen alten Baum herum gebaut worden war, der zufällig im Weg gestanden hatte, und wie sie sich über die Eigenheiten der Waliser ausgelassen hatten. Und während er dasaß und zuschaute, wie die Sonne langsam um die kleine Kapelle herumkam, dem Vogelgezwitscher lauschte und seine Dorothee im Arm hielt, da wusste er plötzlich mit einer fast schmerzlichen Gewissheit, dass sie die Eine war. Also fragte er sie. Und hielt vor Anspannung den Atem an, während er auf ihre Antwort wartete. Nie würde er ihr Gesicht vergessen, als sie ihm um den Hals fiel und überwältigt »Ja!« sagte.

Langsam strichen Eriks Finger über das kleine Faltblatt, das er nun in den Händen hielt. Er wusste selber nicht genau, weshalb er es all die Jahre aufbewahrt hatte. Vielleicht als Erinnerung an das beste Jahr seines Lebens.

Er war nicht wirklich überrascht gewesen, als Dorothee ihm nur knapp vier Jahre später mitteilte, dass sie ihn verlassen würde. Und auch ihren Anblick, als sie es sagte, würde er nie vergessen. Es hatte so viel Liebe, Traurigkeit und Hoffnung darin gelegen, dass er seine Augen von ihr abgewandt hatte. Bis zum Schluss hatte sie gehofft, dass er sich für sie entscheiden würde und nicht für seine *Organisation*, wie sie es nannte. Sie hatte bis zum Schluss nicht genau gewusst, was er eigentlich tat. Sie wusste nur, dass er immer weniger Zeit für sie hatte, sehr viel unterwegs war und nur noch selten in das Haus zurückkam, das sie mit so viel Liebe eingerichtet hatte. Und eines Tages hatte sie schließlich genug. Während sie ihm sagte, dass sie gehe, hatten ihre Augen ihn angefleht, mit ihr zu kommen. Doch er hatte nicht auf sie gehört. Er hatte seiner Karriere den Vorrang gegeben. Vor ihr und vor seinem eigenen Glück. Also war sie gegangen. Und er hatte nie wieder etwas von ihr gehört. Bis jetzt.

Und es war wohl Ironie des Schicksals, dass er nur durch seine Stellung in der Organisation nun den

Schlüssel zu ihrer Rettung in der Hand hielt, oder zumindest beinahe. Doch es würde ihn alles kosten, was er sich in den letzten Jahren so mühsam aufgebaut hatte. Er stand im Gespräch als der nächste Großmeister, in wenigen Jahren könnte er schon am Ziel all seiner Wünsche stehen. Dazu müsste er nur Dorothee seinem Ehrgeiz opfern, so, wie er es schon einmal getan hatte.

Unruhig ging Erik in seinem Zimmer hin und her, das zusammengefaltete Blatt noch immer fest in seine Hand gedrückt, und wusste nicht, was er tun sollte. Sein Blick fiel auf die kleine Bibel, die auf seinem Nachttisch lag, und er schlug sie aufs Geratewohl auf. Sein Blick fiel auf einen Vers: »*Ja, stark wie der Tod ist die Liebe.*« Erik schluckte und las weiter. »*Ihre Brände sind Feuerbrände, Flammen des Herrn. Gewaltige Wasser können die Liebe nicht löschen.*«

Langsam öffnete er die Hand, die noch immer zur Faust geballt war, und strich den gefalteten kleinen Zettel aus der St. Mary's Chapel glatt. Zitternd legte er ihn zu den Zeilen über die Liebe, die –welch eine Ironie – einst Salomon verfasst haben sollte. Dann schloss er die Bibel und atmete tief durch. »Und auch die Zeit kann ihr nichts anhaben«, ergänzte er flüsternd die Worte des alten Königs, der einst vier der fünf Amulette der Macht besessen haben sollte.

Eriks Entscheidung war gefällt. Er würde das Amulett der Heilung aus dem Tresor nehmen und Dorothee damit retten. Denn eine Welt ohne sie hatte für ihn einfach keinen Sinn.

Kapitel 6

Heute, Deutschland

Langsam schlug Erin die Augen auf und rieb sich den Nacken, der von der unbequemen Position ganz steif geworden war. Sie warf einen Blick zu Daniel hinüber, der angespannt hinter dem Steuer saß. Eine steile Falte hatte sich zwischen seinen Augenbrauen gebildet und Erin wusste, ohne zu fragen, dass es ihm nicht sonderlich gutging. »Lass mich mal fahren«, schlug sie vor. »Dann kannst du dich auch etwas ausruhen. Ein wenig Schlaf würde dir guttun.«

»*Fahren* würde ich das nicht gerade nennen. Wir kommen ja kaum von der Stelle!«, brummte Daniel.

Erin blickte aus dem Fenster. »Gab's einen Unfall?«

Daniel schnaubte. »Nein, das ist nur der ganz normale Berufsverkehr. In zwei Kilometern dürften wir es aber geschafft haben, wenn man den Stauinfos Glauben schenken kann.«

Tatsächlich ging es nach etwa zehn Minuten wieder ein wenig schneller voran und weitere fünf Minuten später fuhr Daniel auf einen kleinen Parkplatz an der Autobahn. »Ich könnte wirklich ein Nickerchen gebrauchen«, sagte er entschuldigend und strich sich mit der Hand über die Augen.

Sie tauschten die Plätze und Erin rückte sein

Smartphone so zurecht, dass sie die Navigationsanweisungen besser sehen konnte.

»Weck mich an der Grenze, ja?«, sagte Daniel noch, dann sank er tief in den Beifahrersitz ein und schloss die Augen.

Erin umklammerte das Lenkrad mit beiden Händen und fuhr konzentriert los. Sie hatte nicht wirklich viel Übung darin, aber zum Glück musste man auf der Autobahn ja praktisch nur geradeaus fahren. Sie schaltete das Radio ein und warf Daniel einen vorsichtigen Blick zu. Aber die Musik schien ihn nicht zu stören, anscheinend schlief er bereits tief und fest.

Erin merkte kaum, wie die Zeit verging. Nur einmal, als sie sich Aachen näherten, wurde es wieder voller auf der Autobahn. Und dann kündete plötzlich nur ein kleines Schildchen davon, dass sie Deutschland verlassen hatten und sich nun in Belgien befanden.

Erin warf Daniel einen prüfenden Blick zu. Er hatte gebeten, ihn an der Grenze zu wecken, denn ihr Führerschein, mit dem sie ohne Begleitung schon in Deutschland eigentlich nicht hatte fahren dürfen, galt erst recht nicht im Ausland. Aber sie brachte es einfach nicht übers Herz. Daniels Stirn lag noch immer in Falten und seine Hände waren selbst im Schlaf zu Fäusten geballt. Sie mochte sich nicht vorstellen, wie es ihm im wachen Zustand ergehen würde. Also fuhr sie weiter, wobei sie sich sorgfältig an die Navi-Anweisungen hielt, um ja nichts falsch zu machen.

Irgendwann regte sich schließlich Daniel auf dem Beifahrersitz und schlug langsam die Augen auf. »Wo sind wir?«, fragte er verwirrt, nachdem er einen Blick aus dem Fenster geworfen und die belgischen Autobahnschilder gesehen hatte.

»Kurz vor Brüssel«, erklärte Erin stolz.

»Du hättest mich wecken sollen«, sagte er leise. »Wir können es uns nicht leisten, Ärger mit der Polizei zu bekommen.«

Erin schluckte schuldbewusst. Daran hatte sie gar nicht gedacht. »Ich habe es nur gut gemeint«, rechtfertigte sie sich. »Geht es dir denn ein wenig besser?«

»Sicher«, erwiderte er und setzte sich aufrecht. Dabei vermied er jedoch, ihr in die Augen zu sehen. »Bei der nächsten Ausfahrt tauschen wir, okay?«

»Okay«, stimmte Erin ihm kleinlaut zu.

Nachdem sie die Plätze getauscht hatten, fuhr Daniel entschlossen los. Erin musste zugeben, dass sie nun, da er am Steuer saß, viel schneller vorankamen. Doch die Verbissenheit in seinem Gesicht ließ ihr Herz vor Angst gefrieren. Schmerzlich wurde ihr bewusst, dass er keine Zeit verlieren wollte, keine Zeit zu verlieren hatte. Sie zählte rasch nach. Es war so viel passiert und doch waren erst zweieinhalb Tage vergangen, seit er den Fluch auf sich gezogen hatte. Sie hatten also noch mindestens zwei Wochen Zeit, bevor es kritisch wurde. Falls Erhard recht hatte. Falls Daniel tatsächlich so lange durchhielt. Erin lehnte sich zurück und starrte aus dem Fenster. Sie wollte nicht darüber nachdenken. Um sich abzulenken, versuchte sie, Daniel in ein Gespräch zu verwickeln, doch er ging nicht darauf ein und schließlich gab sie den Versuch auf. Sie wusste genau, was ihn im Augenblick bewegte, dass er seine Kräfte schonte und sich auf den Weg konzentrierte, aber trotzdem fühlte sie sich ausgeschlossen und verletzt. Zögernd legte sie ihm die Hand auf den Oberschenkel, um zumindest irgendwie den Kontakt zu ihm nicht zu verlieren, und schloss wieder die Augen.

In Calais machten sie schließlich eine Pause, um etwas zu essen und das Auto wieder vollzutanken.

»Ich muss noch etwas erledigen«, sagte Daniel plötzlich, während Erin sich ein wenig die Beine vertrat. »Ich bin gleich wieder da.«

Es dauerte gut eine halbe Stunde, bis er wieder zu ihr stieß, und Erin hatte sich schon große Sorgen um ihn gemacht. »Wo bist du gewesen?«, fragte sie vorwurfsvoll.

»Tut mir leid, hat ein bisschen länger gedauert«, meinte er zerknirscht. »Ich habe uns die hier besorgt«, fügte er hinzu und reichte ihr ein Handy.

»Was soll ich damit?«, fragte sie, während sie es verständnislos in der Hand hin- und herdrehte.

»Am besten die wichtigsten Nummern aus deinem alten Handy einspeichern.«

»Aber wieso?«

»Weil unsere Handys vielleicht abgehört werden oder verfolgt oder so was. Die Anschaffung reißt zwar ein kleines Loch in unser Budget, aber ich denke, das ist es wert.«

»Okay.« Erin kam sich auf einmal ein wenig dumm vor. Wieso hatte sie nicht selbst daran gedacht? Dann fiel ihr Blick auf das Gerät, in das Daniel gerade hastig die gespeicherten Nummern übertrug. »Wieso hast du eigentlich ein Smartphone und ich nur ein einfaches Kartenhandy?«, konnte sie sich plötzlich nicht zurückhalten.

Ungläubig sah Daniel sie an. »Weil wir nicht zwei von den teuren Dingern brauchen. Aber wenn du willst, können wir auch tauschen«, fügte er mit einem kleinen Lächeln hinzu.

»Nein, schon gut«, murmelte Erin kleinlaut. »Wenn ich mir deins von Zeit zu Zeit ausleihen kann.« Sie grinste schelmisch und er schloss sie kurz in seine Arme.

»Alles, was du willst, mein Schatz. Und dann solltest du deinen Eltern am besten die neue Nummer nennen, damit sie sich nicht wundern.«

»Und was soll ich sagen?«

»Dass dein altes Handy kaputtgegangen ist und du dir deshalb ein neues besorgt hast.«

»Okay.« Sie löste sich von ihm und speicherte schnell die Nummer ihrer Eltern im Telefonverzeichnis.

»Gut, und jetzt gib mir das alte.«

»Was hast du vor?«

Er grinste leicht. »Das wirst du gleich sehen.« Er ließ die alten Geräte auf den Boden direkt vor dem Vorderreifen fallen. Dann stieg er ins Auto und fuhr einige Male vor und zurück.

Fassungslos starrte Erin ihn an. »Wieso hast du das gemacht?«

»Damit du deine Eltern nicht belügen musst«, erwiderte er trocken. »Nein, im Ernst. So ist es vermutlich sicherer für uns.«

Erin sah ihn überwältigt an. »Danke, dass du dich so um alles kümmerst.«

»Hey.« Ein tapferes Lächeln erschien auf seinen Lippen. »Dafür bin ich doch da. Ach ja, ich habe auch den Fahrplan für den Eurotunnel geprüft. Den Zug in einer Stunde könnten wir gut erwischen«, fügte er hinzu und strich sich plötzlich müde über das Gesicht.

Besorgt sah Erin ihn an. Trotz all seiner aufgesetzten Fröhlichkeit sah er gar nicht gut aus. Unter seinen Augen lagen dunkle Schatten und in seiner gesamten Körperhaltung herrschte eine gewisse Anspannung, so als müsste er sich stark zusammenreißen. »Wir können doch auch einen Zug später nehmen«, schlug sie zögernd vor. »Dann könntest du dich noch ein wenig ausruhen.«

»Wieso denn?«, winkte Daniel ab. »Ich habe schon viel längere Fahrten gemacht. Außerdem kann ich in der Bahn vielleicht ein wenig schlafen.«

Während Daniel das Ticket für den Zug besorgte und alle Formalitäten regelte, ging Erin unruhig auf und ab. Der Eurotunnel mochte ja viel schneller als eine Fähre sein und man wurde dabei garantiert nicht seekrank, doch allein der Gedanke daran, *unter* dem Ärmelkanal durchzufahren, während über ihr Tonnen über Tonnen des eisigen Wassers der Nordsee schwappten, löste in ihr einen klaustrophobischen Anfall aus.

Endlich kam Daniel wieder und winkte mit einem kleinen Schildchen, das er an den Innenspiegel hängte. Dann fuhren sie zum Check-In, ein Beamter überprüfte ihre Ausweise und die Autopapiere und zehn Minuten später standen sie in einer langen Schlange und warteten darauf, dass sie endlich an Bord fahren konnten.

Im Parkdeck des Zuges war es viel heller, als Erin es befürchtet hatte, sie hatte es sich irgendwie wie eine düstere Tiefgarage vorgestellt, bloß viel, viel enger. Wenn man wollte, konnte man sogar das Auto verlassen. Erin wäre gern ein paar Schritte gegangen, um sich alles ein wenig genauer anzusehen, aber Daniel hatte sich einfach in seinem Sitz zurückgelehnt und die Augen geschlossen. Da sie ihn nicht allein lassen wollte, holte sie stattdessen einen Schokoriegel, den sie sich bei ihrem Mittagsstopp an der Raststätte besorgt hatte, aus dem Handschuhfach. Das Knistern des Papiers klang in dem stillen Auto ungeheuer laut und Daniels Augenlider zuckten. Ganz vorsichtig und so leise wie möglich biss sie in ihren Snack und begann zu kauen. Während sich der Zug unter ihnen rollend in Bewegung setzte, traten Erin plötzlich Tränen in die Augen. Es war ein unglaubliches Abenteuer, das sie gerade erlebte. Das unglaublichste, was in ihrem Leben bisher passiert war. Und neben ihr saß der Mann, den sie über alles liebte, und doch traute sie sich plötzlich nicht, ihn auch nur anzusprechen. Es war, als würde er ihr Stück für Stück entgleiten, sich mit jeder Minute, die verging, ein wenig mehr in sich zurückziehen.

Als hätte er ihren Blick gespürt, öffnete Daniel plötzlich die Augen und sah sie direkt an. »Was ist los, mein Schatz?«

»Nichts«, erwiderte Erin schnell und schaute zur Seite. Auf einmal schämte sie sich ihrer kleinlichen Gefühle. Sollte sie ihm wirklich sagen, dass sie, während er um sein Leben kämpfte, sich von ihm vernachlässigt fühlte? War sie wirklich so egoistisch?

»Hey.« Sie spürte, wie Daniel ihre Hand nahm, und sah ihn unsicher an. »Es wird alles wieder gut«, sagte er leise.

Sie nickte dankbar. Er hatte recht. Der Fluch lastete wie eine tickende Zeitbombe auf ihnen beiden. Sobald Daniel wieder gesund war, würde alles wieder gut sein.

Die Zugfahrt verflog im Nu. Und als sie den Tunnel wieder verließen, waren sie schon in Großbritannien. Neugierig schaute Erin sich um, während Daniel den Wagen konzentriert in Richtung Bristol lenkte. Erleichtert stellte sie fest, dass ihm das Fahren auf der linken Seite kaum Probleme bereitete. Sie selbst wäre vermutlich schon im ersten Kreisverkehr trotz der ganzen Pfeile in die falsche Richtung abgebogen.

Hin und wieder warf sie Daniel besorgte Blicke zu, doch sie hielt es für besser, seine Konzentration nicht zu stören. Helfen konnte sie ihm ohnehin nicht.

Erst hinter London, wo sie fast eine Stunde im Stau gestanden hatten, legte er eine kurze Pause ein. Während Erin in Richtung der Toilette verschwand, betrat Daniel die kleine Raststätte. Als Erin sich kurze Zeit später zu ihm gesellte, standen zwei dampfende Pappbecher auf einem Tablett, das er zur Kasse trug, und Erin stieg der Duft von Kaffee in die Nase.

»Warte«, hielt sie ihn zurück und ging zu der Auslage mit Sandwiches und Gebäckteilchen hinüber. »Möchtest du ein Sandwich oder lieber was Süßes?«, fragte sie ihn und griff selbst nach einem Rosinenbrötchen.

»Ich möchte nichts«, erwiderte er knapp.

»Aber du musst doch etwas essen«, setzte Erin fürsorglich an.

»Ich sagte, nein!«, entfuhr es ihm gereizt.

Erins Hand zuckte beleidigt zurück. Doch dann nahm sie entschlossen ein eingepacktes Sandwich heraus und legte es mit einem Blick, der keine Widerrede duldete, zusammen mit ihrem Brötchen auf das Tablett. »Falls du deine Meinung noch änderst«, erklärte sie ihm fest. »Und wenn nicht, esse ich es halt.«

Daniel sah sie zerknirscht an. »Ich wollte dich nicht so anfahren.«

»Ich weiß.« Beruhigend strich sie ihm über die Stirn. »Aber du solltest wirklich etwas essen.«

»Später vielleicht«, erwiderte er besänftigend und sie wusste, dass er es nur ihr zuliebe tat.

Daniel bezahlte den Kaffee und das Essen und sie trugen beides zum Auto zurück. Erin hätte sich gern an einen der kleinen Tische gesetzt, die in der Cafeteria standen, und in Ruhe den kleinen Snack genossen. Doch Daniel schien keinen Gedanken daran zu verschwenden und so hielt sie einfach den Mund. Er hatte recht. Zeit war kostbar. Jede Minute, die sie vertrödelten, konnte am Ende entscheidend sein.

Sobald Daniel seinen Becher geleert hatte, startete er schweigend den Wagen. Erin lehnte sich in ihrem Sitz zurück und sah aus dem Fenster. Während sie ihren Kaffee in kleinen Schlückchen trank und an ihrem Rosinenbrötchen zupfte, überlegte sie, wie sie mit der Suche beginnen sollten, wenn sie Brynmawr erst einmal erreicht hatten. Sie hatten ein Foto von Erik Buchman und den Namen einer Kapelle. Nicht einmal sie war so optimistisch zu glauben, dass sich jemand an einen Mann erinnern würde, der um 1940 die Gegend besucht haben mochte. Schließlich holte sie wieder Eriks Personalakte hervor und begann, die dichtbeschriebenen Seiten mit seinen Einsatzberichten zu studieren.

Knapp zwei Stunden später schlug sie entmutigt die Mappe wieder zu.

»Hast du was gefunden?«, fragte Daniel nicht gerade zuversichtlich.

»Nein.« Traurig schüttelte Erin den Kopf. »Anscheinend war er beruflich niemals in Wales gewesen. Schottland, ja. Sogar Irland. Aber kein Wort über Wales.«

»Das macht nichts«, sagte Daniel. Er klang un-

114

glaublich erschöpft. »Wir wissen, dass er dort gewesen ist. Sonst hätte er diesen Kirchenflyer nicht gehabt.«

Erin sah ihn zweifelnd an. Es gab eine Menge Möglichkeiten, wie der kleine Zettel in die Hände von Erik Buchman gekommen sein konnte, ohne dass dieser auch nur in der Nähe der St. Mary's Chapel gewesen war. Jemand hätte ihn ihm geben können. Er hätte als vergessenes Lesezeichen in irgendeinem Buch, vielleicht sogar in Eriks Bibel selbst gelegen haben können. Wieso hatte sie nur nicht früher daran gedacht? Sie schauderte und Panik stieg in ihr hoch.

»Erin«, riss Daniels Stimme sie sanft aus ihren Gedanken. »Er ist dort gewesen«, sagte er fest. »Und das Diamant-Amulett ist es auch.«

Erin schluckte und unterdrückte mit aller Macht das Zittern in ihren Gliedern. Er klang nicht so, als ob er selbst wirklich daran glaubte, sondern so, als wollte er bloß sie davon überzeugen. Er wollte nicht, dass sie glaubte, einen Fehler gemacht zu haben. Er wollte nicht, dass sie sich die Schuld daran gab, falls sie es nicht schaffen sollten. Sie atmete tief durch und schloss für einen Moment die Augen. Erst als sie glaubte, ihr Gesicht und ihre Stimme wieder halbwegs unter Kontrolle zu haben, wandte sie sich ihm wieder zu. »Du hast recht«, sagte sie tapfer und hatte keine Ahnung, ob er es ihr abkaufte.

»Gut.« Daniel wandte sich wieder der Straße zu und rieb sich müde die Augen. »Ich kann nicht mehr«, gab er schließlich zu. »Da vorne ist eine Ausfahrt. Ich schlage vor, wir suchen uns irgendwo ein gemütliches kleines Zimmer, was meinst du?«

»Klingt gut«, sagte Erin. Sie wollte wirklich nichts Anderes, als sich ganz fest an diesen Mann zu kuscheln, den sie so unglaublich liebte, und ihn bis zum Morgen in ihren Armen halten. Als könnte sie ihn dadurch vor dem Fluch abschirmen, der ihn ihr für immer zu entreißen drohte.

Mit großen Augen schaute Erin sich um, als sie die Severn Bridge überquerten. »Wow«, entfuhr es ihr überwältigt und auch Daniel ließ der Anblick der gewaltigen Hängebrücke nicht kalt. Vor dem Hintergrund tiefblauen Himmels ragten inmitten dichter, grüner Baumkronen zwei große Brückentürme empor – je einer auf jeder Seite des schmalen Meeresarms, den die Severn Bridge überspannte. Die Vegetation war so dicht, dass es aus der Entfernung den Anschein hatte, als würde das Ende der Brücke, über die sie gerade fuhren, von einem riesigen, grünen Ozean verschlungen.

»Das also ist Wales«, murmelte Erin ehrfürchtig. Sie wusste nicht, was sie erwartet hatte, aber bestimmt nicht, dass ihr vor Aufregung eine Gänsehaut über den Rücken fuhr, als sie die Grenze zwischen England und Wales überquerten. *Croeso i Cymru – Willkommen in Wales*, stand auf einem kleinen Schild, das neben einem Wappen mit einem großen roten Drachen am Straßenrand angebracht war, und Erin fühlte sich plötzlich in ein Reich der Märchen und Mythen versetzt. Sie schaute zu Daniel hinüber und erkannte ihre eigene Aufregung in seinem Gesicht wieder. Zuversichtlich fasste sie nach seiner Hand und drückte sie fest. Wenn irgendwo das Wunder geschehen konnte, das sie brauchten, dann doch wohl hier.

Nach knapp einer Stunde Fahrt durch die überwältigende Landschaft von Wales erreichten sie schließlich das kleine Städtchen Brynmawr.

»Schau, da vorne ist ein Bed-and-Breakfast«, wies Erin Daniel mit einer Handbewegung auf ein schmuckes Häuschen am Straßenrand hin. »Vielleicht können wir da ein Zimmer bekommen.«

»Und ein Mittagessen wäre auch nicht schlecht«, fügte er hinzu.

Erins Magen grummelte bestätigend.

Sie stellten das Auto vor dem B&B auf dem einzigen Parkplatz ab, der glücklicherweise nicht besetzt war, und gingen hinein. Das Türglöckchen bimmelte und sie fanden sich in einem kleinen Salon wieder, der auch in ein Puppenhäuschen hätte gehören können. Die rosenbestickten Polstermöbel und die weißen Spitzenvorhänge vor den Fenstern waren so herrlich kitschig und altmodisch, dass sie schon wieder gemütlich wirkten. Eine adrett gekleidete Frau um die fünfzig, mit einem herzlichen Lächeln auf dem Gesicht und einer mehlbestäubten Schürze um die Taille kam aus einer Seitentür und eilte ihnen entgegen.

»Guten Tag«, sagte Daniel mit einem höflichen Lächeln. »Hätten Sie vielleicht ein Zimmer für uns?«

»Hi. Ich bin Grace.« Die Frau musterte ihre Gäste mit unverhohlener Neugier und strahlte sie herzlich an. »Ihr habt Glück«, sagte sie dann. »Ein Zimmer ist noch frei. Die beiden anderen sind schon vermietet. Wie lange wollt ihr denn bleiben?«

Erin und Daniel wechselten einen unsicheren Blick. »Ein paar Tage«, sagte Daniel vage. »Wir wissen es noch nicht genau.« Er setzte ein gewinnendes Lächeln auf. »Vielleicht gefällt es uns hier so gut, dass wir ein wenig länger bleiben.«

»Wollt ihr wandern gehen? Es gibt ein paar wirklich schöne Wanderwege. Wenn ihr wollt, kann mein Mann sie euch nachher mal zeigen.«

»Danke, später vielleicht«, erwiderte Daniel unverbindlich und streckte die Hand nach dem Schlüssel aus.

Erin warf ihm einen besorgten Blick zu. Er hatte wieder diesen angestrengten Zug um die Augen und sie wusste, dass er dringend eine Ruhepause benötigte. »Wir würden uns gern ein wenig ausruhen«, sagte sie daher, um weiterem Small Talk vorzubeugen.

»Aber sicher doch.« Grace lächelte erneut. »Es ist ein langer Weg. Ihr kommt doch aus Deutschland, nicht wahr?«

»Ja.« Erin nickte und wartete darauf, dass Grace Daniel endlich den Schlüssel gab.

»Wie heißt ihr denn?«

»Erin und Daniel Mendel«, sagte er schnell, bevor Erin etwas antworten konnte. Überrascht sah sie ihn an. Er hatte den Nachnamen seines Vaters angegeben.

»Flitterwochen«, fügte er hinzu und zog Erin fest an sich. Sie spürte, wie sie rot anlief, als ihr dämmerte, dass Daniel sie tatsächlich für ein Ehepaar ausgegeben hatte, und schaute schnell weg.

Grace blinzelte ein paarmal überrascht. Doch falls sie sie für zu jung hielt, sagte sie es nicht. »Ich hoffe, der Aufenthalt hier gefällt euch«, bemerkte sie stattdessen. »Das macht vierzig Pfund pro Nacht«, fügte sie dann hinzu.

»Kein Problem«, erwiderte Daniel. »Wenn Sie wollen, können wir auch für ein paar Nächte im Voraus bezahlen.«

Grace lächelte. »Das wird nicht nötig sein«, winkte sie ab. »Ihr seht nicht aus, als würdet ihr einfach so plötzlich verschwinden.« Mit diesen Worten ließ sie endlich den Schlüssel in Daniels Handfläche gleiten. »Die Treppe hoch und dann links. Es ist gleich die erste Tür.«

Im Zimmer, das von einem großen Doppelbett dominiert wurde, ließ Daniel sich müde auf die Matratze fallen. »Wenn es dir nichts ausmacht, werde ich die Reisetaschen später aus dem Auto holen.« Er wischte sich über das Gesicht und drückte dann zwei Finger auf die Punkte oberhalb seiner Nasenwurzel, um sie sanft zu massieren.

»Kein Problem«, sagte Erin betont fröhlich, um die Sorge in ihrer Stimme zu überdecken. »Es war ein langer Weg, du hast dir eine Pause redlich verdient. Ruh dich ein wenig aus. Ich geh runter und schaue nach, ob ich uns etwas zu essen organisieren kann.«

Sie ging wieder hinunter und sah sich unsicher in dem verlassenen Salon um. »Hallo, Grace?« Dann wandte Erin sich der Tür zu, aus der die Dame beim letzten Mal gekommen war. Sie hatte gerade die Hand an die Klinke gelegt, als Grace auch schon erschien. Beinahe wäre sie mit der älteren Frau, die sich die mehligen Hände an der Schürze abwischte, zusammengestoßen.

»Stimmt etwas nicht mit dem Zimmer?«, erkundigte sich diese besorgt.

»Nein, alles in Ordnung«, versicherte Erin schnell. »Ich wollte nur fragen, ob wir etwas zu essen bekommen könnten.«

»Ich kann euch leider nur ein paar süße Brötchen anbieten, die ich gerade für meinen Mann und mich zum Kaffee backe. Das wird deinem Mann vermutlich aber nicht reichen.« Sie lächelte wissend. »Junge Männer müssen gut essen, damit sie bei Kräften bleiben.« Sie zwinkerte Erin vieldeutig zu und das Mädchen errötete. »Ihr könnt es aber gern bei Elric probieren. Die Mittagszeit ist zwar schon vorbei, aber ich bin sicher, er wird euch gern noch etwas zaubern.«

»Elric?«, fragte Erin verständnislos nach.

»Verzeih.« Grace lächelte entschuldigend. »Der Ort ist so klein, dass ich einfach vergessen habe, dass du dich hier noch gar nicht auskennst. Ich meine Elric's Pub. Er liegt gleich links hinter der Kurve. Du kannst ihn nicht verfehlen.«

»Ein Pub?«, fragte Erin skeptisch. Normalerweise waren Kneipen nicht gerade für ihre gute Küche bekannt.

»Oh ja«, erklärte Grace gutgelaunt. »Aber gleichzeitig ist es auch *das* gesellschaftliche Zentrum für uns. Und der einzige Ort, an dem man ein anständiges Mittagessen bekommen kann. Letztes Jahr hat Elric sogar einen *Award* bekommen.«

»Okay, danke. Dann werde ich es wohl dort versuchen«, sagte Erin und zuckte leicht mit den Schultern. Dass eine Kneipe für ihr Essen ausgezeichnet wurde, hatte sie noch nie gehört. Aber sie war bereit, es auf einen Versuch ankommen zu lassen.

Grace hatte recht gehabt. Direkt hinter der Straßenbiegung fiel Erin ein uriges kleines Lokal ins Auge, über dessen Tür ein Schild mit der verschnörkelten Aufschrift »Elric's Pub« prangte. Von drinnen drang leise Musik an ihre Ohren und als sie die Tür öffnete, schlug ihr die Mischung aus Alkoholgeruch und Zigarettenrauch entgegen, die für Kneipen so typisch war. Neugierig schaute Erin sich um. Sie stand in einem gemütlichen Raum, der von einer Theke auf der einen Seite und einer kleinen Bühne auf der anderen dominiert wurde. Dazwischen standen ein paar runde Holztische und Stühle mit bunten Sitzkissen. Ein paar Leute wandten bei ihrem Eintreffen neugierig den Kopf, während andere ihre ganze Aufmerksamkeit auf die Bühne gerichtet hatten. Nun entdeckte Erin auch die Quelle der Musik. Ein junger Mann, etwa in ihrem Alter, saß auf einem Holzhocker auf der Bühne. In den Händen hatte er eine Art Laute, deren Saiten er langsam zupfte, während er selbst mit einer unglaublich samtenen, volltönenden Stimme ein Lied in einer unverständlichen

Sprache sang. Nun wunderte es Erin nicht mehr, warum die Kneipe trotz der frühen Stunde so gut besucht war. Sie selbst konnte nicht umhin, als dem Gesang und der Musik hingerissen zu lauschen. Auch wenn sie die Worte nicht verstand, berührte sie das Lied dennoch auf eine ganz eigenartige, fast magische Weise.

Der Blick des jungen Sängers fiel auf sie und er zwinkerte ihr gutgelaunt zu. Rasch wandte sie ihre Augen ab. Damit war der Bann gebrochen und sie erinnerte sich schlagartig, weshalb sie hergekommen war. Sie drehte sich um und trat an die Theke.

»Hi. Kann ich dir helfen?«, fragte der Mann, der dahinter stand, freundlich.

»Ja.« Plötzlich fehlten Erin die Worte und sie kämpfte darum, einen halbwegs verständlichen Satz in Englisch hinzubekommen. »Haben Sie Essen zum Mitnehmen?«, fragte sie schließlich.

»Zum Mitnehmen?«, wiederholte der Mann erstaunt. »Wir sind doch kein Fast-Food-Imbiss«, fügte er indigniert hinzu.

Mehrere Köpfe wandten sich in ihre Richtung und lauschten neugierig ihrer Unterhaltung. Erin spürte, wie sie errötete. Ein entfernter Winkel ihres Gehirns registrierte, dass die Musik verstummt war. Anscheinend war nun sie zur Hauptattraktion geworden.

»Nun sei doch nicht gleich eingeschnappt, Elric!«, ertönte plötzlich eine spöttische Stimme neben ihr.

Erin wandte den Kopf und sah den jungen Sänger auf einmal neben sich stehen. Als er ihren Blick bemerkte, grinste er sie frech an. Erin schluckte. Er sah unglaublich gut aus mit seinen leicht gewellten, dunklen Haaren und den funkelnden braunen Augen, aus denen der Schalk lachte.

»Wir wissen alle, dass dein Stew prämiert worden ist, aber das macht dich nicht gleich zu einem Fünf-Sterne-Koch! Wenn die Dame nicht hier essen will, dann will sie eben nicht. Andererseits«, bei diesen Worten warf er Erin einen schmachtenden Blick zu, »könnten wir sie vielleicht überreden, uns doch noch Gesellschaft zu leisten.« Er sah sie fragend an und schlug kurz in die Saiten.

Erin wusste nicht, ob sie sich von der Aufmerksamkeit des Sängers geschmeichelt oder überrumpelt fühlen sollte, und schüttelte den Kopf, um ihre Gedanken zu ordnen. Sie würde sich von ihm nicht aus dem Konzept bringen lassen. Immerhin war sie nicht zum Spaß hier. Daniel wartete im Zimmer auf sie und bestimmt machte er sich schon Sorgen, weil sie so lange wegblieb.

Entschlossen wandte sie sich an Elric, ohne den jungen Sänger eines weiteren Blickes zu würdigen.

»Meinem Freund geht es nicht gut«, erklärte sie ruhig. »Wenn es möglich wäre, würde ich also gern etwas zu essen mitnehmen.«

»Wo ist er denn? Braucht ihr Hilfe?« Elric wurde schlagartig ernst und sah sie fürsorglich an.

»Wir haben ein Zimmer in Grace's Bed & Breakfast«, sagte Erin. »Und wir kommen schon klar. Er muss sich nur ein wenig ausruhen und etwas Warmes essen. Wir waren lange unterwegs.«

Elric nickte und rief etwas nach hinten, in die Küche, wie Erin vermutete. Sie hörte, dass er wohl zwei Portionen von etwas bestellte, aber sie hatte nicht verstanden, was genau es war.

»Dein Freund, he?«, fragte der junge Sänger neben ihr und er sah aus, als hätte seine gute Laune einen kleinen Dämpfer bekommen. »Bleibt ihr länger hier?«, fragte er dennoch neugierig.

»Lass gut sein, Gareth«, lachte ein älterer Mann neben ihm, bevor Erin etwas entgegnen konnte. »Du hast doch gehört, das Mädel ist schon vergeben.«

»Hi, ich bin Gareth«, stellte sich der Sänger vor, ohne den Mann auch nur eines Blickes zu würdigen. »Und wie heißt du?«

»Erin«, erwiderte sie, so abweisend sie konnte, ohne gleich beleidigend zu wirken.

»Erin«, er ließ sich den Namen auf der Zunge zergehen. »Ein alter irischer Name. Du kommst aber nicht aus Irland, oder?«

»Nein. Aus Deutschland«, sagte Erin knapp und nahm ein großes Einmachglas entgegen, das Elric ihr gerade reichte.

»Vorsicht. Heiß und schwer«, warnte der Mann sie. »Warte, ich gebe dir eine Tüte und packe dir noch zwei Teller und Löffel dazu. Du kannst das Geschirr ja später mal vorbeibringen.«

»Danke. Wie viel macht das?«

»Fünf Pfund«, sagte er und Erin kramte hastig das Geld aus ihrer Hosentasche.

»Gute Besserung für deinen Freund«, fügte Elric noch hinzu. »Und falls du doch Hilfe brauchst oder einen Arzt, sag einfach Bescheid, ja?« Er lächelte sie freundlich an.

»Danke«, erwiderte Erin überrascht. Die Leute hier schienen wirklich nett zu sein. »Bis dann.« Ohne sich noch einmal umzusehen, verließ sie mit der schweren Plastiktüte im Arm den Pub. Als sich die Tür hinter ihr schloss, meinte sie noch die gutmütigen Spötteleien der Männer über Gareths missglückten Annäherungsversuch zu hören.

Vorsichtig öffnete Erin die Tür, die zu ihrem Zimmer führte. Daniel lag auf dem Bett, einen Unterarm über die Augen gelegt, und atmete regelmäßig. So leise wie möglich schlich sie hinein und zuckte erschrocken zusammen, als eine Diele unter ihrem Fuß laut knatschte.

Augenblicklich riss Daniel den Arm herunter und richtete sich ein wenig auf. »Da bist du ja«, sagte er lächelnd und setzte sich hin.

»Tut mir leid, hat ein wenig länger gedauert«, erwiderte Erin und setzte sich zu ihm auf das Bett. »Hier gab's nichts zu essen, da habe ich etwas vom Pub geholt.«

»Vom Pub?«, wiederholte Daniel erstaunt.

»Es heißt so. Aber eigentlich ist es eher eine Gaststätte und ziemlich gemütlich. Grace hatte gesagt, das Essen dort soll ziemlich gut sein.«

»Was gibt es denn?«, fragte er und lugte neugierig in die Plastiktüte.

»Eintopf, glaube ich.« Vorsichtig stellte Erin das große Glas mit dem Essen und die zwei Teller auf den

Tisch. Als sie den Deckel aufschraubte, erfüllte sofort ein intensiver, herzhafter Duft das Zimmer. Mit einem Löffel schaufelte sie etwas von dem Inhalt in einen der Teller und reichte ihn Daniel.

»Interessant«, bemerkte er, als er einen Löffel voll probiert hatte.

Erin nahm sich auch eine Portion und schob sich neugierig ihren Löffel in den Mund. »Eigenartig« war eher das Wort, das sie verwendet hätte. Sie hatte definitiv noch nie so etwas gegessen. Es schmeckte nach Gemüse, Fleisch, Minze und vielen anderen Kräutern, die sie nicht benennen konnte. Sie war sich nicht sicher, ob sie es wirklich mochte. Zögernd tauchte sie den Löffel wieder in den Teller und führte ihn zum Mund. Dieses Mal war die Geschmacksexplosion etwas milder, vermutlich hatten sich ihre Geschmacksnerven ein wenig daran gewöhnt. Und beim dritten Löffel begann es ihr auf einmal richtig gut zu schmecken. Erin warf Daniel einen Blick zu und sah mit Erleichterung, dass es ihm genauso erging. Nachdem er am Vortag kaum etwas gegessen hatte, hatte er nun seinen Teller schon geleert. »Willst du noch ein bisschen?«, fragte sie hoffnungsvoll und er nickte.

»Wenn man sich erst einmal an den Geschmack gewöhnt hat, ist es auf einmal richtig lecker«, bemerkte er erstaunt.

Erin füllte seinen Teller wieder auf und nahm sich den Rest aus dem Glas.

»Und wie geht es dir jetzt?«, fragte sie vorsichtig, nachdem sie fertiggegessen hatten.

»Gut«, erwiderte Daniel schnell. »Ich war vermutlich nur müde.« Er lächelte sie aufmunternd an. »Die Pause hat mir gutgetan.«

Erin warf ihm einen prüfenden Blick zu, ließ es aber dabei bewenden.

»Hast du unterwegs vielleicht auch einen Hinweis auf die Kapelle gesehen?«, fragte Daniel plötzlich.

»Nein.« Erin schüttelte bedauernd den Kopf. »Aber ich bin ja auch nicht weit gekommen, der Pub ist hier gleich um die Ecke.« Sie dachte kurz nach. »Aber ich muss eh nachher noch das Geschirr zurückbringen, da kann ich auch gleich danach fragen. Elric ist sehr nett, weißt du? Er hatte mir sofort Hilfe angeboten, als er gehört hatte, dass es dir nicht gutging.«

»Elric?«, fragte Daniel mit einem eigenartigen Unterton in der Stimme. »Wer ist Elric?«

»Oh, ihm gehört der Pub. Er würde uns bestimmt gerne helfen.«

»Und hast du noch mehr hilfsbereite Männer kennengelernt?«

Erstaunt sah Erin ihren Freund an. Er klang ja beinahe vorwurfsvoll. »Bist du etwa eifersüchtig?«, entfuhr es ihr ungläubig.

Daniel gab ein undefinierbares Grunzen von sich und wandte ertappt seine Augen ab.

»Das musst du wirklich nicht!«, beruhigte Erin ihn lachend. »Erstens liebe ich dich über alles und zweitens könnte Elric locker mein Vater sein.«

»Tut mir leid«, murmelte Daniel zerknirscht und zog sie an sich. »Ich hab's nicht so gemeint. Aber allein der Gedanke, dass ein anderer Mann dich begehrlich ansieht, macht mich rasend.«

»Oh, dann solltest du Gareth wohl besser nicht begegnen«, entfuhr es ihr, bevor sie sich zurückhalten konnte.

»Gareth?« Daniel warf ihr einen ungläubigen Blick zu, aber zumindest lächelte er. »Du warst nur eine halbe Stunde ohne mich, wie viele Männer hast du in dieser Zeit denn noch kennengelernt?«

»Nur die beiden.« Erin schmunzelte. Auch wenn er wirklich keinen Grund dazu hatte, fühlte sie sich von Daniels Eifersucht ziemlich geschmeichelt. »Gareth ist ein Sänger oder so. Und er ist ziemlich von sich überzeugt. Ich glaube, er hat wirklich versucht, mich anzumachen, obwohl ich gesagt habe, dass mein Freund krank im Bett liegt.« Sie erhob sich und stellte die schmutzigen Teller ineinander.

»Wohin willst du?«, fragte Daniel überrascht.

»Ich sagte doch, dass ich das Geschirr zurückbringen muss.«

»Ich begleite dich«, sagte er eilig und erhob sich.

Erin rollte belustigt mit den Augen, widersprach ihm jedoch nicht.

Hand in Hand verließen sie das Haus und sie atmete glücklich die frische, würzige Luft ein. Es fühlte sich so gut an, ihn neben sich zu spüren, dass sie das Gefühl hatte, ihr Herz müsste zerspringen.

»Was ist los?«, fragte er sanft, als er ihren Gesichtsausdruck bemerkte.

Erin zuckte mit den Achseln und sah ihn verliebt

an. »Ich liebe dich«, erwiderte sie schlicht. »Und ich bin so glücklich, dass du jetzt bei mir bist.«

Daniel blieb stehen und legte seine freie Hand zärtlich an ihre Wange. »Ich weiß, was du meinst.« Kurz schloss er die Augen, als müsste er um Beherrschung ringen, dann öffnete er sie jedoch wieder, als wäre nichts geschehen. »Wenn das alles vorbei ist, werden wir wirklich Urlaub machen. Nur du und ich und die weite Welt«, versprach er ihr.

»Die Welt brauche ich gar nicht«, flüsterte Erin und stellte sich auf die Zehenspitzen, um ihn zu küssen. Dabei klirrte das Geschirr in der Tüte und riss sie wieder in die Realität zurück. »Wir sollten jetzt wohl lieber weitergehen«, stellte sie bedauernd fest.

Daniel schlang ihr die Arme um die Taille und drückte sie fest an sich. Dann gab er ihr einen unendlich süßen, langsamen Kuss. »Jetzt können wir weiter«, sagte er mit Nachdruck.

Als sie Elric's Pub betraten, schallte ihnen wieder sanfte Musik entgegen. Doch dieses Mal war es eine Frauenstimme, die dazu sang. Erin blickte überrascht zur Bühne und sah tatsächlich eine Frau, die die Saiten einer Gitarre zupfte und dazu irgendein langsames Lied zum Besten gab.

Der Innenraum war mittlerweile gut gefüllt und weiter vorne entdeckte Erin sogar Grace, sie sich gerade angeregt mit Gareth zu unterhalten schien. Schnell zog das Mädchen Daniel mit sich durch die Menge und auf die Theke zu.

Elric, der gerade einem Pärchen zwei Gläser mit Bier reichte, bemerkte sie sofort und kam zu ihnen herüber.

»Hi«, sagte er freundlich zu Daniel. »Geht es dir jetzt besser?«

»Ja, danke.« Daniel grinste. »Muss wohl an dem tollen Eintopf liegen.«

»Er hat euch also geschmeckt, wie?«, fragte der Mann sichtlich erfreut. »Nicht alle Fremden wissen ihn wirklich zu schätzen.«

»Er war gut«, betonte Daniel. »Gewöhnungsbedürftig, aber gut.«

»Hier, ich habe das Geschirr zurückgebracht«, sagte Erin und reichte ihm die Tüte.

»Danke. Und was kann ich euch geben?«

»Wir wollten uns eigentlich die Gegend anschauen«, erwiderte Erin schnell und kramte den zerknitterten Zettel aus Eriks Bibel aus ihrer Handtasche hervor. »Wissen Sie vielleicht, wo das ist?«, fragte sie und zeigte Elric das Bild von der Kapelle.

»Aber klar. Das ist die alte St. Mary's Chapel. Aber die wird schon seit Ewigkeiten nicht mehr genutzt. Was wollt ihr dort?«

»Freunde von uns haben uns empfohlen, sie uns mal anzusehen«, improvisierte Erin schnell.

»Tatsächlich?« Elric klang aufrichtig überrascht. »In unserer Gegend gibt es bestimmt sehr viele Sehenswürdigkeiten, aber die alte Kapelle gehört ganz sicher nicht dazu.«

»Elric, noch zwei Ale bitte!«, lenkte ein Mann plötzlich die Aufmerksamkeit des Barkeepers auf sich.

»Wartet kurz«, sagte Elric zu Erin und Daniel und wandte sich seinem Gast zu.

Während sie darauf warteten, dass Elric wieder Zeit für sie hatte, ließ Erin neugierig ihren Blick durch den Pub schweifen. Die blonde Frau auf der Bühne hatte gerade ihr Lied beendet und verbeugte sich unter lautem Applaus und Beifallrufen. Dann stieg sie von der Bühne herunter. Sofort nahm ein älterer Mann ihren Platz ein. Erin verfolgte stirnrunzelnd, wie er kurz sein Instrument stimmte und dann ebenfalls zu singen begann.

»Da ist ja die geheimnisvolle Schöne von vorhin!«, ertönte plötzlich eine Stimme neben ihr. Sie drehte den Kopf und sah direkt in Gareths funkelnde, braune Augen. Sie spürte, wie sich Daniel neben ihr instinktiv versteifte und sie ein wenig fester an sich zog.

»Daniel, das ist Gareth, der Sänger, von dem ich dir erzählt habe«, sagte sie schnell. »Gareth, das ist Daniel, mein …«

»Gemahl«, beendete der junge Waliser leicht gekränkt ihren Satz. »Wieso hast du mir nicht gesagt, dass du *verheiratet* bist?« Er betonte das Wort, als wäre es etwas Schlimmes.

»Wie kommst du denn …«, setzte Erin an. Doch dann erinnerte sie sich, dass er mit Grace gesprochen hatte. In diesem Dorf blieb bestimmt nichts lange geheim oder privat.

»Es ist noch so frisch«, erwiderte Daniel an ihrer Stelle und musterte sie mit einem belustigt tadelnden Blick. »Sie hat sich anscheinend noch nicht daran gewöhnt.«

»Nett, dich kennenzulernen«, sagte Gareth leichthin und streckte Daniel seine Hand entgegen. »Ich bin Gareth. Aber in einem Punkt muss ich deine Frau korrigieren«, fuhr er gutgelaunt fort. »Ich bin kein *Sänger*, ich bin ein Barde.«

»Ein Barde?«, entfuhr es Erin überrascht. »Wie im Mittelalter?«

»Wenn du damit auf die uralte Tradition dieser Berufung anspielst, dann ja.« Er verbeugte sich galant.

»Und wo ist der Unterschied zum gewöhnlichen Sänger?«, fragte Daniel dazwischen.

Gareth warf sich gespielt gekränkt in die Brust. »Ein Barde strebt nach der Vollkommenheit in Melodie, Text und Gesang. Und er muss sein Können immer wieder unter Beweis stellen, um diese ehrwürdige Bezeichnung tragen zu dürfen.«

»Und hast du das gemacht?«, fragte Erin wider Willen neugierig. »Hast du dein Können unter Beweis gestellt?«

»Oh ja!« Gareth erstrahlte. »Beim letzten lokalen Eisteddfod habe ich sogar meinen eigenen Bardenstuhl verliehen bekommen. Und damit gehöre ich zu den jüngsten Mitgliedern dieser Zunft«, erklärte er stolz. »Nächstes Jahr werde ich mich um einen Stuhl auf dem nationalen Festival bewerben.«

Stuhl? Hatte er gerade tatsächlich »Stuhl« gesagt? Verwirrt starrte Erin ihn an, doch sie kam nicht dazu, ihre Frage zu stellen, denn er fuhr lächelnd fort: »Das Einzige, das mir fehlt, um mich mit den alten Barden messen zu können, ist eine Minnedame.« Seine Augen blitzten schalkhaft. »Willst du nicht meine Minnedame werden?«

»Sie ist vergeben«, brummte Daniel, doch Erin meinte, ein amüsiertes Zucken in seinen Mundwinkeln gesehen zu haben. Anscheinend konnte auch er sich dem Charme des jungen Barden nicht ganz entziehen.

»Oh, das ist nicht weiter schlimm«, erwiderte Gareth ernsthaft. »Eine Minnedame muss nichts weiter tun, als sich ihre Lobpreisung aus dem Mund ihres Minnesängers huldvoll anzuhören, ihm kleine Geschenke zum Beweis ihrer Gunst zu machen und ihn vielleicht hin und wieder mit einem keuschen Kuss zu belohnen.« Er sah sie schmachtend an.

Neben ihr räusperte Daniel sich vernehmlich und Erin spürte, wie sie rot anlief. Zum Glück wurde ihr eine Antwort erspart, denn Elric hatte in der Zwischenzeit alle Durstigen versorgt und wandte sich wieder ihnen zu.

»Also, ihr wollt wirklich zur St. Mary's Chapel?«, vergewisserte er sich.

»Ja.« Erin und Daniel nickten.

»Es ist nicht sehr weit, aber nicht ganz einfach zu finden. Wenn ihr wollt, kann ich es euch auf der Karte zeigen.«

»St. Mary's Chapel?«, mischte sich Gareth in das Gespräch ein. »Ich kann euch hinführen, wenn ihr wollt.«

»Danke!«, rief Erin erfreut. »Sollen wir gleich los?«

»Jetzt?« Gareth schien aufrichtig überrascht. »Aber gerade läuft doch die Qualifizierung für den nächsten Bard Slam!«

»Was ist denn das?«

»Ein Wettbewerb, damit man auch zwischen den Eisteddfods in Übung bleibt.« Er grinste. »Wir haben zwanzig Bewerber, aber nur fünf kommen in die Endrunde.«

»Und wie lange dauert das?«

»So lange, wie die Jury braucht, um sich zu entscheiden. Die letzte Vorauswahl hatte bis 3 Uhr nachts gedauert. Und da Elric mit seinem Bier nicht gegeizt hatte, hatte am Ende kaum noch einer stehen können. Dafür haben aber alle mitgesungen. Das war vielleicht ein Spaß!«

Erin verdrehte die Augen. Unter Spaß stellte sie sich etwas Anderes vor. Aber jedem nun mal das Seine.

»Dann morgen früh?«, fragte Daniel ernst.

»Ist gut. Ich hole euch gegen zehn bei Grace's ab. Und bis dahin, lehnt euch zurück und genießt die Show. In fünf Minuten bin ich auch wieder dran.« Er zwinkerte Erin verschwörerisch zu, bedachte Daniel mit einem knappen Nicken und drängte sich durch die Menge zur Bühne zurück.

Erin nahm Daniels Hand und drückte sie fest. »Es wird vielleicht doch einfacher, als wir gedacht haben«, meinte sie zuversichtlich. »Morgen früh sehen wir uns die Kapelle an und mit etwas Glück halten wir am Abend schon das Amulett in den Händen.«

Liebevoll sah Daniel auf sie herab und nickte leicht. Dann zog er sie an sich und vergrub sein Gesicht in ihren Haaren.

Erin schlang ihre Arme um ihn, schmiegte ihr Gesicht an seine Brust und genoss die Umarmung. Sie atmete seinen so unendlich vertrauten Duft in vollen Zügen ein und konnte sich nicht vorstellen, dass sie jemals etwas trennen könnte. Es fühlte sich so richtig, so echt an. Die einzige Sicherheit, die sie in ihrem Leben hatte, war, dass sie für immer zusammengehörten.

Um sie herum wurde Applaus laut und das Stimmengewirr schwoll erneut an.

Gleich würde Gareth wieder singen, dachte Erin voller Vorfreude. Er mochte frech und fast unverschämt selbstsicher sein, doch seine Stimme war einfach magisch. Auch wenn sie die Worte, die er sang, nicht verstand, hatte er sie in der kurzen Zeit, die sie ihm gelauscht hat, tief berührt.

Am besten, sie suchten sich noch einen guten Platz, bevor der Pub zu voll wurde. Sanft versuchte sie sich aus Daniel Umarmung zu lösen und merkte erst, dass etwas nicht stimmte, als er zischend die Luft ausstieß. »Was ist los?« Besorgt rückte sie ein wenig von ihm ab und sah ihm prüfend ins Gesicht.

»Nichts«, erwiderte er schnell und setzte ein Lächeln auf, das wohl beruhigend wirken sollte. »Ist nur etwas stickig hier. Ich brauche ein wenig frische Luft.«

»Okay.« Erin schlang ihren Arm von hinten um seine Taille, um ihn im Notfall stützen zu können, und führte ihn hinaus.

Vor der Tür nahm er ein paar tiefe Atemzüge und schien sich tatsächlich ein wenig zu entspannen. Aus dem Pub drang nun Gareths melodische Stimme zu ihnen, die eine langsame Ballade anstimmte. Unwillkürlich warf Erin einen sehnsüchtigen Blick hinein, doch da Daniel keine Anstalten machte, wieder reinzugehen, blieb sie bei ihm stehen.

»Besser?«, fragte sie sanft.

»Ja.« Er fuhr sich verlegen durch die Haare. »Ich weiß auch nicht, was das eben war. Aber der ganze Lärm und der Tabakrauch. Ich musste da plötzlich einfach raus.«

»Oh«, sagte Erin enttäuscht. Das klang nicht, als wollte er wieder hineingehen. »Und nun?«

Daniel zuckte entschuldigend mit den Schultern. »Ich glaube, ich haue mich am besten doch noch einmal hin. In den letzten Nächten haben wir ja nicht gerade viel geschlafen. Morgen früh bin ich dann wieder wie neu.«

»Ist gut«, sagte Erin schnell und wandte ihren Blick ab. Es war offensichtlich, dass er keine Schwäche vor ihr zeigen, sie nicht beunruhigen wollte. Und ihm zuliebe musste sie das Spiel wohl mitmachen, auch wenn sie beide genau wussten, dass es nicht bloß ein paar schlaflose Nächte waren, die ihm dermaßen zusetzten.

»Du kannst aber wieder reingehen, wenn du magst«, unterbrach Daniels Stimme ihre Grübelei.

»Ohne dich? Was soll ich denn da?«, wehrte Erin entschieden ab. »Ich nehme lieber eine lange, heiße

Dusche und lege mich dann auch ins Bett. Morgen wird bestimmt wieder ein anstrengender Tag.«

Während sie mit Daniel den Weg zurück einschlug, klang in ihren Ohren noch Gareths verführerische Stimme nach, und sie redete sich ein, dass es nichts gäbe, das sie lieber tun würde, als den Abend gemütlich an Daniel gekuschelt zu verschlafen.

Kapitel 7

Am nächsten Morgen saßen Erin und Daniel gerade in dem gemütlichen kleinen Esszimmer beim Frühstück, als Gareth plötzlich im Türrahmen auftauchte. Anscheinend gehörten die beiden anderen Paare, die ebenfalls bei Grace wohnten, zu den Frühaufstehern, denn von ihnen war keine Spur mehr zu sehen.

Ohne Umschweife ging Gareth zu Erin und Daniel herüber. »Meine Dame«, verbeugte er sich galant vor Erin. »Der erste Morgentau auf einer jungen Rosenblüte ist nichts im Vergleich zu deiner Frische und Schönheit«, bemerkte er, bevor er ihrem Freund ein kurzes Nicken zuwarf. »Hi, Daniel.« Dann zog er sich einen Stuhl heran und griff nach einem der warmen, süßen Brötchen, die in einem Körbchen auf dem Tisch standen.

»Hallo.« Daniel warf dem Neuankömmling einen grimmigen Blick zu und fuhr damit fort, Erins Handrücken sanft mit seinem Daumen zu streicheln.

»Hallo, Gareth«, sagte Erin, die sich von seinem Kompliment mittlerweile etwas erholt hatte. »Du kannst dir die Mühe sparen, ich werde ganz bestimmt nicht deine Minnedame werden.«

»Du glaubst, mir geht es nur darum?« Gekränkt fasste er sich ans Herz. »Meine Lippen sprechen nichts als die Wahrheit.«

»Und hast du gestern gewonnen?«, unterbrach Daniel schroff das Geplänkel.

»Du meinst die Vorauswahl? Aber sicher.« Gareth warf sich gutgelaunt eine Traube in den Mund. »Ich hatte allerdings gehofft, dass ihr euch zumindest meinen Auftritt noch ansehen würdet.« Plötzlich wurde er ernst. »War etwas nicht in Ordnung?«

»Doch«, erwiderte Erin schnell. »Wir wollten bloß früh ins Bett.«

»Oh. Ohhh.« Gareth lächelte wissend, als ihm die Bedeutung von Erins Worten dämmerte. »*Damit* kann ich natürlich nicht konkurrieren.«

»So hab ich das nicht …«, stammelte sie errötend, doch Daniel unterbrach sie mit einem herausfordernden Blick zu dem anderen Mann. »So ist das in den Flitterwochen.«

Sie sah ihn ungläubig an, sagte aber nichts. Er war echt süß, wenn er eifersüchtig war.

»Seid ihr dann soweit?«, fragte Gareth und erhob sich. Seine Laune schien einen kleinen Dämpfer bekommen zu haben.

»Gleich«, erwiderte Erin und nahm einen letzten Schluck aus ihrer Kaffeetasse. »Ich mache nur noch schnell ein kleines Lunchpaket.« Rasch wickelte sie ein paar von den süßen Brötchen in eine Serviette und packte drei Bananen aus dem Obstkorb dazu. Dann legte sie alles in ihren Rucksack, in dem bereits eine große Wasserflasche lag. »So, jetzt können wir los«, verkündete sie den beiden Männern und stand auf. Daniel streckte die Hand nach dem Rucksack aus, doch sie tat, als hätte sie die Geste nicht bemerkt, und packte ihn sich selbst auf den Rücken. Sie sah, wie sich sein Kiefer unwillig anspannte, aber es war ihr egal. Er musste seine Kräfte nach Möglichkeit schonen. Er atmete laut aus, sagte jedoch nichts. Anscheinend wollte er das nicht vor Gareth ausdiskutieren.

Der junge Waliser hatte die kurze Szene verwundert verfolgt, zuckte dann jedoch mit den Schultern. »Es ist nicht weit. In einer halben Stunde müssten wir da sein«, erklärte er und setzte sich mit gemessenen Schritten in Bewegung.

Erst da fiel Erin auf, dass er eine große Umhängetasche trug, aus der ein hölzerner Griff herausragte. »Was ist denn das?«, fragte sie neugierig.

»Das?« Gareth grinste spitzbübisch. »Nur eine Sichel«, erwiderte er und zog das scharfe gekrümmte Werkzeug hervor.

»Und wozu brauchst du die?«, erkundigte Erin sich vorsichtig und hakte sich bei Daniel unter, der die Sichel ebenfalls misstrauisch beäugte.

»Keine Angst.« Gareth lachte. »Ich habe bestimmt nicht vor, arglose Touristen damit zu zerstückeln. Das ist bloß eine Kräutersichel.«

»Kräutersichel?«, widerholte Erin skeptisch. »Etwa wie bei Miraculix?«, fügte sie hinzu, als sie sich plötzlich an die Asterix-Filme erinnerte.

»Du hast eine seltene Gabe, die Sache genau auf den Kopf zu treffen«, sagte Gareth anerkennend. »Es ist in der Tat eine Druidensichel, um Kräuter zu schneiden.«

»Bist du jetzt etwa auch Druide?«, erkundigte sich Daniel spöttisch.

Gareths Augen blitzten. »Ich nicht, aber mein Großvater schon.«

»Ein echter Druide? So mit weißem Gewand und so?«, fragte Erin fasziniert. Sie hatte nicht geglaubt, dass es so etwas heute noch gab.

»So ähnlich«, erwiderte er ausweichend. »Wieso interessiert ihr euch eigentlich für die Kapelle?«, wechselte er plötzlich das Thema.

»Freunde von uns haben sie uns empfohlen«, wiederholte Erin die Erklärung, die sie schon Elric gegeben hatte.

»Echt?«, fragte Gareth erstaunt. »Ich habe noch nie gehört, dass sich Touristen sonderlich dafür interessiert hätten.«

»Und wieso nicht?« Neugierig sah Daniel ihn an.

Der junge Waliser zuckte mit den Schultern. »Sie ist eben nichts Besonderes. Nur eine weitere der unzähligen Kapellen, die in Wales überall anzutreffen sind. Sie ist weder besonders schön, noch besonders alt, absolut unspektakulär. Und dazu auch schon längst verlassen. Aber ihr könnt euch gleich ja selbst einen Eindruck davon machen.«

Er führte sie in eine enge Seitenstraße und nur wenige Minuten später hatten sie den kleinen Ort auch schon verlassen. Die Häuser rechts und links hörten einfach auf und plötzlich fanden sie sich auf einem schmalen Feldweg wieder. Zu beiden Seiten des Pfades wucherten fast hüfthohe Gräser und Kräuter und die Luft war von ihrem würzigen Aroma erfüllt. Staunend sah Erin sich um. Die Sonne war gerade hinter einer

Wolke hervorgekommen und in ihrem Licht strahlte das Gras fast unnatürlich grün. So ein leuchtendes Grün hatte sie daheim nie erlebt. Ihr Blick wanderte weiter und am Horizont konnte sie die dunkleren Umrisse von Hügeln oder kleineren Bergen erkennen.

»Das ist der Brecon Beacon Nationalpark. *Der* ist einen Besuch auf jeden Fall wert«, erläuterte Gareth, der ihrem Blick gefolgt war.

»Später vielleicht«, erwiderte Daniel unverbindlich.

Erin warf ihm einen schnellen Blick zu. Auf seiner Stirn standen feine Schweißtropfen. Es war bestimmt nur die Wärme, versuchte sie sich zu beruhigen. Aber sie sollten dennoch nicht trödeln. Auch ein Hitzschlag würde Daniel wohl kaum guttun.

Knapp zehn Minuten später hatten sie eine kleine Weggabelung erreicht. Während der Hauptweg einen leichten Linksbogen beschrieb, führte ein anderer, in dem hohen Gras kaum erkennbarer Pfad nach rechts hinüber. Erin hätte ihn vermutlich überhaupt nicht bemerkt, hätte nicht jemand den Durchgang mit einem niedrigen Holzgitter blockiert.

»Was tust du da?«, entfuhr es ihr irritiert, als Gareth davor stehenblieb und seine Tasche auf die andere Seite der Absperrung fallen ließ.

»Ich klettere rüber«, erklärte er, als wäre es das Selbstverständlichste auf der Welt. »Klar, man könnte auch drum herumgehen, aber durch das Gras kann man den Graben, der hier irgendwo verläuft, nicht genau erkennen. Und in null Komma nix hat man einen verstauchten Knöchel.« Er grinste und schwang sein Bein über die Absperrung. »Jetzt du«, sagte er einladend zu Erin, als er auf der anderen Seite zu Boden sprang, und hielt ihr seine Hand hin.

»Aber der Weg ist gesperrt, Wir werden bestimmt Ärger bekommen.«

»Der ist nur für Touristen gesperrt«, lachte Gareth. »Der Weg wird schon lange kaum benutzt. Und einmal ist ein Tourist über einen Stein gestolpert und wollte Marc, dem diese Felder gehören, auf Schmerzensgeld verklagen. Also hat Marc kurzerhand den Weg abgesperrt. Und nun kann er jeden, der ihm blöd kommt, wegen unbefugten Zutritts selbst verklagen.« Er zuckte mit den Achseln. »Ich nehme nicht an, dass ihr ihn verklagen werdet, oder? Außerdem ist das der kürzeste Weg«, fuhr er fort, ohne ihre Antwort abzuwarten. »Also?« Er streckte Erin wieder die Hand hin, um ihr beim Klettern zu helfen.

Sie schnaufte und setzte, ohne seine Hand zu beachten, mit einer fließenden Bewegung über den Zaun. Sie hatte nicht umsonst jahrelang geturnt.

Gareths Augenbrauen zuckten beeindruckt, doch sie sah besorgt zu Daniel hinüber. Und atmete erleichtert auf, als er ihnen mühelos, wenn auch nicht ganz so elegant folgte.

»Weiter geht's«, sagte Gareth gutgelaunt. »Und passt auf, wohin ihr tretet.«

Der schmale Pfad wand sich in einer leichten Kurve einen Hügel hinauf. Während Gareth mühelos daherschritt, spürte Erin die Anstrengung des Aufstiegs.

Immer wieder schossen ihre Augen zu Daniel. Er hatte die Zähne fest zusammengebissen und keuchte leicht. Doch als er ihren Blick bemerkte, lächelte er ihr aufmunternd zu. Erin nahm seine Hand und drückte sie fest. Es war klar, dass er vor ihr und erst recht nicht vor Gareth eine Schwäche zugeben würde.

»Ist es noch weit?«, fragte Erin schließlich schnaufend. »Ich könnte eine kleine Pause vertragen.«

Erstaunt drehte Gareth sich um. »Aber klar. War ich zu schnell?«

»Ein wenig«, murmelte Erin. »Ich muss nur kurz zu Atem kommen und etwas trinken. Dann wird es schon wieder gehen.« Plötzlich spürte sie Daniels grimmigen Blick auf sich ruhen. Mist! Er hatte ihr Manöver durchschaut und schien nicht besonders glücklich darüber zu sein. Schnell griff Erin nach ihrer Wasserflasche und nahm einen kleinen Schluck, bevor sie sie an Daniel weiterreichte. »Du solltest auch was trinken«, sagte sie leise und sah ihn beschwörend an.

Ein oder zwei Herzschläge lang erwiderte er ungerührt ihren Blick. Ich komme schon klar, schienen seine Augen ihr mitzuteilen. Dann sackten seine Schultern plötzlich nach vorn und er atmete resigniert aus. »Danke«, sagte er sanft, während er nach der Wasserflasche griff und mehrere große Züge tat.

Gareth betrachtete neugierig das Geschehen, sagte jedoch nichts, sondern wartete nur schweigend ab, bis Erin die Flasche in ihrer Tasche verstaut hatte. Dann griff sie wieder nach Daniels Hand und setzte sich in Bewegung.

Eine Viertelstunde später hatten sie endlich die Kapelle erreicht. Erin betrachtete aufmerksam das kleine Bauwerk und verglich es in ihrem Geist mit dem verblichenen Bildchen, das sie auf dem Faltblatt in Eriks Bibel gesehen hatten. Die ehemals weiße Tünche war verwittert und größtenteils abgeblättert, das Dach schien einige undichte Stellen zu haben und die Tür hing schief in den Angeln. Doch es war eindeutig das gleiche Gebäude. Ein schlichtes, einstöckiges Häuschen mit einem schiefergedeckten, spitzen Dach und einem metallischen Kreuz über der Tür.

»Das ist St. Mary's Chapel«, sagte Gareth und machte eine weitläufige Bewegung mit der Hand.

Erin ließ ihren Blick weiter schweifen und entdeckte ein Stück dahinter einige schiefe, moosbedeckte Grabsteine, die aus der Erde ragten.

»Ist das etwa ein Friedhof?«, fragte sie erschauernd. Die Sonne war gerade hinter einer Wolke verschwunden und das ganze Bild wirkte auf einmal kalt und ein wenig unheimlich.

»Ja. Aber der wird auch schon lange nicht mehr benutzt.«

»Kann man die Kapelle betreten?«, fragte Daniel plötzlich.

»Ich denke schon«, erwiderte Gareth achselzuckend und sah überrascht Daniel hinterher, der zielstrebig auf das Gebäude zuging. »Warte, ich helfe dir«, setzte der junge Waliser hinzu, als Daniel sich bemühte, die schiefe, aufgequollene Tür aufzustemmen.

Gemeinsam gelang es den beiden Männern, die

Tür so weit aufzudrücken, dass ein Mensch hindurchschlüpfen konnte.

»Und was nun?«, fragte Gareth, während er verständnislos in das Innere der leeren Kapelle spähte.

»Nun wären wir gern ein wenig allein«, beschied Daniel ihm.

Erin warf ihrem Freund einen unwilligen Blick zu. Sie wusste ja, dass es ihm nicht besonders gut ging, aber das war noch lange kein Grund, unhöflich zu sein. Immerhin hatte Gareth ihnen schon sehr geholfen. »Was wir damit meinen, ist, dass du nicht hier auf uns warten musst«, sagte sie schnell mit einem entschuldigenden Lächeln. »Du hast ja auch selbst genug zu tun, mit deiner Sichel und so.«

»In der Tat«, erwiderte Gareth stirnrunzelnd. »Hier in der Gegend gibt es einige seltene Kräuter. In ein paar Stunden werde ich wieder hier sein. Wenn ihr wollt, könnt ihr dann mit zurückkommen.« Mit diesen Worten wandte er sich ab und ging davon.

»Du hättest ihn nicht so vor den Kopf stoßen dürfen!«, sagte Erin verärgert zu ihrem Freund, sobald der junge Waliser außer Hörweite war.

»Ich weiß.« Daniel fuhr sich erschöpft mit beiden Händen übers Gesicht. »Ich weiß«, wiederholte er sanft. »Aber ich kann die Blicke, die er dir zuwirft, nun einmal nicht ausstehen«, gab er zerknirscht zu. »Ich weiß, ich mache es dir im Augenblick nicht leicht, mein Schatz.« Er lächelte leicht. »Aber ich gebe mir wirklich Mühe.« Er streckte seine Arme nach ihr aus und Erin schmiegte sich an seine Brust.

»Es geht hier doch nicht um mich«, flüsterte sie. »Und schon gar nicht um Gareth. Es zählt nur, dass du wieder gesund wirst.« Sie hob ihren Kopf und streifte seine Lippen kurz mit den ihren. »Ich liebe dich.«

»Ich weiß. Doch der Gegensatz zwischen mir und *ihm* ist im Augenblick einfach so groß. Er ist lustig, charmant und lebensfroh. Und ich ...« Seine Stimme verklang. »Ich will dich nicht verlieren«, flüsterte er gepresst.

Erin lachte freudlos auf, und als sie sprach, lag eine Spur von Hysterie in ihrer Stimme. »*Du* hast Angst, *mich* zu verlieren? Was meinst du denn, wie es mir geht?« Sie schluckte und sah ihm tief in die Augen. »Das Einzige, das uns trennen kann, ist dieser blöde Fluch. Wenn wir ihn nicht brechen, wirst du mich tatsächlich verlieren. Und ich dich.« Ihre Stimme stockte. »Aber das werde ich nicht zulassen, hörst du?« Sie schüttelte den Kopf und blinzelte mehrere Male, um ihre Tränen zurückzuhalten. »Wieso konzentrieren wir uns also nicht einfach darauf«, sagte sie mit zitternder Stimme, »anstatt unsere Energie mit unnötigen Eifersüchteleien zu verschwenden?«

»Danke«, erwiderte Daniel leise und schluckte ebenfalls. Sanft nahm er ihr Gesicht zwischen seine Hände. »Was auch immer geschieht, ich werde dich ewig lieben«, sagte er und küsste sie zärtlich, bevor er sie ganz fest an sich drückte.

»Dann sollten wir jetzt wohl mit der Suche beginnen.« Widerstrebend löste Erin sich aus seiner Umarmung und sah sich unschlüssig um.

»Ja.« Er nickte und räusperte sich. »Am besten, wir teilen uns auf, dann kommen wir schneller voran. Kannst du dich vielleicht draußen umsehen, während ich schon mal drinnen anfange?«

»Okay.« Sie sah ihm nach, wie er in der Kapelle verschwand, dann wandte sie sich ihrer eigenen Suche zu.

Aufmerksam schritt sie an der Außenwand entlang und versuchte, irgendeine Unebenheit, Vertiefung oder einen anderen Hinweis auf ein mögliches Geheimversteck zu entdecken. Ihre Hand streifte über eine Stelle, an der der Putz abgeblättert war, und ein Stein wackelte leicht unter ihrer Berührung. Aufgeregt kniete Erin sich hin und versuchte, das lose Stück aus dem Mauerwerk herauszuziehen. Entschlossen zerrte und kratzte sie daran und verzog schmerzerfüllt das Gesicht, als ihre Haut über die raue Mauer schabte. Schließlich gelang es ihr, den Stein so weit zu lockern, dass sie ihn herausziehen konnte. Ihre Fingerkuppen waren völlig zerkratzt und sie hatte sich zwei Fingernägel abgebrochen, doch das war ihr egal. Achtlos warf sie den Stein beiseite und griff aufgeregt in das Loch hinein. Nichts. Sie tastete erneut. Dann beugte sie sich so weit nach vorne, dass ihr Gesicht beinahe die Mauer berührte. Fehlanzeige, das Loch was leer. Ganz langsam fuhr sie mit ihrer Hand die komplette Vertiefung ab, nur, um ganz sicherzugehen. Dann erhob sie sich schulterzuckend. Der Stein hatte sich wohl im Laufe der Jahre von selbst gelockert, kein Mensch hatte dabei nachgeholfen.

Etwas entmutigt ging Erin weiter. Noch zwei weitere Male hatte sie lose Steine aus dem Mauerwerk gezogen, wenn sie auch nicht mehr damit gerechnet hatte, tatsächlich etwas dahinter zu finden.

Und dann hatte sie ihre Runde beendet und stand wieder vor dem Eingang der kleinen Kapelle. Vielleicht hatte Daniel ja drinnen mehr Glück gehabt. Auch wenn sie nicht recht daran glaubte. Wenn er etwas gefunden hätte, hätte er es ihr bestimmt schon gesagt.

Erin atmete tief durch, setzte eine, wie sie hoffte, optimistische Miene auf und zwängte sich durch den Türspalt. Es dauerte eine Weile, bis sich ihre Augen an das dämmrige Licht im Inneren gewöhnt hatten. Die kleine Kapelle war zwar auch innen weiß gestrichen und hatte zwei große Fenster an jeder Seite, doch das Glas war mit den Jahren sehr schmutzig und stumpf geworden, sodass es nicht mehr allzu viel Licht hereinließ. Und sie war leer. Zumindest war es Erin im ersten Augenblick so vorgekommen. Sie öffnete schon ihren Mund, um Daniel zu rufen, als sie plötzlich seine zusammengekauerte Gestalt entdeckte. Er saß auf dem Boden, die Knie angezogen, den Rücken an den steinernen Altar gelehnt, der das einzige Möbelstück des verlassenen Gotteshauses darstellte, und hatte seinen Kopf auf seinen Unterarmen abgelegt. Erins erster Impuls war, auf ihn zuzulaufen, ihn in den Arm zu nehmen und zu trösten. Doch gleichzeitig spürte sie, dass es ihm nicht recht gewesen wäre. Er wollte sie seine Schwäche nicht sehen lassen. Mühsam schluckte sie den Kloß in ihrem Hals herunter und ging so leise wie möglich wieder hinaus. Draußen lehnte sie sich mit dem Rücken gegen die Wand und schloss die Augen. »Bitte, Herr, lass es gelingen«, flehte sie, das Gesicht zum Himmel gewandt. »Bitte, lass nicht zu, dass ihm etwas geschieht. Bitte, lass uns das Amulett rechtzeitig finden.« Sie wusste nicht, wann sie das letzte Mal zu Gott gebetet hatte. Doch hier, jetzt, mit der verlassenen Kapelle im Rücken und dem unendlich blauen Himmel mit den strahlend weißen Wolken über sich, da konnte sie nicht anders, als Gott, falls es ihn gab, um Hilfe anzuflehen.

Schließlich öffnete sie die Augen und atmete tief durch. Sie musste jetzt da hineingehen und dem Mann, den sie liebte, bei der Suche nach seiner Rettung helfen. Sie straffte ihre Schultern.

»Daniel?«, rief sie so laut, dass er sie hören musste. »Draußen habe ich nichts gefunden. Wie sieht es bei dir aus?« Sie betrat die Kapelle.

Daniel stand an den Altar gelehnt und zuckte mit den Achseln. »Bei mir ist bisher auch Fehlanzeige.« Er erschien ganz normal. Nichts deutete darauf hin, dass er noch vor wenigen Minuten vom Schmerz oder der Ungerechtigkeit seines Schicksals oder wahrscheinlich von beidem überwältigt gewesen war.

»Okay. Dann müssen wir wohl weitersuchen«, sagte Erin und selbst in ihren Ohren klang ihre Fröhlichkeit falsch.

Doch Daniel schien es nicht zu stören. Er ging auf sie zu und schloss sie fest in seine Arme. »Die rechte

Seite habe ich schon untersucht«, berichtete er, als er sie wieder losließ. »Schaust du dir bitte die linke Wand an, während ich den Altar unter die Lupe nehme?«

Erin nickte und machte sich verbissen ans Werk. Sie überprüfte jeden Quadratzentimeter der Wand, doch da war nichts, einfach gar nichts.

»Lass gut sein«, sagte Daniel schließlich müde, als sie sich auf der Suche nach einem weiteren möglichen Versteck umschaute, das sie bisher übersehen hatten.

»Nein.« Sie schüttelte störrisch den Kopf. »Hier muss irgendetwas sein. Wir haben es bloß noch nicht gefunden. Es muss hier sein!« Ihre Stimme überschlug sich.

»Hey.« Rasch ging Daniel zu ihr herüber und schloss sie sanft in seine Arme. »Es ist alles gut«, murmelte er tröstend in ihr Ohr.

Erin klammerte sich fester an ihn und schüttelte verzweifelt den Kopf. Nichts war gut. Überhaupt nichts. Sie hatte ihn Hunderte von Kilometern weit geschleppt, an einen Ort, an dem nur der Tod auf ihn wartete. »Es tut mir so leid«, wisperte sie, während hysterische Schluchzer ihren gesamten Körper erschütterten.

»Was denn?« Er schob sie ein wenig von sich ab und strich ihr zärtlich die Tränen aus dem Gesicht. »Es ist nicht deine Schuld, Liebling. Und noch ist auch nichts verloren. Wir haben noch genug Zeit. Wir werden das Amulett schon finden.«

Sie nickte schwach und wischte sich die Augen,

während ihre Schuldgefühle sie zu ersticken drohten. Nur ihretwegen hatte er den Fluch auf sich gezogen. Nur ihretwegen waren sie nach Wales gekommen. Nur ihretwegen musste er unglaubliche Qualen und Ängste erleiden. Und was tat er? Er tröstete sie auch noch. Das war falsch. *Sie* sollte ihn trösten, für ihn da und stark sein. Nicht umgekehrt.

»Lass uns jetzt eine Pause machen«, sagte Daniel leise. »Ich könnte was zu essen vertragen. Und du bestimmt auch.«

»Okay. Mein Rucksack liegt draußen. Ich hole ihn gleich.«

»Nein. Lass uns draußen essen. Wir suchen uns einfach ein lauschiges Plätzchen. Was meinst du?«

»In Ordnung.« Sie würde alles tun, um ihn glücklich zu machen.

»Schau mal, der Baum da«, sagte Daniel plötzlich, als sie sich draußen nach einem geeigneten Platz für ihr Picknick umsahen. »Er scheint einfach durch die Mauer hindurchzuwachsen.«

Erin folgte seinem Blick und lächelte. »Das sieht ja lustig aus.«

»Komm.« Daniel nahm ihre Hand und zog sie mit sich.

»Aber da ist der Friedhof«, widersprach sie zögernd. Sie wollte jetzt ganz bestimmt nicht an den Tod erinnert werden.

»Na gut, dann bleiben wir einfach auf dieser Seite der Mauer«, lenkte er ein.

Sie setzten sich in das weiche Gras und lehnten

sich mit dem Rücken gegen die niedrige Steinmauer.

»Ich frage mich, wie alt diese Steine wohl sein mögen«, murmelte Erin, während sie auf ihrem Brötchen kaute.

»Die Steine?« Daniel lächelte leicht. »Millionen von Jahren, schätze ich. Womöglich sogar noch älter. Die Mauer allerdings dürfte um einiges jünger sein.«

Erin lächelte und stupste ihn spielerisch mit dem Ellbogen. »Besserwisser.« Dann stockte sie plötzlich und zog ihren Ellbogen wieder fort. Wie hatte sie auch nur für einen Augenblick ihre Situation vergessen können und mit ihm rumalbern, als wäre nichts geschehen?

»Ich fand es schön«, sagte Daniel unvermittelt.

»Was denn?«

»Dein Lächeln. Es war einfach fröhlich. Ich habe das sehr vermisst.«

»Oh.« Erin wusste nicht, was sie sagen sollte.

»Du solltest öfter fröhlich sein«, fuhr er leise fort.

»Das werde ich auch, wenn wir das hier überstanden haben«, versprach sie ihm.

Er drückte ihre Hand. »Ich möchte es aber auch jetzt schon sehen.« Er tat, als würde er nachdenken. »Ich habe eine Idee«, sagte er schließlich.

»Was denn?«

»Wir vergessen für einen Nachmittag alle Flüche und Amulette, Geheimbünde und Gefahren. Und sind nur Erin und Daniel. Ein frischverliebtes Pärchen in den Flitterwochen.« Er grinste sie spitzbübisch an.

Zweifelnd erwiderte sie seinen Blick. »Aber …

Aber ich kann doch nicht so tun, als wäre alles in Ordnung.«

»Wenn ich das kann, kannst du es auch«, murmelte er leise. Dann beugte er sich rasch nach vorn und gab ihr spielerisch einen kleinen Kuss auf die Lippen. Dann, bevor sie protestieren konnte, legte er sich auf den Boden und bettete seinen Kopf auf ihren Schoß.

Zärtlich strich Erin über seine Stirn und versuchte krampfhaft, das Prickeln, das dabei durch ihre Fingerspitzen jagte, zu ignorieren. Er hatte Schmerzen, selbst jetzt, wo er ganz entspannt und friedlich dalag und so tat, als wäre alles in bester Ordnung.

»Es ist so ruhig hier«, sagte Daniel fasziniert. »Klar, ich höre Vögel zwitschern und Insekten summen, aber keine Autos, Flugzeuge, Rasenmäher oder Stimmen. Als wären wir die einzigen Menschen auf der Welt. Und ist dir eigentlich schon aufgefallen, wie blau der Himmel hier ist?«

Erin schaute hoch. Er hatte recht. Alles schien so viel echter, intensiver und gleichzeitig friedlicher zu sein, als sie es von zu Hause kannte. Als wäre nichts Anderes von Bedeutung als der eine Augenblick, den sie gerade erlebten. Sie ließ ihren Blick weiter über die Kapelle mit ihrem schiefergedeckten Dach schweifen, den kleinen Friedhof und den Wald, der dahinter begann, und fühlte sich plötzlich glücklich, auf eine ruhige, fast melancholische Art. Sie schaute wieder zu Daniel hinunter und lächelte ihn zärtlich an. »Es ist wunderschön hier, nicht wahr?«

Er schloss kurz die Augen, und als er sie wieder

öffnete, war sein Blick voller Liebe. »Ich kenne keinen anderen Ort, an dem ich jetzt lieber wäre.«

Erin beugte ihren Kopf, um ihn zu küssen, als sie aus dem Augenwinkel plötzlich eine Bewegung bemerkte. Sie schreckte hoch und erkannte Gareth, der in einigen Metern Entfernung unschlüssig stehengeblieben war und sie beide musterte. Sie winkte ihm zu und er trat zu ihnen.

»Wollt ihr mit zurückkommen?«

»Nein.« Ohne sich zu erheben, schüttelte Daniel leicht den Kopf. »Wir bleiben noch eine Weile hier.«

»Oh. Okay.« Gareth verharrte unschlüssig. »Findet ihr allein den Weg?«

»Ich denke schon. Und zur Not gibt es immer noch das GPS.« Daniel grinste. »Wir kommen schon klar.«

»Gut. Ich gehe dann mal.« Gareth drehte sich abrupt um und schritt davon.

»Wir sehen uns!«, rief Erin ihm hinterher, doch er wandte sich nicht mehr um.

»Also, wo waren wir?«, fragte Daniel nachdenklich und drehte sich auf die Seite, sodass seine Nase beinahe Erins Unterleib berührte. Er umschlang ihre Taille und ließ eine Hand hinten unter ihr T-Shirt gleiten.

»Ich glaube nicht, dass wir *dabei* waren«, erwiderte sie überrascht.

»Nein?«, fragte er neckisch. »Das war aber eigentlich der Plan.«

»Plan?«, fragte Erin amüsiert, doch sie konnte nicht verhehlen, dass seine Worte ein angenehmes Prickeln in ihrem ganzen Körper auslösten. Trotzdem wollte sie vernünftig sein. »Ich weiß nicht, ob das klug wäre«, stammelte sie, als er sich aufrichtete und sie spielerisch anstupste, um sie zur Seite in das weiche Gras zu kippen. »Ich glaube, es tut dir nicht gut, es erschöpft dich zu sehr ...«

»Lass das mal meine Sorge sein«, erwiderte er und küsste sie voller Leidenschaft.

Später, als sie zufrieden und ermattet nebeneinander im Gras lagen, konnte Erin aber nicht mehr so tun, als wäre alles in Ordnung. Daniels Atem ging stoßweise und bei jedem Atemzug schien sich sein gesamter Körper zu verkrampfen.

»Daniel?«, sagte sie zögernd. »Ich denke wirklich, dass wir es nicht mehr tun sollten. Nicht, bevor es dir besser geht.«

Er verzog sein Gesicht zu einer Grimasse. »Gönn mir doch ein wenig Spaß.«

»Nein«, erwiderte sie fest und erhob sich. Plötzlich spürte sie einen irrationalen Ärger in sich aufsteigen. Es ging hier nicht nur um ihn, sondern auch um sie. Alles, was ihn schwächte, was ihm etwas von seiner auch so schon zu knappen Lebenskraft nahm, nahm auch ein Stück von ihr. Rasch zog sie sich an und warf Daniel, der sie überrascht musterte, seine Kleidung zu. »Jetzt machen wir mal, was *ich* möchte.«

»Ich dachte, das eben hättest du auch gewollt.« Er sah sie schelmisch an, doch sie ging nicht darauf ein.

»Du weißt genau, wie ich das meine«, erwiderte

sie. »Du wirst dich jetzt anziehen und dir dann von mir helfen lassen.«

»Nein!«, sagte er mit einer ruhigen Entschlossenheit in der Stimme.

»Oh doch!« Sie stemmte die Hände in die Hüften und nickte nachdrücklich mit dem Kopf.

»Nein«, wiederholte er fest. »Ich werde nicht zulassen, dass dieser Fluch dich auch noch quält.«

Fassungslos sah sie ihn an. »Aber das tut er doch schon längst! Was glaubst du, wie ich mich fühle? Denkst du wirklich, wenn ich deinen Schmerz nicht spüren kann, kann ich vergessen, was hier vorgeht?« Sie wandte sich ab und wischte sich frustriert mit den Händen über das Gesicht. »Glaubst du, der Gedanke, ich könnte dich verlieren, wäre nicht unerträglich für mich? Glaubst du, mir wäre egal, was mit dir passiert?«

»Nein, natürlich nicht. Ich habe das nicht so gemeint.« Rasch streifte er sich seine Jeans über und trat zu ihr. »Es tut mir leid.«

»Gut.« Sie atmete tief durch. »Und deswegen wirst du mich dir jetzt helfen lassen. Und dann überlegen wir, was wir noch tun können, um das verfluchte Amulett endlich zu finden.«

»Erin.« Er sah sie ernst und liebevoll an. »Selbst wenn wir es nicht finden sollten …«

»Nein!« Sie kreischte das Wort beinahe. »Wir werden es finden, hörst du. Wir müssen einfach. Weil ich es nicht ertragen würde, dich sterben zu sehen. Ich würde es nicht überleben, verstehst du?« Sie vergrub ihr Gesicht in ihren Händen und er zog sie tröstend an seine Brust.

»Wir werden es schaffen«, murmelte er. »Wir werden es schaffen.«

»Und jetzt mache ich es schon wieder«, flüsterte Erin plötzlich unglücklich.

»Was denn, mein Schatz?«

»*Ich* wollte dir helfen. *Ich* wollte für dich da sein. Und doch bist du es wieder, der mich tröstet.«

Sanft hob Daniel ihr Gesicht zu sich hoch. »Wie wäre es denn damit?«, fragte er sanft. »Wir werden einfach gegenseitig füreinander da sein?«

»Klingt gut«, schniefte sie und wischte sich über die Augen. »Und jetzt zieh dein Hemd an, es wird schon kühler.«

»Und nun?«, fragte er, während er seine Knöpfe zumachte.

»Komm her«, erwiderte Erin und ließ sich im Schneidersitz auf dem Boden nieder. »Leg deinen Kopf auf mein Knie. Vielleicht solltest du dein Amulett ablegen«, schlug sie zögernd vor, als Daniel ihrer Aufforderung Folge leistete. »Dann könnt ich dir besser helfen.«

»Nein«, entgegnete er fest und verengte seine Augen.

»Schon gut.« Sie lächelte schnell. »Es wird auch so gehen, denke ich.«

Erin atmete tief durch und schloss die Augen. Dann legte sie sanft ihre Hände auf Daniels Schläfen und sog erschrocken die Luft ein, als der Schmerz durch ihre Finger raste. Sie keuchte leise.

158

Sofort packte Daniel ihre Hände und riss sie fort. »Was ist los?«

»Nichts«, erwiderte sie hastig. Dass er mit diesen Schmerzen so ruhig, so normal wirken konnte, war unvorstellbar. Selbst sie hatte er getäuscht. Langsam legte sie ihre Hände wieder an seine Schläfen und dieses Mal war sie gewappnet für den Schmerz, der sie durchzuckte. Als kleines Mädchen hatte sie einmal einen Stromschlag gespürt und genauso fühlte es sich an, nur, dass er andauerte, anstatt nach einer Sekunde zu verklingen. Während ihre Fingerspitzen beinahe taub wurden und sich das schmerzhafte Prickeln in ihre Arme ausbreitete, zwang Erin sich, ihren Geist zu öffnen und alle mentalen Barrieren fallen zu lassen, die sie instinktiv errichtet hatte, um sich vor den unerwünschten Empfindungen anderer Menschen zu schützen. Der Schmerz wurde stärker und jagte in pulsierenden Wellen durch ihren Körper. Einer plötzlichen Eingebung folgend, nahm sie die linke Hand von Daniels Kopf und presste sie fest gegen die kühle Erde. Sie konzentrierte sich darauf, die Wellen durch sich hindurch und in den Boden strömen zu lassen. Erin biss die Zähne zusammen, um nicht laut aufzustöhnen, und atmete möglichst tief und langsam. Ein und Aus. Ein und Aus. Sie musste dem Schmerz standhalten, ihn aus Daniel herausziehen. Nichts weiter war von Bedeutung. Sie vergaß alles um sich herum und verlor jegliches Zeitgefühl, während sie gegen den finsteren Strudel in seinem Inneren ankämpfte.

»Das ist genug«, drang schließlich Daniels raue

Stimme an ihr Ohr und sanft löste er ihre Hand von seiner Schläfe.

Überrascht riss Erin die Augen auf und es dauerte eine Weile, bis sich der blutrote Nebel in ihrem Kopf gelichtet hatte.

»Wie geht es dir?«, fragte Daniel besorgt und richtete sich auf. »Kannst du stehen?«

»Ich weiß nicht, ich glaube schon«, erwiderte sie unsicher und strich sich mit der Hand über das Gesicht.

»Bleib lieber noch ein bisschen sitzen.« Er sah sie gequält an und schüttelte den Kopf. »Ich hätte es nicht zulassen dürfen. Du siehst furchtbar aus, so bleich wie ein Gespenst.«

»Das hört doch jedes Mädchen gern von ihrem Freund«, sagte sie mit dem Anflug eines Lächelns. »Hat es denn wenigstens geholfen?«

»Ja.« Er nickte dankbar. »Es fühlte sich aber anders an als beim letzten Mal. Wie hast du das gemacht?«

»Ich habe versucht, den Schmerz in die Erde zu leiten. Verrückt, was?«

»Das würde ich nicht sagen«, erwiderte er leise. »Sieh her.« Ungläubig zeigte er auf ihre Hand, die noch immer auf dem Boden lag. Das Gras drumherum war braun und verdorrt. »Du hast tatsächlich einen Teil des Gifts aus mir herausgesaugt.«

Erins Augen leuchteten aufgeregt. »Dann könnte es vielleicht doch klappen. Vielleicht kann *ich* dich heilen.«

Betreten schaute Daniel zur Seite. »Das glaube ich nicht«, murmelte er.

»Aber es geht dir doch besser?«, beharrte sie.

»Ja.« Er nickte langsam. »Es geht mir jetzt ungefähr so gut wie heute Morgen. Du hast mir einen halben Tag geschenkt. Und du selbst wirst vermutlich einige Tage brauchen, um dich ganz davon zu erholen. Ich meine es ernst, Erin. Lieber verbringe ich die nächsten zwei Wochen komplett im Bett, um meine Kräfte zu schonen, als dass ich dich wieder dieser Gefahr aussetze.«

»Ist das nicht meine Entscheidung?«, fragte sie trotzig.

»Nein, es ist meine«, erwiderte er fest.

Unglücklich starrte sie ihn an. Sie wollte nicht, dass dieser wunderbare Nachmittag so endete. Wie konnte er nur so stur und unnachgiebig sein? Verstand er denn nicht, dass es sie umbrachte, ihn so leiden zu sehen? Mit ihrer Gabe konnte sie ihm helfen, seinen Schmerz zumindest teilen.

Und wohin würde das führen?, meldete sich plötzlich eine kleine Stimme in ihr zu Wort. Was soll es bringen, wenn ihr beide zu schwach seid, um nach dem Amulett zu suchen? Daniel hatte recht. Er musste seine Kräfte schonen und so lange wie möglich durchhalten, während sie sich darauf konzentrierte, das Amulett zu finden.

»Ist gut«, sagte sie schließlich und sah ihn zärtlich an. »Vorerst werde ich dir nicht mehr auf diese Art helfen. Es sei denn, ich halte es für unbedingt erforderlich.«

Eine Windbö fuhr durch ihre Haare und Erin

schaute fröstelnd nach oben. Graue Wolken zogen über den Himmel und von der Sonne, die noch vor einer halben Stunde so schön geschienen hatte, war nun nichts mehr zu sehen. »Wir sollten uns lieber auf den Weg machen«, sagte sie und erhob sich schwankend. »Es sieht mir ziemlich nach Regen aus.«

»Schaffst du das?«, fragte Daniel besorgt.

»Wenn du es kannst, kann ich es auch.«

Sie brauchten viel länger für den Rückweg, als Erin gedacht hatte. Aber vielleicht kam es ihr auch nur so vor, weil sie so unsagbar müde war. Als sie den Ortseingang endlich erreichten, prasselten dicke Regentropfen auf sie herab. Daniel schlang seinen Arm um ihre Körpermitte und gemeinsam stolperten sie so schnell wie möglich weiter. Als sie ihr Zimmer schließlich erreichten, waren sie beide völlig durchnässt und zitterten vor Kälte.

Während Erin hastig ihre nassen Sachen auszog, ging Daniel rasch in die Dusche und ließ das Wasser heiß laufen. »Komm her«, rief er sie zu sich, während er sich selbst seiner Sachen entledigte. Ohne ihre Antwort abzuwarten, packte er sie am Arm und zog sie in die mit Wasserdampf gefüllte Kabine.

Erin stöhnte schaudernd auf, als sie der heiße Wasserstrahl traf, dann schmiegte sie sich wohlig an Daniel. Es dauerte eine Weile, bis das Zittern in ihren Gliedern aufhörte und sie sich bewusst wurde, was sie da eigentlich taten. Vorsichtig blickte sie hoch und sah seine Augen belustigt funkeln. »Endlich habe ich dich doch noch zusammen mit mir unter die Dusche gekriegt«, sagte er. »Zu schade, dass du *es* nicht mehr mit mir tun möchtest.« Er sah sie abschätzend an. »Oder hast du deine Meinung inzwischen geändert?«

»Nein!«, erwiderte sie ertappt, als ihr auffiel, dass ihre Finger sanft seinen Rücken liebkosten. Abrupt ließ sie ihn los und rückte ein wenig von ihm ab. Mit einem letzten, bedauernden Blick auf seinen wundervollen Körper, an dem kleine Wassertropfen herabperlten, wandte sie sich schließlich ab, wickelte sich in ein Handtuch und verließ das Badezimmer.

Als Daniel ebenfalls ins Schlafzimmer trat, lag sie bereits in ihrem Lieblingsschlafanzug kuschelig unter der Decke. »Ich werde morgen noch einmal zur Kapelle gehen«, sagte sie schläfrig.

»Warum denn das? Wir haben sie schon durchsucht. Dort ist nichts«, erwiderte er sanft.

»Wir haben das Dach vergessen. Es war die ganze Zeit vor unseren Augen, aber wir haben einfach nicht daran gedacht.«

»Das Dach?«, wiederholte er erstaunt.

»Ja, es ist das ideale Versteck. Ich werde morgen fragen, ob mir jemand eine Leiter leihen kann, und dann noch mal gründlich nachsehen.«

Nachdenklich sah Daniel sie an, wie sie langsam in den Schlaf hinüberglitt und wie selbst dabei die Entschlossenheit nicht aus ihren Zügen wich.

Er seufzte und wischte sich müde über das Gesicht. Nichts, was er tun oder sagen konnte, würde sie davon abhalten, morgen schon wieder auf die Suche nach dem Amulett zu gehen. Und wenn sie dann nichts

163

fand, würde sie einen neuen Strohhalm suchen, an den sie sich klammern konnte. Sie würde bis zum Schluss um ihn kämpfen und schließlich dennoch scheitern. Und daran würde sie dann zerbrechen. Wütend ballte Daniel die Fäuste zusammen und schaute ohnmächtig aus dem Fenster zu dem dunklen Himmel hinauf. Er würde sterben, daran konnten sie nichts ändern. Und obwohl er Angst davor hatte, obwohl er so brennend weiterleben wollte, hatte er sein Schicksal akzeptiert. Er hatte es in dem Augenblick getan, als er Melissas Befehl missachtet hatte, um Erin zu retten. Sein Leben für ihres, das war ihm wie ein fairer Tausch erschienen. Doch er hatte nicht damit gerechnet, dass sie sich so verzweifelt weigern würde, ihn loszulassen. *Ich würde es nicht überleben*, hallte ihr Schrei in seinen Ohren und vor seinem inneren Auge sah er ihr schmerzverzerrtes Gesicht.

Nein! Er presste sich beide Hände fest vor die Augen. Diese Erinnerung, die Angst davor, was mit ihr nach seinem Tod geschehen würde, quälte ihn mehr, als es der Fluch selbst jemals vermochte. Entschlossen sprang Daniel auf. Er würde es nicht zulassen. Er würde nicht zulassen, dass sein Schicksal auch das ihre besiegelte. Und es gab nur einen Weg, wie er das bewerkstelligen konnte, so schmerzhaft er für ihn auch wäre. Er musste ihr den Abschied erleichtern.

Er schaute wieder zu Erin hinüber, dem Mädchen, der Frau, die ihm alles bedeutete, und die Sehnsucht nach ihr schnürte ihm beinahe die Kehle zu. Konnte er es tun? Konnte er sie wirklich gehen lassen?

Vorsichtig, um sie nicht zu wecken, ließ er sich neben ihr auf das Bett sinken, sodass ihr warmer Atem sein Gesicht liebkoste. Einen Tag würde er ihr, ihnen beiden noch geben. Vielleicht hatte sie morgen doch Glück. Vielleicht würde das Schicksal sie beide doch noch einmal davonkommen lassen. Vielleicht.

Kapitel 8

»Soll ich nicht doch lieber mitkommen?«, fragte Daniel besorgt.

»Das haben wir doch schon alles durchgekaut. Du musst deine Kräfte schonen. Jede Anstrengung raubt dir etwas von der Lebenskraft, die du dringend brauchst.« Sie sah ihn eindringlich an. »Du konzentrierst dich einfach darauf, so lange wie möglich durchzuhalten, okay? Und ich kümmere mich um den Rest. Hier, ich habe eine Fernsehzeitung organisiert. Anscheinend gibt es heute einen *Herr-der-Ringe*-Marathon. Und selbstverständlich musst du nicht die ganze Zeit im Bett bleiben. Du kannst dir gern ein wenig die Beine vertreten, wenn dir danach ist. Und Elric macht dir bestimmt was Tolles zum Mittagessen.«

»Ist ja gut, Mama«, brummte Daniel resigniert.

»Aber bleib nicht zu lange fort, verstanden? Und pass auf dich auf! Du bist selbst auch noch nicht ganz bei Kräften. Wenn ich ehrlich bin, wäre es mir viel lieber, wenn Gareth dich wieder begleiten könnte. Die Gegend hier ist sehr einsam.«

»Ich werde ihn fragen, falls ich ihn sehe«, erwiderte Erin erstaunt. Sie hätte gedacht, dass es Daniel nicht recht gewesen wäre, wenn Gareth mit ihr ginge. Aber anscheinend überwog seine Sorge um sie doch seine unsinnige Eifersucht. Lächelnd setzte sie sich zu Daniel auf das Bett und gab ihm die Fernbedienung in die Hand. »Viel Spaß«, fügte sie hinzu und beugte sich herunter, um ihm einen Abschiedskuss zu geben.

Als sie sich wieder erheben wollte, hielt Daniel sie jedoch fest und küsste sie voller Leidenschaft. »Ich liebe dich«, flüsterte er heiser, als sie sich schließlich voneinander lösten.

»Ich dich auch, mein Schatz«, erwiderte sie. »Erhol dich gut, ich bin bald zurück.« Mit diesen Worten schnappte sie sich ihren Rucksack und verschwand durch die Tür.

Sobald sie fort war, ließ Daniel sich erschöpft in die Kissen sinken und die Munterkeit, die er gerade noch an den Tag gelegt hatte, verschwand aus seinen Zügen. Er stöhnte leise und fasste nach dem Saphir-Amulett, das um seinen Hals hing, als könnte er dadurch dessen fluchhemmende Wirkung noch verstärken. Wenn er ehrlich war, wäre er gar nicht in der Lage gewesen, sie zu begleiten. Schon so zu tun, als wäre alles in Ordnung, hatte beinahe seine ganzen Kraftreserven erschöpft.

Zwei, vielleicht drei Wochen, hatte Erhard gesagt. Doch er bezweifelte irgendwie, dass er tatsächlich drei Wochen durchhalten würde. Dabei war es gar nicht der Schmerz, der ihn fertigmachte, zumindest nicht ausschließlich. Vermutlich, weil sein Amulett tatsächlich den Großteil davon abhielt. Er würde nicht vor Schmerz dem Wahnsinn verfallen und seinem Leben ein Ende setzen.

Oh nein, er würde alles genau miterleben, spüren,

wie ihm irgendetwas die Lebenskraft aussaugte und ihn leer und ausgelaugt zurückließ.

Daniel schloss die Augen und konzentrierte sich auf seine Atmung. Er hoffte nur, dass er es rechtzeitig hören würde, wenn Erin zurückkam, sodass er genügend Zeit haben würde, den Fernseher einzuschalten, damit sie nichts von seinem Zustand mitbekam.

Zielstrebig betrat Erin Elric's Pub und schaute sich suchend um. Sie hatte so fest damit gerechnet, Gareth dort vorzufinden, dass sie irritiert innehielt, als sie ihn nicht entdeckte.

»Hi Erin«, begrüßte der Wirt sie freundlich. »Suchst du jemand bestimmten?«

»Ja, Gareth. Ist er nicht hier?«, fragte sie überrascht.

Elric lachte dröhnend auf. »Du meinst, er treibt sich so oft hier herum, dass er hier wohnen könnte? Da hast du wohl recht. Aber was soll's, den Kunden gefällt seine Musik.«

»Und wo ist er jetzt?«

»Keine Ahnung.« Elric zuckte fröhlich mit den Achseln. Der Pub war leer und der Wirt anscheinend einem Plausch nicht abgeneigt. »Ich habe ihn seit gestern früh nicht mehr gesehen. Wieso denn?« Er sah sie neugierig an. »Wo hast du denn deinen Mann gelassen?«, fügte er stirnrunzelnd hinzu.

Na super, dachte Erin finster. Jetzt würde ihr womöglich noch eine Affäre mit dem jungen Barden angedichtet. »Er ist noch im Bett, gestern Abend war es zu anstrengend für ihn gewesen«, erwiderte sie geistesabwesend und lief rot an, als sich die Miene des Pubbesitzers anerkennend verzog. »So habe ich das nicht ge … Ist auch egal«, unterbrach sie sich selbst. Sie hatte wichtigere Probleme, als was die Leute über ihr Liebesleben denken mochten. »Wo kann ich Gareth finden? Ich brauche wirklich seine Hilfe.«

Von der Dringlichkeit in ihrer Stimme überrascht, wurde Elric schlagartig ernst und rieb sich nachdenklich das Gesicht. »Er kann überall sein. Bei seinen Eltern vielleicht oder seinem Großvater. Oder er campt irgendwo draußen im Freien. Das macht er im Sommer öfter, weißt du.«

»Oh.« Unschlüssig kaute Erin auf ihrer Unterlippe herum.

»Was brauchst du denn?«

»Ich hatte gehofft, er könnte mich noch einmal zur Kapelle begleiten.« Sie zuckte mit den Schultern. »Na ja, dann gehe ich eben allein. Sie haben nicht zufällig eine Leiter?«, fügte sie plötzlich hinzu.

»Eine Leiter?« Verständnislos sah der Mann sie an.

Erin verzog innerlich das Gesicht. Wenn Elric von dieser Unterhaltung erzählte, würden wohl alle im Ort sie für ein geisteskrankes Flittchen halten. Sie atmete tief durch. Was soll's. »Ich würde gern auf das Dach der Kapelle steigen. Die Aussicht ist bestimmt toll.«

»Das Dach der Kapelle?«, wiederholte der Wirt ungläubig. Dann sah er sie fest an. »Bist du sicher, dass es dir gut geht? Hast du gestern vielleicht zu viel Sonne abbekommen?«

»Alles bestens.« Erin schenkte ihm ihr strahlendstes Lächeln. »Wirklich.«

»Und du willst die Leiter den ganzen Weg bis zur Kapelle schleppen?«

Mist. Daran hatte sie gar nicht gedacht. »Wenn sie nicht zu schwer ist«, sagte sie unsicher.

Elric kratzte sich am Kinn und sah sie nachdenklich an. »Ich weiß beim besten Willen nicht, was du vorhast, junge Dame. Und am liebsten würde ich dich begleiten, nur um sicherzugehen, dass du keinen Blödsinn machst. Aber ich kann hier leider nicht weg. *Diafol*!«, fluchte er leise. »Nie ist Gareth da, wenn man ihn braucht. Versprichst du mir, dass du nichts Gefährliches oder Illegales anstellen wirst?«

»Ja.« Erin nickte ernst.

»Dann komm mit.« Er klappte einen Teil des Tresens hoch, damit sie hindurchtreten konnte. »Und irgendwann will ich die ganze Geschichte hören, verstanden?«

»In Ordnung«, sagte Erin erleichtert und folgte ihm durch die Küche zum Hinterausgang des Gebäudes.

Elric holte eine Klapptrittleiter aus einem kleinen Schuppen und drückte sie dem Mädchen in die Hand. Dann klemmte er sich ein Seil unter den Arm und ging zu einem alten Herrenrad, das neben der Wand lehnte. Mit Erins Hilfe band er die Leiter so an dem Fahrrad fest, dass Erin zwar nicht mehr darauf fahren, aber es immerhin bequem schieben konnte. »Ich hoffe, ich werde es nicht bereuen«, brummte er kopfschüttelnd.

»Das werden Sie nicht«, beruhigte Erin ihn. »Heute Abend bringe ich Ihnen die Sachen wieder zurück. Danke«, fügte sie hinzu, als er fertig war. Dann nahm sie das Fahrrad und schob es aus dem kleinen Hinterhof hinaus.

Sie hatte es Daniel gegenüber nicht zugeben wollen, aber ihr Versuch, seine Schmerzen zu lindern, hatte sie doch ganz schön viel Kraft gekostet. Während sie beharrlich dem Feldweg folgte, der zur Kapelle führte, spürte sie, wie ihr trotz des frischen Windes ihr Shirt vor Anstrengung unangenehm am Körper klebte. Erin zog den Reißverschluss ihres leichten Jäckchens hoch, es hätte noch gefehlt, dass sie sich eine fiese Erkältung zuzog, und schaute missmutig in den Himmel hinauf. Das Sommerwetter schien vorerst endgültig vorbei zu sein. Graue Wolken jagten mit unglaublicher Geschwindigkeit über den Himmel und nur hin und wieder ließ sich ein Stückchen Blau erkennen. Wollte die Natur ihr vielleicht etwas mitteilen? War es ein Omen? Oder spiegelte das Wetter bloß ihre eigene angespannte Stimmung wider? Erin schüttelte den Kopf, um diese absurden Gedanken zu vertreiben. Das war doch alles Blödsinn. Das Wetter war nun mal unberechenbar und hatte nichts mit ihrer Suche zu tun. Und sie war schließlich nicht auf den Bahamas, also konnte sie wohl nicht mit dauerndem Sonnenschein rechnen.

Als sie schließlich die abgesperrte Abzweigung erreichte, verharrte Erin unschlüssig. Daran hatte sie ja gar nicht gedacht. Das Fahrrad konnte sie unmöglich über die Holzkonstruktion heben, die den Weg blockierte. Sie stellte das Rad ab und trat vorsichtig in das hohe Gras, das den Weg säumte. Sorgfältig darauf bedacht, nicht in ein Loch zu treten, sich den Fuß umzuknicken oder in einen trockenen Wassergraben zu fallen, umrundete sie die Absperrung. Dann sah sie zweifelnd das sperrige Fahrrad an. Doch ihr blieb keine andere Wahl. Sie kletterte über den Zaun zurück, ergriff die Lenkstange mit beiden Händen und schob es entschlossen von dem Pfad herunter.

Als sie das Fahrrad schließlich auf der anderen Seite wieder auf den Weg zerrte, zitterten ihre Glieder vor Anstrengung. Erschöpft ließ Erin sich auf den Boden sinken und atmete einige Male tief durch. Dann machte sie sich daran, die in den Speichen hängen gebliebenen Grasbüschel zu entfernen. Sie wäre gern noch ein wenig länger sitzen geblieben, doch die Kälte des feuchten Feldwegs kroch unbarmherzig durch ihre Jeans und auch sonst hatte sie keine Zeit zu verlieren. Erin erhob sich entschlossen und klopfte sich den Schmutz von der Hose. Dann packte sie erneut die Lenkstange und machte sich auf den Weg.

Sie erreichte die kleine Kapelle gerade noch rechtzeitig, als die ersten Windböen peitschenden Regen mit sich brachten. Schnell flüchtete sie hinein und zog die Tür so weit wie möglich hinter sich zu. Sie lehnte das Fahrrad samt Leiter an die Wand und setzte sich selbst daneben. Während sie einen Schluck aus ihrer Wasserflasche nahm, wurde es zunehmend dunkler in dem kleinen Gotteshaus und Erin war wirklich froh, dass sie daran gedacht hatte, eine Taschenlampe mitzunehmen. Sie zuckte erschrocken zusammen, als das blendende Licht eines Blitzes die plötzliche Dunkelheit zerriss und nur wenige Sekunden später ein ohrenbetäubendes Donnergrollen folgte. Das Mädchen schauderte. Draußen schien tatsächlich gerade die Welt unterzugehen. Rasch schaltete sie die Taschenlampe ein und ließ ihren Lichtkegel durch die Kapelle schweifen. Das kleine Haus stöhnte und ächzte unter dem anstürmenden Wind und an einigen Stellen lief Regenwasser durch das undichte Dach. Erin spürte Panik in sich aufsteigen. Konnte der Sturm die Kapelle zum Einsturz bringen? Nein, riss sie sich innerlich zur Ordnung. Die Kapelle stand da bereits seit über siebzig Jahren und das war gewiss nicht der erste Sturm, den sie erlebte. Und trotzdem war das Gebäude bisher relativ unbeschadet geblieben. Es hörte sich zwar äußerst schaurig an, wie der Wind durch die Löcher und Ritzen pfiff und das Gebälk ächzte, doch sie dürfte nicht in unmittelbarer Gefahr sein. Derart beruhigt, machte das Mädchen sich schließlich ans Werk.

Sie band die Leiter los und stellte sie an die Wand. Dann kletterte sie hinauf. Zum Glück war der Raum nicht besonders hoch, sodass sie die Dachsparren gut mit der Hand erreichen konnte. Direkt an der Wand musste sie sich dafür nicht einmal auf die oberste Stufe stellen. Nur am Giebel verliefen die dicken Balken außerhalb ihrer Reichweite. Sie würde also nicht das ganze Dach absuchen können. Doch sie tröstete sich damit, dass Erik Buchman die Stellen, die ihr verwehrt blieben, vermutlich auch nicht hätte erreichen können und das Amulett daher bestimmt nicht dort versteckt hatte.

Entschlossen begann Erin mit ihrer Suche. Sie stieg auf die Leiter und tastete mit der Hand das Dach, den Balken, alles ab, was sie erreichen konnte. Dann stieg sie wieder hinunter und bewegte die Leiter ein Stück weiter, um eine neue Stelle durchsuchen zu können. Mit der Zeit verfiel sie in einen monotonen Rhythmus, der seltsam beruhigend war, weil sie dabei an nichts denken musste. Nicht an Daniel, nicht an ihre Angst, nicht an ihre schmerzenden Finger, die von dem kalten Regenwasser, das überall hereinsickerte, schon steif gefroren waren. Nur rauf, suchen, runter. Rauf, suchen, runter. Einige Male ertasteten ihre Finger endlich etwas und die Aufregung riss sie aus ihrer Monotonie. Das Herz klopfte ihr dann bis zum Hals, wenn sie ihre Hand darum schloss und es herunterholte. Doch jedes Mal waren es nur Vogelnester oder Eierschalen oder – igitt – Fledermausköttel gewesen. Irgendwann gab Erin schließlich die Hoffnung auf und doch konnte sie ihre Suche nicht abbrechen. Weil sie nicht wusste, wo sie sonst noch suchen, was sie sonst noch tun sollte. Jetzt aufzugeben, hieße, Daniel aufzugeben.

Sie stieg von der Leiter herunter und packte sie mechanisch, um sie weiterzuschieben. Plötzlich erstarrte sie und blickte sich erstaunt um. Es gab nichts mehr, wohin sie die Leiter hätte schieben können. Keine Stelle, die sie noch nicht durchsucht hatte. Ausgelaugt und erschüttert ließ Erin ihren Blick durch die leere Kapelle schweifen. Sie war tatsächlich leer, das Amulett war nicht da. War vermutlich noch niemals auch nur in der Nähe gewesen. Kraftlos ließ sie sich zu Boden sinken und vergrub ihr Gesicht in den Händen. In ihrer Verzweiflung hatte sie nicht einmal mehr Tränen übrig. Ihr war, als hätte jemand ihr Herz herausgerissen und ihren Lebenswillen gebrochen. Zum ersten Mal gestand sie sich ein, dass sie das Amulett vermutlich nicht finden würden, dass Daniel tatsächlich sterben und ihre Welt zusammenbrechen würde.

Erin öffnete die Augen und sah sich stumpfsinnig in der Kapelle um, als hätte sie sie noch nie zuvor gesehen. Sie hatte keine Ahnung, was sie jetzt tun sollte.

Zurückgehen, sagte der eine Teil ihres Verstandes, der noch halbwegs funktionierte. Doch das konnte sie nicht. Und nicht nur, weil draußen der Sturm noch immer mit unverminderter Kraft tobte und ein Donnergrollen das nächste jagte. Sondern auch, weil sie Daniel nicht ins Gesicht sehen und ihm sagen konnte, dass sie versagt hatte, dass es vorbei war, dass es keine Zukunft für ihn geben würde.

Erschüttert vergrub Erin ihr Gesicht in den Händen und verlor jegliches Zeitgefühl, während die Kälte immer tiefer in ihren Körper kroch. Zeit war nicht von Bedeutung, nichts war mehr von Bedeutung und würde es niemals sein.

Das Geräusch prasselnden Regens auf der Fensterscheibe riss Daniel aus seinem Schlaf. Verwirrt starrte er hinaus auf den bleiernen Himmel. Wie spät mochte es sein? Erin hätte schon längst zurück sein sollen! Hektisch sah er auf die Uhr und sein Herzschlag beruhigte sich allmählich. Es war erst früher Nachmittag. Aber wieso war es dann so dunkel? Daniel zuckte überrascht zusammen, als ein greller Blitz den Himmel zerriss und zählte die Sekunden – eins, zwei, drei – bis ein furchtbares Donnergrollen ertönte. Anscheinend hatte das Gewitter ihn noch nicht ganz erreicht.

Erin!, fuhr es ihm dann erschrocken durch den Sinn. Erin war irgendwo da draußen. Was war, wenn der Sturm sie überrascht hatte?

Hastig kramte er sein Handy hervor und drückte mit zitternden Fingern die Kurzwahltaste. Es dauerte eine gefühlte Ewigkeit, bis sie endlich ranging.

»Hallo?« Ihre Stimme klang seltsam hohl, unbeteiligt, was aber auch an der schlechten Verbindung liegen konnte. Im Hintergrund hörte er den Wind heulen, konnte aber nicht sagen, ob es bei ihr oder bei ihm war.

»Erin? Geht es dir gut? Wo bist du?«, schrie er in den Hörer hinein.

»In der Kapelle.« Ihr Ton jagte ihm eine Gänsehaut über den Rücken. Das hörte sich so gar nicht nach seiner optimistischen, lebensfrohen Erin an.

»Geht es dir gut? Bist du in Sicherheit?«

»Ja.« Sie schien sich zusammenzureißen, denn ihre Stimme nahm nun wieder ein wenig ihren gewohnten Klang an. »Du musst dir keine Sorgen um *mich* machen. *Mir* geht es gut.« Daniel runzelte die Stirn. »Ist Gareth verletzt?«

»Gareth?«, fragte sie verständnislos zurück. »Keine Ahnung.«

»Ist er denn nicht bei dir?«

»Nein, ich konnte ihn nicht finden.«

Mist! Sie war also völlig allein da draußen. »Erin, ist es bei dir auch so stürmisch?« Idiotische Frage. Er hörte doch, wie laut der Wind bei ihr pfiff. Sie sagte etwas, doch ihre Stimme ging im Donnergrollen verloren. »Was?«, schrie er.

»Ich komme gleich zurück.«

»Nein! Bleib, wo du bist!«, rief er erschrocken. Was war nur mit ihr los? Er hätte sie nicht allein dorthin lassen dürfen. »Erin, du darfst jetzt nicht raus! Es ist zu gefährlich. Bleib, wo du bist! Ich werde dich abholen. Vielleicht komme ich irgendwie mit dem Auto durch!«

»Warte!«, rief sie plötzlich. »Ich glaube, da draußen ist jemand.«

»Okay, aber leg ja nicht auf«, mahnte er sie. Er sah schon im Geiste einen psychopathischen Serienkiller auf sie zustürmen, auch wenn er wusste, dass die Vorstellung eigentlich absurd war.

»Gareth?«, drang plötzlich Erins überraschte Stimme an sein Ohr. Sie sagte noch etwas, doch es ging im Rauschen des Windes unter.

Und dann erklang die ruhige, feste Stimme des jungen Walisers. »Es ist alles in Ordnung. Mach dir um sie keine Sorgen. Wir warten ab, bis das Unwetter vorbei ist, und dann kommen wir zurück.«

»Danke«, erwiderte Daniel leise und trennte die Verbindung.

Gareth würde ihr strahlender Retter sein, nicht er. Er würde sie wärmen und ihr die Zeit vertreiben, vielleicht sogar für sie singen, mit dieser unglaublichen Stimme, die sie so faszinierte. Er würde auf sie aufpassen, bis es für sie Zeit wurde, zu ihrem hilflosen, kranken Freund zurückzukehren, der ihr nichts mehr zu bieten hatte. Und obwohl er wusste, dass es vermutlich das Beste für sie war, fühlte er sich, als würde eine glühende Hand sein Herz ganz langsam zerquetschen.

Fassungslos starrte Erin die Gestalt im schwarzen Motorradanzug an, die sich gerade den Helm vom Kopf zog. »Gareth?«, fragte sie ungläubig, als der dunkle Lockenschopf des jungen Walisers zum Vorschein kam. Wasser rann in Strömen an seiner Lederkleidung herab und tropfte auf den Boden.

»Geht es dir gut?«, fragte Gareth besorgt und trat einen Schritt auf sie zu.

»Bestens.«

»Telefonierst du gerade?«, fragte er mit Blick auf das Handy, das sie unschlüssig in der Hand hielt.

»Ja, Daniel macht sich Sorgen.«

Gareth runzelte missbilligend die Stirn, dann ging er zu ihr herüber und nahm ihr das Handy aus der Hand, das sie ihm widerstandslos überließ. Nachdem er kurz mit Daniel gesprochen hatte, gab er es ihr wieder zurück. Dabei streiften seine Finger die ihren und er zuckte überrascht zusammen. »Deine Hände sind ja eisig.« Er musterte sie besorgt. Und sein Eindruck, dass hier etwas nicht stimmen konnte, verstärkte sich.

Erin stand nur teilnahmslos da und musterte ihn verwirrt, als stünde sie unter Schock. Das bisschen Regen und Donner konnte gewiss nicht dafür verantwortlich sein.

Er wandte sich ab und holte eine Decke aus seiner Umhängetasche. »Hier. Es ist ziemlich frisch geworden. Am besten, du wickelst dich darin ein.« Dann holte er eine Thermoskanne hervor und schraubte den Deckel ab, um ihn als Tasse zu verwenden. »Tee. Schwarz, süß und heiß«, erklärte er, während er ein wenig davon eingoss. »Das Beste, um müde Lebensgeister zu wecken.« Er lächelte und reichte ihr die Tasse.

»Danke.« Allmählich löste Erin sich aus ihrer Erstarrung. Sie schloss ihre kalten Hände um den Deckel und seufzte wohlig, als sie die Wärme spürte. »Was machst du hier eigentlich?«, fragte sie ihn dann.

»Das sollte ich wohl eher dich fragen«, brummte er.

»Du zuerst«, beharrte sie.

»Also gut.« Er ging zu dem Steinaltar hinüber, setzte sich drauf und klopfte einladend mit der Hand neben sich. »Elric hatte mich angerufen«, erklärte er, nachdem sie neben ihm Platz genommen hatte. »Er hatte sich Sorgen gemacht, als es zu stürmen anfing. Er hatte irgendetwas davon gebrabbelt, dass du auf das Dach steigen wolltest und seine Leiter genommen hättest.« Er ließ den Blick zu der Leiter gleiten, die noch immer aufgebaut im Raum stand. »Anscheinend habe ich ihn zu Unrecht einen alten Saufkopf geschimpft«, sagte er ungläubig. »Trotzdem hätte ich ihm am liebsten den Kopf dafür abgerissen, dass er dich nicht vor dem Unwetter gewarnt hatte. Es war schon seit gestern angekündigt. Auf jeden Fall sagte er, du seiest allein hier oben.« Seine Stimme drückte seine ganze Missbilligung bei diesen Worten aus. »Und ich dachte, ich sehe mal nach dir. Die Temperaturen können ziemlich stark abfallen, wenn es mal zu stürmen anfängt. Und tada – hier bin ich.« Er grinste. »Und jetzt bist du dran. Wieso bist du hier und weshalb hat dein treuer Göttergatte dich nicht begleitet?«

Erin schwieg und verschränkte betreten ihre Hände ineinander. So gern hätte sie jemandem die Wahrheit gesagt, die Last, die auf ihren Schultern lag, mit jemandem geteilt. Doch das konnte sie nicht, ohne wie eine völlig Verrückte dazustehen. Was also sollte sie ihm sagen? Um etwas Zeit zu gewinnen, nippte sie an ihrem Tee. Er schmeckte süß und würzig und brannte angenehm heiß in ihrer Kehle. Als sie die Augen hob, spürte sie Gareths fragenden Blick unverwandt auf sich ruhen.

»Etwas stimmt hier doch nicht«, sagte der junge Waliser leise. »Was suchst du hier? Wieso allein? Und weshalb hast du keinen Ring am Finger?«

»Ring?« Verständnislos starrte Erin ihn an.

Er wies auf ihre nackte Hand. »Du hast keinen Ehering. Das war mir sofort aufgefallen.«

»Ach so, das.« Erin lächelte leicht. Es spielte keine Rolle, wenn sie ihm das erzählte. »Wir sind nicht wirklich verheiratet. Ich weiß nicht genau, weshalb Daniel behauptet hatte, wir wären es. Vielleicht …«, sie schluchzte plötzlich laut auf, »vielleicht wünschte er sich, dass wir es wären.« Tränen traten ihr in die Augen und sie presste sich die Hand vor den Mund. Vielleicht wollte er vor seinem Tod einmal das Gefühl haben, dass sie für immer ihm gehörte.

Erschrocken über ihren Gefühlsausbruch tätschelte Gareth ihr unsicher den Rücken. »Erin? Ist alles in Ordnung?«

»Nein«, presste sie zitternd hervor. »Daniel geht es nicht gut. Und ich habe ihn zu dieser Reise überredet.«

»Was genau meinst du mit *nicht gut*?«

»Er hat starke Schmerzen. Migräne«, fügte sie hinzu. Sie konnte ihm einfach nicht von dem Fluch erzählen.

»Ach so«, sagte Gareth beruhigt. »Das ist doch kein Weltuntergang. Spätestens in ein paar Tagen ist der Anfall bestimmt vorüber und ihr könnt euren Urlaub genießen.« Er sah sie neugierig an. »Und wieso hast du ihn überredet, hierherzukommen? Was interessiert dich so an dieser Kapelle?«

Erin schluckte. Und beschloss, ihm die Geschichte zu erzählen, die sie sich unterwegs ausgedacht hatte. »Mein Urgroßvater ist 1940 spurlos verschwunden. Wir wissen nur, dass er hier gewesen war, aber nicht, was danach mit ihm passierte.«

»Dein Urgroßvater?«, wiederholte Gareth skeptisch.

»Ja. Sein Schicksal hat meiner Oma keine Ruhe gelassen. Also dachte ich, ich forsche mal nach.«

»Und die Kapelle?«

»Er hatte sie früher mal gegenüber meiner Oma erwähnt. Ich hatte gehofft, hier vielleicht irgendeinen Anhaltspunkt zu finden. Idiotisch, nicht wahr?«

»Nein.« Er lächelte leicht. »Immerhin war es deine einzige Spur. Und, hast du etwas gefunden?«

»Nein.« Ihre Stimme zitterte schon wieder.

»Hey.« Er berührte sie sanft am Kinn. »Ist es dir tatsächlich so wichtig, was aus ihm geworden ist?«

»Du kannst dir nicht vorstellen, wie«, flüsterte sie.

»Gut. Dann werde ich dir helfen.«

»Weshalb?«, fragte sie überrascht.

»Weil ich nicht nur von Geschichten singen, sondern auch mal selbst eine erleben möchte«, erwiderte er fröhlich.

»Geschichten?«

»Oh ja? Ich glaube, hier finde ich ein wunderbares Thema für eine Ballade. Außerdem«, er lächelte schelmisch, »mag ich es nicht, dich weinen zu sehen. Und ich habe die Hoffnung noch nicht aufgegeben, dass du deine Meinung doch noch änderst und meine Minneherrin wirst.«

Erin lächelte schwach über seinen Versuch, sie aufzuheitern. »Danke. Aber ich glaube nicht, dass du mir helfen kannst. Du hast es selbst gesagt: diese Kapelle war meine einzige Spur. Und die hat sich als Sackgasse erwiesen.« Erins Schultern sackten nach vorn. »Ich weiß wirklich nicht, was ich noch tun kann«, schloss sie verzweifelt.

»Dann lass uns mal gemeinsam nachdenken. Wenn

wir davon ausgehen, dass dein Urgroßvater wirklich hierhergekommen war, dann hat er sich womöglich in der Gegend niedergelassen. Wenn das so wäre, können wir vielleicht im Melderegister etwas finden.«

Langsam sah Erin ihn an und ihre Augen weiteten sich vor unbändiger Hoffnung. »Ist das denn möglich?«

Gareth zuckte mit den Achseln. »Wir können es zumindest mal probieren. Wenn du willst, fahren wir gleich morgen früh nach Newport und prüfen das nach.«

»Danke!« Vor Freude und Erleichterung fiel Erin ihm um den Hals und drückte ihn fest an sich.

»Immer wieder gern«, murmelte er grinsend.

Verlegen löste sie sich wieder von ihm.

»Hey, was ist denn los?« Verwirrt sah er ihr ins Gesicht. »Weinst du etwa schon wieder?«

»Was?« Hastig wischte Erin sich über die Wangen und spürte tatsächlich Feuchtigkeit an ihren Fingerspitzen. »Vor Freude«, erklärte sie ihm. »Du glaubst nicht, was mir das bedeutet.«

Skeptisch sah Gareth sie an. »Du musst deine Oma ja wirklich gern haben«, sagte er schließlich. »Ich glaube, der Sturm ist weitergezogen«, fügte er nach einer kurzen Pause hinzu. »Ich sehe mal nach.« Er erhob sich und warf einen Blick nach draußen. »Das Gewitter ist vorüber und der Regen hat auch schon fast aufgehört. Ich glaube, heute wird das Wetter nicht mehr viel besser. Wenn du hier also fertig bist …« Er sah vielsagend die Leiter an.

»Ja«, sagte Erin schnell. »Hier bin ich fertig.«

»Gut, dann lass uns verschwinden.« Gareth warf einen abschätzenden Blick auf ihre noch immer in eine Decke eingehüllte Gestalt, dann öffnete er entschieden seine Lederjacke und streifte sie ab.

»Was machst du da?«, fragte Erin überrascht, als er sie ihr reichte.

»Zieh sie an. Wenn ich dich nur ansehe, wird mir schon selber kalt.«

»Aber du … und es regnet«, widersprach Erin schwach.

»Ich werd's überleben.« Er grinste selbstbewusst. »Außerdem wirst du mich ja warmhalten.«

Erin schoss ihm einen warnenden Blick zu, doch er lachte nur. »Alles schön keusch, versteht sich. Du kannst dir aussuchen, ob du lieber vor oder hinter mir sitzen möchtest.«

Erst jetzt dämmerte es Erin, dass er offensichtlich mit dem Motorrad gekommen war. »Aber die Leiter und das Fahrrad«, erinnerte sie ihn.

»Die kann Elric morgen früh selber holen«, tat Gareth ihren Einwand ab, »als Buße für seine schwachsinnige Idee, dich allein hierherzuschicken. Mit einer Leiter auf einem Fahrrad.« Der junge Mann kicherte leise. »Das schreit förmlich nach einem Spottlied.«

»Es war nicht seine Schuld, er hat mir nur helfen wollen.«

»Und du meinst, dass ein Mann dir nichts abschlagen kann?« Er sah sie belustigt an. »Nun, vermutlich hast du recht. Wieso sonst sollte ich morgen nach Newport fahren, anstatt den ganzen Tag schön gemütlich zu faulenzen?«

»Hast du eigentlich sonst nichts zu tun?«, platzte es aus Erin heraus. »Ich meine, musst du nicht arbeiten oder so was?«, fügte sie schnell hinzu.

»Semesterferien.« Er sah sie fröhlich an. »Normalerweise habe ich im Sommer sonst immer bei Elric ausgeholfen, aber dieses Jahr nutze ich die Zeit für die Suche nach Inspiration.«

»Inspiration?« Verständnislos starrte Erin den jungen Mann an.

»Lieder dichten sich schließlich nicht von allein und einen Bardenstuhl bekommt man auch nicht einfach so.«

»Einen Stuhl?«, wiederholte Erin ungläubig. Er hatte es schon einmal erwähnt, aber da hatte sie geglaubt, sich verhört zu haben.

»Ja. Das Bardentum hat eine sehr lange und ehrwürdige Tradition. Und ein Bardenstuhl auf einem Eisteddfod ist eine wichtige Auszeichnung. Nur die *echten* Barden können einen bekommen.«

»Und du bist ein *echter* Barde?« Sie sah ihn schmunzelnd an.

»Und ob!« Er ergriff ihre Hand und machte einen spielerischen Kniefall. »Mir fehlt nur noch eine Minneherrin.«

»Und studierst du das auch?«, wechselte Erin schnell das Thema und entzog ihm errötend ihre Hand.

»Was denn?«

»Das Barde-Sein oder wie auch immer das heißt.«

Einen Augenblick lang starrte Gareth sie überrascht an, dann erhob er sich lachend. »Meine Hauptfächer sind Marketing und internationale Wirtschaft.«

»Echt?« Nun war es an Erin, überrascht zu sein, und sie musterte ihn ungläubig.

»Hey.« Er zwinkerte ihr verschwörerisch zu. »Auch Barden müssen leben. Und mit vollem Magen singt es sich viel besser. Apropos, wir sollten jetzt lieber los. Du hast bestimmt den ganzen Tag noch nichts gegessen, oder?«

Er wartete, bis Erin sich seine Jacke übergestreift und den Reißverschluss zugezogen hatte, dann reichte er ihr seinen Helm. »Ich habe noch einen zweiten an der Maschine«, kam er ihrem Einwand zuvor und öffnete die Tür.

Der Regen hatte tatsächlich schon fast aufgehört und auch die Windböen hatten an Stärke verloren. Dennoch war Erin zutiefst dankbar für Gareths warme Lederjacke und schaute besorgt zu dem jungen Mann, der jetzt bestimmt ziemlich frieren musste. Doch er ließ sich nichts anmerken und holte rasch den Ersatzhelm aus dem kleinen Kofferraum des Motorrads. Dann wischte er mit einem Tuch, das er ebenfalls dort gefunden hatte, das Wasser von der Sitzfläche und schwang sich hinauf. »Steig auf«, rief er Erin aufmunternd zu, als sie unschlüssig verharrte. Sie war noch nie in ihrem Leben mit einem Motorrad gefahren und hatte auf einmal ziemlichen Respekt vor dem schwarzrot glänzenden Fahrzeug, das aus der Nähe viel größer aussah, als sie erwartet hatte.

»Stell deinen linken Fuß hierhin«, erklärte Gareth geduldig. »und schwing dann den rechten über den Sitz. Es ist wie ein Fahrrad, nur etwas breiter. Gut so«, kommentierte er, als sie schließlich im Sattel saß. »Und jetzt schling deine beiden Arme um meinen Bauch und halt dich gut fest. Bereit?«

Erin nickte und mit einem lauten Grölen startete er die Maschine. Das Hinterrad drehte ein paarmal durch und Dreck spritzte nach hinten, dann machte das Motorrad einen Ruck nach vorn und Erin entfuhr ein kleiner Schrei. Doch ihr Schreck wich bald der Begeisterung. Sie presste sich eng an Gareths Rücken, damit sie nicht herunterfallen konnte, und starrte an ihm vorbei nach vorn. Wegen des Helms konnte sie zwar nicht den Wind im Gesicht oder in ihren Haaren spüren, doch das Gefühl, als das wendige Fahrzeug den schmalen Feldweg entlangjagte, während über ihnen Wolken aller Grauschattierungen rasend schnell dahinzogen, war einfach berauschend.

Leider war die Fahrt viel zu schnell vorbei. Kaum zehn Minuten später hielt Gareth vor Grace's B&B an und ließ Erin absteigen. »Dann also bis morgen?«, vergewisserte er sich noch einmal. »So gegen zehn?«

Erin nickte und gab ihm den Helm zurück. Dann zog sie auch die Jacke aus und wollte sich schon abwenden, als er plötzlich in seine Tasche griff. »Hier«, sagte er und holte ein kleines Kärtchen aus seiner Brieftasche.

»Was ist das?«

»Meine Handynummer. Wenn du das nächste Mal

etwas brauchst, kannst du einfach direkt anrufen, okay?«

»Danke.« Erin lächelte leicht. »Am besten, ich gebe dir auch meine. Falls dir mal etwas dazwischenkommt.« Sie holte ihr Handy hervor und tippte rasch Gareths Nummer ein. Als sein Handy leise vibrierte, drückte sie den Aus-Knopf. »Also dann, bis morgen.«

»Ja, schlaf schön«, erwiderte er. Dann startete er sein Motorrad und brauste davon.

Erin sah ihm nach, bis er um die Kurve verschwunden war, dann ging sie langsam hinein. Sie hatte wirklich Glück, dass sie ihn getroffen hatte. Ohne ihn wüsste sie nicht, was sie nun tun sollte. So aber hatte sie wieder Hoffnung, dass alles doch noch gut werden würde.

Leise stieg sie die Treppe zu ihrem Zimmer hinauf und öffnete vorsichtig die Tür. Daniel lag auf dem Bett und hatte die Augen geschlossen. Bei ihrem Eintreten richtete er sich jedoch ein wenig auf und sah sie grimmig an.

»Wie geht es dir?« Besorgt eilte sie auf ihn zu, doch seine Worte ließen sie mitten in der Bewegung inne halten.

»Wieso hat das so lange gedauert?«, fragte er sie vorwurfsvoll.

»Wir haben den Sturm abgewartet«, erklärte sie stirnrunzelnd und setzte sich zu ihm auf das Bett. Sie hob ihre Hand, um ihn zu streicheln, doch er blickte sie so unverwandt an, dass sie sie wieder unsicher sinken ließ.

»*Wir*? Also war Gareth die ganze Zeit bei dir?«

»Natürlich. Er hat mich nach Hause gefahren.«

»Hat es sich wenigstens gelohnt?«

»Was denn?« Irritiert sah Erin ihn an. Was war nur in ihn gefahren?

Echte Überraschung flackerte in Daniels Blick. »Hast du so viel Spaß gehabt, dass du vergessen hattest, weshalb du überhaupt zur Kapelle wolltest?«, fragte er bitter. »Oder hast du dich dort mit ihm verabredet?«

»Was?« Empört sprang Erin auf. »Natürlich nicht! Du hattest doch selbst vorgeschlagen, dass er mich begleiten soll.«

»Aber ich dachte, du hattest ihn nicht gefunden. Wie kommt es dann, dass er dort so plötzlich aufgetaucht ist?«

»Er hatte sich Sorgen gemacht. Elric hatte ihn angerufen«, stammelte Erin verwirrt. Sie verstand überhaupt nicht, was auf einmal mit Daniel los war. »Wir haben wirklich Glück, dass Gareth uns hilft«, erklärte sie sanft.

»Oh ja«, spottete Daniel. »Er hilft *uns* wirklich gern. Und so völlig uneigennützig.«

Erin wurde kreidebleich. »Was willst du damit sagen?« Ihre Stimme bebte vor Empörung und vor Schmerz. So eine Behandlung hatte sie wirklich nicht verdient.

»Nichts«, lenkte Daniel plötzlich ein. »Hast du das Amulett denn nun gefunden oder nicht?«, wechselte er abrupt das Thema.

»Nein«, erwiderte Erin vorsichtig. »Aber ich habe vielleicht eine neue Spur. Morgen fahre ich nach Newport und sehe im Melderegister nach, ob Erik Buchman sich hier vielleicht irgendwo niedergelassen hatte.« Sie verschwieg ihm wohlweislich Gareths Anteil an dem Vorhaben.

Doch so leicht wollte Daniel es ihr anscheinend nicht machen. Seine Augen verengten sich misstrauisch. »Allein?«, fragte er mit einem wissenden Unterton in der Stimme.

»Nein«, flüsterte sie leise.

»Hätte mich auch überrascht.«

»Sei doch froh!«, hielt sie ihm entgegen. »Allein würde ich vermutlich nichts finden. Wer weiß, ob ich überhaupt an die offiziellen Dokumente herangelassen werde. Ohne Gareth wäre ich ja nicht einmal auf diese Idee gekommen.«

»Ich sage doch, er ist ein wahrer Engel«, kommentierte Daniel zynisch.

Verzweifelt sah Erin ihn an. »Daniel, was ist hier los?«, fragte sie flehend. »Geht's dir nicht gut?«

»Wieso denn? Mir geht's prächtig. Ich liege hier rum und warte auf mein Ende. Aber es freut mich, dass zumindest meine Freundin noch ein bisschen Spaß in ihrem Leben hat.«

Ein erstickter Schrei entwich Erins Kehle. Sie presste sich die Hand vor den Mund und rannte in das kleine Badezimmer hinein, bevor er die heißen Tränen sehen konnte, die sie nun nicht mehr zurückhalten konnte.

Daniel schloss schmerzerfüllt die Augen und atmete ein paarmal tief durch, während er Erins hysterischen Schluchzern lauschte, die aus dem Badezimmer zu ihm hereinhallten.

Nach einer Weile ebbten ihre Tränen ab, doch das Gefühl der Leere und Verzweiflung blieb in ihrer Brust. So tief hatte sie noch nie zuvor jemand verletzt. Wie konnte Daniel, *ihr* Daniel, bloß so grausam zu ihr sein? Es konnte nicht bloß die Eifersucht gewesen sein, er hatte sie bewusst verletzen wollen. Doch warum sollte er das tun?

Er hatte es bestimmt nicht so gemeint, meldete sie sich eine kleine Stimme in ihr zu Wort. Vielleicht hatte er gar nicht gemerkt, was er tat. Vielleicht hatte der Fluch jetzt auch nur die nächste Stufe erreicht. Sie wussten so wenig darüber. Nur, dass er die Menschen irgendwann in den Wahnsinn trieb und dass sie ihr Leben nicht mehr ertragen konnten. Vielleicht war das bloß ein Teil davon.

»Wie auch immer«, flüsterte Erin leise und erhob sich. Sie würde es erst erfahren, wenn das ganze endlich hinter ihnen lag. Doch dazu musste sie erst das Amulett finden und den verdammten Fluch brechen. Sie schwankte leise, als sie das Bad verließ. Trotz ihrer Entschlossenheit fühlte sie sich so ausgebrannt und innerlich so wund, dass ihr schon wieder Tränen in die Augen traten. Erleichtert hörte sie an Daniels tiefen Atemzügen, dass er anscheinend bereits fest schlief. So leise wie möglich kroch sie unter ihre Decke und legte sich auf den äußersten Rand des Bettes. Auch wenn er vermutlich nichts für sein Verhalten konnte, konnte sie die Nähe zu ihm im Augenblick einfach nicht ertragen.

Kapitel 9

Als Erin am nächsten Morgen aufwachte, blieb sie noch eine Zeitlang mit geschlossenen Augen liegen und lauschte Daniels Atemzügen. Auf einmal hatte sie Angst davor, ihn zu sehen. Wie würde er nach dem gestrigen Abend sein? Würde sie wieder dem starken, liebevollen, wunderbaren Mann begegnen, den sie über alles liebte, oder bloß seinem gemeinen Zwillingsbruder?

Als sie die Anspannung nicht mehr aushielt, öffnete sie vorsichtig die Lider, nur um aus dem Augenwinkel mitzubekommen, wie Daniel sich hastig abwandte. Hatte er sie etwa heimlich beobachtet? »Guten Morgen«, sagte sie zögernd.

»Morgen«, brummte er und Erins Herz zog sich zusammen. Der böse, hinterhältige Zwilling war noch immer da.

Sie setzte sich auf und legte ihre Hand sanft auf seinen Rücken. »Wie geht es dir?« Sie spürte, wie sich seine Schultermuskeln versteiften, bevor er ihr antwortete.

»Bestens.« Er erhob sich ruckartig, sodass ihre Hand von seinem Rücken glitt, und stieg in seine Hose. »So gut, dass du dir keine Sorgen um mich zu machen brauchst, während du dich in der Stadt mit Gareth amüsierst.«

Verletzt starrte Erin ihn an und spürte, wie sich ihre Augen erneut mit Tränen füllten. »Darum geht es doch gar nicht«, setzte sie trotzdem an.

»Ja, ja, was auch immer«, winkte er gleichgültig ab.

»Du kannst ja mitkommen, wenn es dich so sehr nervt«, wagte sie noch einen Versuch.

Er sah sie bitter an. »So gut geht es mir nun auch wieder nicht, *Herzchen*.«

Fassungslos starrte Erin ihn an. »Was ist bloß los mit dir? Was habe ich dir getan?«

»Du?« Er zuckte mit den Achseln. »Nichts weiter … außer natürlich, mir diesen Fluch einzubrocken.«

Erin atmete zitternd aus. »Aber ich … Aber du hattest doch selbst gesagt, dass es nicht meine Schuld war«, stammelte sie. Ihre Augen liefen über und Tränen strömten ihr über das Gesicht. Hilflos streckte sie die Hand nach ihm aus.

»Ich wollte nur nett sein, Schätzchen.« Er sah sie ausdruckslos an. »Da hatte ich ja auch noch geglaubt, dass es eine Rettung für mich gäbe.«

»Aber die gibt es«, schluchzte Erin.

»Wenn du das sagst.« Er drehte sich zum Fenster.

»Ich gehe jetzt frühstücken. Kommst du mit?«, fragte sie, wobei sich Hoffnung und Angst zu beiden Teilen in ihrer Stimme mischten.

»Ich habe keinen Hunger.«

»Okay. Also dann.« Sie verharrte unsicher. »Danach treffe ich mich mit Gareth. Und sobald wir fertig sind, komme ich sofort zurück. Du brauchst dir also keine Sorgen zu machen. Und wenn was ist, ruf mich an, in Ordnung?«

»Viel Spaß«, murmelte Daniel bloß, ohne sich umzudrehen.

Erin atmete tief durch. »Ich liebe dich«, sagte sie leise, dann wandte sie sich um und verließ das Zimmer.

»Ich dich auch«, erwiderte er, nachdem sich die Tür hinter ihr geschlossen hatte. Dann ließ er seinen Kopf verzweifelt gegen seine geballte Faust sinken.

Erin hatte ihren Käsetoast so lange lustlos angestarrt, dass Grace schließlich zu ihr trat und sich erkundigte, ob damit irgendetwas nicht stimmte.

»Nein, alles bestens«, versicherte Erin ihr rasch. »Ich glaube, ich habe doch keinen Hunger.« Sie wickelte das Brot in eine Serviette und trank rasch ihren Kaffee aus. »Bis später«, winkte sie Grace zum Abschied zu und verließ das Haus. Draußen blieb sie unschlüssig stehen und blickte sich um. In diesem Augenblick sah sie auch schon Gareth, ein fröhliches Lied pfeifend, auf sich zueilen.

»Wo ist denn dein Motorrad?«, fragte sie ihn leicht enttäuscht, nachdem sie sich begrüßt hatten.

Er warf ihr einen prüfenden Blick zu und runzelte leicht die Stirn. »Zu Hause«, sagte er jedoch bloß. »Wir sollten lieber dein Auto nehmen. Du hast bestimmt auch schon mitgekriegt, dass das Wetter hier ziemlich unberechenbar ist.« Er grinste frech.

Und Erin konnte nicht umhin, dieses Lächeln zu erwidern. »Da war doch was«, murmelte sie.

»Ist das da deins?«, fragte er, als er den ansonsten leeren Parkplatz vor dem B&B in Augenschein nahm.

»Daniels«, korrigierte Erin automatisch.

Er zuckte mit den Achseln. »Das Lenkrad ist zwar

auf der falschen Seite, aber ich schätze, es wird es schon tun.«

Lächelnd reichte Erin ihm den Autoschlüssel. Sie hatte gar nicht daran gedacht, dass jemand die *linke* Seite als falsch bezeichnen könnte.

Sie stiegen ein und Gareth steckte den Schlüssel ins Schloss, doch anstatt das Auto zu starten, sah er sie nur mitfühlend an. »Willst du mir erzählen, was passiert ist?«, fragte er sanft.

»Nichts«, erwiderte Erin automatisch. »Was meinst du?«

»Du hast geweint.«

»Ach das.« Sie strich sich schnell über die Wangen, wie um sich zu vergewissern, dass sie schon trocken waren. »Ich hatte einen kleinen Streit mit Daniel, nichts weiter.«

»Du wirkst aber immer noch betrübt. Ist wirklich alles in Ordnung?«

»Ja. Er hatte wohl nur schlechte Laune.«

»Und was gibt ihm das Recht, sie an dir auszulassen?«

Erin zuckte unglücklich mit den Achseln. »Ich … Er … Können wir jetzt bitte fahren?«, bat sie leise.

»Sicher doch«, erwiderte Gareth und ließ den Motor an.

Während der Fahrt starrte Erin aufgewühlt aus dem Fenster, dennoch entgingen ihr nicht die besorgten Blicke, die Gareth ihr hin und wieder zuwarf.

»Ich weiß, was wir gleich tun«, sagte er schließlich fröhlich.

Überrascht sah sie ihn an. »Natürlich, wir fahren zum Meldeamt.«

»Nein.« Er grinste geheimnisvoll. »Das machen wir nachher. Vorher weiß ich etwas, das dich ganz bestimmt aufmuntert.«

»Und was?«, fragte Erin neugierig.

»Das ist ein Geheimnis. Aber ich verspreche, es wird dir gefallen.« Seine Augen funkelten spitzbübisch. »Hey. Ich wäre doch ein schlechter Barde, wenn ich meine Minneherrin Trübsal blasen ließe.«

»Ich bin nicht deine …«, setzte Erin belustigt an, doch er unterbrach sie.

»Das sagst du jetzt. Aber warte mal ab, bis du meine Überraschung siehst. Dann wirst du deine Meinung bestimmt ändern.

Erin schüttelte skeptisch den Kopf, doch ihr Lächeln verriet ihre Neugier.

Einige Minuten später hatten sie das Ortseingangsschild passiert und Gareth stellte das Auto auf einem freien Parkplatz ab. Dann stieg er aus, öffnete schwungvoll Erins Tür und reichte ihr die Hand, um ihr beim Aussteigen zu helfen. Er schloss das Auto ab und zog sie, ohne ihre Hand loszulassen, fröhlich mit. Erin wusste, dass sie ihm ihre Hand eigentlich entziehen sollte, aber seine gute Laune war einfach zu ansteckend und so lief sie ihm bereitwillig hinterher. Er würde es schon nicht falsch verstehen, immerhin wusste er, dass sie mit Daniel zusammen war.

Der Gedanke an ihren Freund verpasste ihrer Laune wieder einen Dämpfer und das Lächeln schwand von ihren Lippen.

»Wir sind da!«, verkündete Gareth in diesem Augenblick theatralisch und wandte sich zu ihr um. Seine Augen verengten sich leicht, als er ihr betrübtes Gesicht sah, doch er ließ sich nicht davon abhalten. »Komm mit!« Er zog sie auf die Eingangstür eines kleinen Fachwerkhäuschens zu, vor dessen Fenstern Blumen in allen möglichen Rot- und Rosatönen leuchteten. Ein Schild mit der Aufschrift »Miller's Inn« prangte über der Tür.

»Ein Restaurant?«, entfuhr es Erin überrascht. »Aber ich habe wirklich keinen Hunger.«

»Kein Essen, sondern Eis.« Gareth sah sie verheißungsvoll an. »Und zwar das beste Eis in ganz Wales, und damit vermutlich das beste auf der ganzen Welt.«

»Ja, klar«, bemerkte Erin skeptisch lächelnd. »Wer kennt sie nicht, die weltberühmten Eisdielen von Wales.«

»Wart's nur ab«, erwiderte Gareth und zog sie in den Laden hinein.

Drinnen war das kleine Café ebenso gemütlich, wie es von außen den Anschein hatte. Mehrere runde Tische und Stühle mit bunten Sitzkissen waren quer durch den Raum verteilt. Doch das war es nicht, was Erins Aufmerksamkeit fesselte. Die gesamte linke Wand nahm eine riesige Kühltheke ein, die eine Unmenge an unglaublich lecker aussehenden Torten, Gebäckstücken und … Eisbehältern enthielt. Staunend blieb das Mädchen vor einer kunstvoll verzierten

Schokoladen-Orangen-Torte stehen, doch Gareth zog sie unerbittlich weiter. »Für Kuchen ist es noch viel zu früh«, mahnte er. Erin war da zwar anderer Ansicht, für so eine Torte konnte es nie zu früh sein, doch sie widersprach ihm nicht.

»Tada!« Erwartungsvoll blieb er vor der Eistheke stehen. Dabei sah er so stolz aus, als hätte er deren Inhalt höchstpersönlich hergestellt. Und Erin konnte sich ein amüsiertes Lächeln nicht verkneifen, auch wenn die Eissorten sie definitiv weniger beeindruckten, als es die Torten getan hatten. »Orange-Ingwer«, las sie stirnrunzelnd. »Holunderblüte, Lavendel.« Irgendwie konnte sie sich darunter nicht so wirklich viel vorstellen.

»Such dir aus, was du magst. Ich lade dich ein«, verkündete Gareth großzügig.

Unschlüssig studierte Erin das Angebot. »Eine Kugel Amarena, bitte«, sagte sie schließlich.

Neben ihr ließ Gareth ein unwilliges Schnauben ertönen und stornierte ungerührt ihre Bestellung. »Lass mich das lieber machen.«

»Aber du hast doch gesagt, dass ich nehmen kann, was ich möchte«, protestierte Erin überrascht.

»Ja.« Er schmunzelte. »Aber als ich das sagte, wusste ich noch nicht, dass du ein absoluter Eisbanause bist.«

Empört sog Erin die Luft ein, doch er störte sich nicht daran. Fachmännisch stellte er ihr eine Schale mit den exotischsten Eissorten zusammen. »Und eine Kugel Amarena«, fügte er versöhnlich hinzu. Dann bestellte er noch eine wesentlich kleinere Portion für sich und führte sie, die Eisschalen in den Händen balancierend, zu einem kleinen Fenstertisch.

Erwartungsvoll sah er sie an, als sie mit dem Löffel leicht an ihrer Amarena-Kugel kratzte und ihn sich dann in den Mund schob.

»Mmhh«, entfuhr es ihr überrascht. »Das ist *wirklich* gut. Viel besser noch als in Italien.«

»Pah! Das wässrige Zeug«, schnaubte Gareth herablassend. »Eis muss cremig und sahnig sein. Es heißt ja nicht umsonst Eis*creme*.«

Fasziniert probierte Erin eine andere Kugel, Holunderblüte, glaubte sie, und genoss das feine, blumige Aroma, das sich in ihrem Mund ausbreitete. »Wow«, entfuhr es ihr hingerissen.

Gareth grinste und steckte sich selbst einen Löffel voll Eis in den Mund. »Und, habe ich zu viel versprochen?«

»Nein.« Erstaunt schüttelte Erin den Kopf und kostete noch einmal. »Das ist mit Abstand das beste Eis, das ich je gegessen habe.« Sie lächelte leicht. »Es ist definitiv eine Ballade oder zumindest ein Gedicht wert, finde ich.«

»Eine Ballade, kommt sofort. Ach nein«, unterbrach er sich übertrieben enttäuscht. »Nur meine Minneherrin kann mir befehlen, ein Lied zu dichten.«

»Also gut«, gab Erin sich schließlich geschlagen. »Es ist das Mindeste, was ich für das hier«, sie deutete auf ihre Schale, »tun kann.«

»Oh danke, holde Gebieterin«, rief Gareth aus und verneigte sich vor ihr.

Verlegen blickte Erin sich um, doch niemand schien sie zu beachten.

»Morgen soll Euer Eislied fertig sein.«

»Das will ich auch hoffen, sonst werde ich dir meine Gunst womöglich wieder entziehen.«

Getroffen fasste Gareth sich ans Herz. »Das werde ich nicht zulassen.«

Erin kicherte über seine Darbietung und schob sich wieder einen Löffel Eis in den Mund. »Das hätte ich hier wirklich niemals erwartet«, murmelte sie fasziniert.

»Und was hast du erwartet?« Neugierig sah Gareth sie an.

»Ich weiß nicht.« Erin zuckte leicht mit den Schultern. »Wenn ich ehrlich bin, habe ich mir über Wales noch nie Gedanken gemacht. Ich glaube, wenn in meinem Englischbuch in der sechsten Klasse nicht ein Kapitel über euer Land gewesen wäre, hätte ich vermutlich nicht einmal von seiner Existenz gewusst.«

»Aua, das tut weh«, kommentierte Gareth mit einem kleinen Lächeln. »Und was hat in deinem Buch dringestanden?«

»Ich kann mich eigentlich nur noch an die Überschrift erinnern«, gab Erin kleinlaut zu. »*Wales isn't England*«, zitierte sie dann.

Gareth gluckste amüsiert. »Damit hast du wohl den Kern schon erfasst.«

»Und trotzdem hat mich das Buch so gar nicht auf das hier«, sie machte eine weit ausholende Geste mit der Hand, »vorbereitet. Auf einsame Kapellen und wilde Stürme, auf unglaublich leckeres Eis und echte

Barden.« Gareth lächelte geschmeichelt und Erin hätte sich am liebsten auf die Zunge gebissen. Was machte sie hier eigentlich? Flirtete sie etwa gerade mit ihm? Plötzlich fühlte sie sich unsagbar mies. Wie konnte sie bloß in einem Eiscafé sitzen und Gareths charmante Gesellschaft genießen, während Daniel einsam und verlassen leiden musste?

»Was ist los?«, fragte Gareth besorgt und warf ihr einen prüfenden Blick zu. Anscheinend war ihm ihr Stimmungswechsel nicht entgangen.

»Nichts«, sagte Erin schnell und beeilte sich, die Reste aus ihrer Eisschale herauszukratzen. Er konnte nichts dafür. Er hatte sich alle Mühe gegeben, sie aufzuheitern. Und für ein paar kostbare Minuten war es ihm auch gelungen. Er konnte ja nicht ahnen, dass ihre Probleme weit über einen kleinen Streit mit ihrem Freund hinausgingen und sich nicht durch einen Eisbecher aus der Welt schaffen ließen. »Wir sollten jetzt lieber los«, sagte sie und legte ihren Löffel hin.

»Wie du willst«, erwiderte Gareth und erhob sich. »Wir können das Auto hier stehen lassen, es ist nicht weit«, fügte er hinzu, als sie das Café verließen.

Das Meldeamt oder sein walisisches Äquivalent befand sich in einem dreistöckigen Gebäude aus grauem Stein. »Meinst du, wir werden ihn finden?«, fragte Erin plötzlich unsicher.

Gareth zuckte unbekümmert mit den Schultern. »Es gibt nur einen Weg, das herauszufinden, oder?«

Mit einem kurzen Stoßgebet gen Himmel folgte sie ihm durch die offene Glastür.

Sie fanden sich in einer kleinen Halle wieder, aus der links eine Treppe nach oben führte. Gleich daneben stand ein kleiner Schalter, auf dem groß das Wort »Info« prangte.

Ohne zu zögern ging Gareth darauf zu und begrüßte die Frau, die dahinter stand, mit einem freundlichen Lächeln. Erin hielt sich ein wenig hinter ihm, sodass sie zwar hören konnte, was er sagte, das Reden aber ganz ihm überlassen konnte.

Schnell berichtete er der Frau von Erins Anliegen, ihren verschollenen Urgroßvater zu finden. Wobei er die Geschichte mit einer kranken Oma ausschmückte, deren letzter Wunsch es war, etwas über das Schicksal ihres Vaters zu erfahren.

Die Dame hinter dem Infoschalter musterte skeptisch die beiden jungen Leute. Anscheinend wusste sie nicht recht, was sie von dieser Anfrage halten sollte.

»Ach bitte«, Gareth setzte seinen ganzen Charme ein. »Meine Freundin ist extra den ganzen Weg aus Deutschland gekommen, nur um den Wunsch ihrer Oma zu erfüllen, damit diese endlich ihren Seelenfrieden erlangt.«

»Aus Deutschland?«, wiederholte die Frau skeptisch. Offensichtlich glaubte sie, dass zwei Jugendliche ihr womöglich einen Streich spielen wollten. »Kann ich bitte deinen Pass sehen?«, wandte sie sich dann an Erin.

»Ich habe nur das hier«, erwiderte das Mädchen und reichte ihr ihren Personalausweis.

Die Frau warf einen prüfenden Blick darauf und

schien ein wenig besänftigt zu sein. »Was genau möchtest du denn wissen?«, fragte sie neugierig.

Erin sah Gareth fragend an und er nickte ihr aufmunternd zu. »Mein Urgroßvater war 1940 spurlos verschwunden. Wir glauben, er ist in diese Gegend hier ausgewandert. Und wenn es so wäre, müsste das doch irgendwo registriert sein, oder? Ich meine, vielleicht hatte er sogar wieder geheiratet und eine neue Familie gegründet.«

»Selbst wenn es so wäre, darf ich dir diese Daten leider nicht geben. Die Menschen haben ein Recht auf Privatsphäre.«

»Die Daten brauche ich auch nicht«, sagte Erin schnell. »Ich möchte nur wissen, ob Erik Buchman um 1940 hier irgendwo gelebt hat.« Sie zuckte entschuldigend mit den Achseln. »Ich meine, er ist doch vermutlich schon längst tot. Also wird es ihn wohl kaum stören.«

Die Frau dachte einen Augenblick lang nach. »Wartet bitte hier«, sagte sie schließlich. »Ich muss das kurz besprechen.« Sie erhob sich und verschwand in einem kleinen Raum hinter der Theke. Erin konnte hören, dass sie dort mit jemandem telefonierte, aber sie verstand nicht genau, worum es ging. Schließlich kehrte die Frau zurück. »Also gut. Ich habe mit dem zuständigen Abteilungsleiter gesprochen und er ist bereit, euch Einblick in das Archiv zu gewähren. Immerhin kommt so eine Anfrage nicht alle Tage vor. Und es ist wirklich lobenswert, was du hier für deine Oma tust.«

»Danke!« Erin erstrahlte.

»Um zwei Uhr machen wir hier zu. Aber Mr. Milton hat sich bereit erklärt, euch anschließend kurz in das Archiv zu lassen.«

Erin sah auf ihre Armbanduhr. Es war gerade mal halb zwölf.

»Danke«, sagte nun auch Gareth und fasste sie an der Hand. »Dann habe ich ja noch Zeit, dir ein bisschen was von der Stadt zu zeigen.«

»Hast du Hunger?«, fragte er sie nach einer Weile.

Erin klopfte sich mit der flachen Hand auf den Bauch. »Ich fürchte, nach all dem Eis werde ich noch sehr lange nichts mehr essen können.«

»Nicht einmal ein Stück Torte?«, neckte er sie.

»Nachher vielleicht«, konnte sie doch nicht widerstehen.

Gareth lachte und Erin gefiel, wie unbeschwert das klang. Für ihn schien das Leben so einfach zu sein. Er lebte nur im Augenblick. Und wieso sollte er auch nicht? Da gab es keine dunklen Bedrohungen, die über ihm schwebten, keine Flüche, Geheimbünde oder magische Amulette. Er konnte einfach nur er selbst sein und sein Leben genießen.

Wie lange war das nun her, seit sie sich das letzte Mal so frei und glücklich gefühlt hatte? *Davor.* Es war davor gewesen. Bevor sie das Amulett bekommen, bevor sie Daniel kennengelernt hatte. Mit ihm war sie noch nie ziellos und unbekümmert durch die Stadt geschlendert, bloß, weil sie spontan Lust dazu gehabt hätten. Von Anfang an war es irgendwie schwierig gewesen. Es hatte immer so viel mehr gegeben, an das sie denken, das sie berücksichtigen mussten, außer nur sich selbst.

Sie wandte den Kopf und sah Gareth von der Seite an. Mit seinen schelmisch funkelnden Augen und dem dunklen Lockenkopf war er für sie irgendwie zum Inbegriff der Lebensfreude geworden. Der Gegensatz, den er zu Daniel bildete, versetzte ihr plötzlich einen Stich. Sie liebte Daniel, sie liebte ihn wirklich. War es dann falsch von ihr, sich in Gareths Nähe so gut zu fühlen?

»Wir sollten jetzt wohl besser zurückgehen«, sagte sie schnell, bevor ihre Gedanken zu weit auf diesem verbotenen Pfad wandern konnten.

Gareth warf einen Blick auf seine Armbanduhr. »Wie du meinst.« Er führte sie in eine schmale Seitenstraße. »Wir haben noch ein wenig Zeit«, erklärte er ihr. »Da wäre es doch schade, auf dem gleichen Weg zurückzugehen, auf dem wir hergekommen sind, oder?«

Erin nickte schweigend und überließ sich seiner Führung. Sie näherten sich gerade der Rückseite des Meldeamtes, als Gareth plötzlich überrascht innehielt. »Da ist es ja schon wieder«, murmelte er verdutzt.

»Was denn?« Erin sah sich verständnislos um. Doch außer einem silbern-metallic-farbenen Auto mit Kölner Nummernschildern konnte sie nichts entdecken.

»Na, der Volvo da«, erklärte Gareth. »Ich habe ihn bei uns in der Umgebung schon ein paarmal gesehen.«

Sofort gingen alle Alarmanlagen in Erins Kopf los.

Ihre Finger krampften sich in Gareths Arm. »Wo? Bist du dir ganz sicher?«

Überrascht starrte er sie an. »Du bist ja ganz bleich geworden. Ist alles in Ordnung?«

»Ja.« Erin zwang sich, ihren Griff um seinen Arm zu lockern, doch es gelang ihr nicht, die Anspannung aus ihrem Gesicht zu vertreiben. »Bist du sicher, dass du das Auto schon mal gesehen hast?«

Gareth drehte sich zu ihr und fixierte sie mit seinem Blick. »Was ist hier los?«, verlangte er streng zu wissen.

Erins Gedanken rasten. Hatte man sie tatsächlich gefunden? Und wenn ja, wer war es? Die *Bruderschaft* oder die *Suchenden*? Sie konzentrierte sich mit aller Kraft auf ihr Amulett und öffnete ihren Geist. Wenn irgendwo eine Gefahr lauerte, würde sie sie bestimmt fühlen. Sie machte sich darauf gefasst, wieder einen Strudel aus Angst und Hass zu spüren, so wie den, den sie beim letzten Mal von ihrem Verfolger wahrgenommen hatte. Doch dieses Mal würde sie sich davon nicht in die Knie zwingen lassen. Dieses Mal war sie vorbereitet. Sie schloss die Augen und blendete Gareths Präsenz so weit wie möglich aus, während sie die Umgebung nach einer Bedrohung absuchte. Doch da war nichts.

Oh, sie konnte schon die Touristen und die Einheimischen spüren, die mit ihren alltäglichen Sorgen beschäftigt waren, aber nichts, was darüber hinausging. Erleichtert atmete sie auf. Vielleicht hatte das Auto doch nichts zu bedeuten.

»Erin, verdammt noch mal, sieh mich an!«, drang

Gareths aufgebrachte Stimme an ihr Ohr. Sie öffnete die Augen und wurde im selben Augenblick sanft durchgerüttelt. »Geht es dir gut?« Er starrte sie besorgt an. »Du warst wie weggetreten.«

»Ja, alles bestens.« Sie rieb sich müde über das Gesicht und versuchte, ihn beruhigend anzulächeln.

»Das ist doch Blödsinn«, widersprach er ihr aufgebracht. »Hier ist gar nichts *bestens*. Als ich das Auto erwähnt habe, bist du regelrecht in Panik geraten. Also?« Erwartungsvoll sah er sie an.

»Also … ich …«, stotterte Erin. Dann riss sie sich zusammen. »Für einen Augenblick hatte ich befürchtet, dass uns mein Ex-Freund gefunden hat«, sagte sie schnell. Die Lüge ging ihr so leicht über die Lippen, dass sie sich über sich selbst wunderte. War es ihr denn wirklich schon so selbstverständlich geworden, die Leute um sich herum immer wieder zu belügen?

»Dein Ex-Freund?«, wiederholte der junge Mann skeptisch.

»Ja. Er hat die Trennung nicht gerade gut aufgenommen. Und seitdem hat er mir immer wieder aufgelauert, mich verfolgt und so.«

Gareth starrte sie weiterhin zweifelnd an und sie spürte genau, was in ihm vorging. Ein verschollener Urgroßvater, ein kranker Freund und nun auch noch ein stalkender Ex-Freund. War das nicht etwas zu viel für ein einfaches Mädchen? Erin sah förmlich, wie es hinter Gareths Stirn ratterte, und hielt gespannt die Luft an. Doch schließlich seufzte er nur resigniert. »Ist das sein Auto?«

»Ich habe es noch nie zuvor gesehen, also weiß ich es nicht«, gab sie unsicher zu. »Aber die Kennzeichen und die Tatsache, dass der Fahrer sich offensichtlich in meiner Nähe herumtreibt ...« Sie ließ den Schluss bewusst unausgesprochen. »Es kann natürlich auch nur ein Zufall sein«, setzte sie dann hinzu. »Wo genau hattest du das Auto denn schon gesehen?«

»Vor dem Supermarkt. Es war mir aufgefallen, weil wir meines Wissens außer euch gerade keine deutschen Touristen im Ort haben. Und dann habe ich es noch einmal außerhalb der Stadt gesehen. Ich nehme an, dass der Besitzer irgendwo dort draußen campt.«

»Könntest du vielleicht die Augen offenhalten und mir Bescheid sagen, wenn du es noch einmal entdeckst? Und vielleicht kriegst du auch mal den Fahrer zu Gesicht.«

»Wäre es nicht einfacher, wenn du mir deinen Ex-Freund einfach beschreibst? Dann wüsste ich, ob er es ist, wenn ich ihn sehe. Oder ob du dir völlig unnötig Sorgen machst.«

Mist, dachte Erin ertappt. »Er ist groß und sportlich«, sagte sie aufs Geratewohl. »Hat kurze braune Haare und trägt eher dunkle Kleidung.« Sie hatte den Mann, den sie beschrieb, genau vor Augen. Es war der Mann, der sie schon einmal verfolgt hatte. Aber sie konnte natürlich nicht wissen, ob es wieder er war, den man auf sie angesetzt hatte. Wenn sie Pech hatte, würde ihre Beschreibung Gareth auf eine völlig falsche Spur führen.

»Wir könnten natürlich auch einfach hier auf ihn warten«, schlug Gareth in diesem Augenblick vor und Erin spürte, wie ihr allein bei dem Gedanken kalte Angst den Rücken herunterkroch. Sie wollte bestimmt nie wieder einem der Schlägertypen der *Suchenden* oder der *Bruderschaft* begegnen. »Nein.« Sie schüttelte entschieden ihren Kopf. »Ich möchte ihn lieber wirklich nicht sehen«, fügte sie dann etwas ruhiger hinzu. »Außerdem sollten wir uns jetzt beeilen. Immerhin sind wir wegen etwas völlig Anderem hier.«

Der Mann wartete, bis das Mädchen und ihr Begleiter hinter der Hausecke verschwunden waren, dann trat er vorsichtig aus dem Schatten. So ein Mist! Wütend trat er mit der Schuhspitze gegen den Autoreifen. Er war so vorsichtig gewesen. Aber er hatte ja auch nicht ahnen können, dass der kleine Sänger für sie spitzelte. Er musste dringend den Wagen loswerden, der nun viel zu auffällig war, und sich einen neuen Rastplatz suchen.

Frustriert fuhr der große Mann sich durch die Haare. Seit Tagen folgte er schon dem Mädchen durch die Gegend. Zur Kapelle und wieder zurück. Noch mal zur Kapelle und noch mal zurück. Ohne dass sich irgendetwas tat. Falls sie tatsächlich irgendeinen Plan hatte, konnte er ihn nicht erkennen. Seiner Meinung nach lief sie nur peilungslos durch die Gegend. Und das hatte er dem Großmeister auch so berichtet. Doch der wollte nichts davon hören. Der Mann stieg in den Wagen und startete den Motor, dann warf er einen Blick auf sein Peilgerät. Der Sender, den er an ihrem Wagen angebracht hatte, funktionierte einwandfrei. Sobald sie sich wieder in Bewegung setzten, würde er es erfahren. Zumindest würde er nicht mehr lange warten müssen. Entweder fand das Mädchen das Amulett oder ihr Freund starb. Seine Befehle waren in jedem Fall eindeutig. Er würde die Amulette einsammeln und dann alle Zeugen beseitigen. Der Großmeister hatte keine Verwendung mehr für die beiden Kinder, die gewagt hatten, sich ihm zu widersetzen. Ob sie nun das fehlende Amulett fanden oder dabei scheiterten, ihr Schicksal war bereits besiegelt.

»Welches Jahr interessiert dich noch mal?«, fragte Mr. Milton, während er an dem verstaubten Regal entlangging.

Sie befanden sich im Keller des Amtsgebäudes. Das Archiv erwies sich als ein riesiger Raum, der mit unzähligen Regalreihen vollgestellt war, in denen irgendwelche Bücher und Kisten vor sich hin staubten. Erin bezweifelte, dass vor ihnen schon einmal jemand etwas hier gesucht hatte. Vermutlich kamen die Leute sonst nur, um weitere Kisten den endlosen Reihen hinzuzufügen.

»1940«, antwortete sie schnell.

»Hm, mal sehen. Diese Jahre sind natürlich nicht digitalisiert worden, sonst hätten wir uns das Ganze auch sparen können, nicht wahr?« Er gluckste leise, als hätte er gerade einen guten Witz gemacht.

Verwaltungshumor, ging es Erin schaudernd durch den Kopf, doch sie bemühte sich, das Lächeln des Mannes höflich zu erwidern.

»Hier müsste es sein«, sagte dieser schließlich und blieb vor einem Regal stehen. Er wischte den Staub von den Buchrücken vor ihm ab und tatsächlich konnte Erin auf den schwarzen Einbänden schwach die verblichenen, gelblichen Jahreszahlen entdecken. Es gab zwei Bände, die mit »1940« gekennzeichnet waren. Mr. Milton holte diese hervor und reichte sie Gareth.

Rasch ließ Erin ihren Blick über die anderen Jahreszahlen gleiten und ein mulmiges Gefühl machte sich in ihrer Magengrube breit. Es gab drei Bände von 1938, einen von 1939 und keinen von 1941. »Wo sind die anderen Bände?«, fragte sie besorgt.

»Die anderen?« Mr. Milton sah sie verständnislos an.

»Ja. Von manchen Jahren stehen hier drei Bücher, von anderen nur eins oder zwei, wie kann das sein? Es müsste doch immer ungefähr gleich viele Einträge gegeben haben, oder?«

Der Mann sah sie anerkennend an. »Vermutlich

hast du recht. Aber die anderen Aufzeichnungen sind wohl verloren gegangen. Ich glaube, in den Fünfzigerjahren hatte es einen Brand im alten Archiv gegeben. Man hatte anscheinend nicht alle Bücher retten können. So, und jetzt kommt.« Er sah Erin und Gareth auffordernd an. »Ich habe oben noch ein wenig Papierkram zu erledigen und ihr könnt euch an einen freien Schreibtisch setzen.«

Die beiden nickten und verließen hinter ihm das stickige Archiv.

Oben angekommen, wies Mr. Milton ihnen einen freien Tisch in seinem Büro zu, der sonst wohl für Besprechungen genutzt wurde. »Ihr habt eine Stunde Zeit«, sagte er ihnen noch, bevor er sich in seine eigene Arbeit vertiefte.

Ohne zu zögern, setzte Erin sich hin und zog eins der beiden Bücher zu sich herüber. Gareth nahm das zweite. »Wie hieß denn dein Urgroßvater?«, fragte er, als er die erste Seite aufschlug.

»Erik Buchman«, erwiderte sie und vertiefte sich in ihr Buch.

Die Aufzeichnungen schienen alphabetisch geordnet zu sein. Und Erin erkannte schon auf den zweiten Blick, dass sie kein Glück haben würde. Der vor ihr liegende Band begann bei »Harow« und endete mit »Owelly«. Gareth schien auch nicht mehr Glück zu haben, denn sein Buch endete mit »Zachery«.

»Und was machen wir nun?«, fragte er entmutigt.

Enttäuscht presste Erin die Lippen zusammen. Sie hatte so gehofft, dass sie endlich etwas finden, dass sie endlich ein bisschen Glück haben würde. Das war einfach nicht fair! Sie spürte, wie ihr Tränen in die Augen stiegen, und bemühte sich, diese zurückzuhalten.

»Hey, nicht weinen.« Sanft strich Gareth ihr einen salzigen Tropfen von der Wange. »Wenn wir schon mal hier sind, können wir uns die Bücher auch ansehen. Wer weiß, vielleicht taucht er ja irgendwo als Trauzeuge oder Pate oder so was auf.«

Erin nickte zögerlich und schniefte leise. Auch wenn sie nicht mehr damit rechnete, etwas zu finden, wollte sie nichts unversucht lassen.

Es war gar nicht so einfach, die Einträge, die in unterschiedlichen Handschriften verfasst worden waren, zu entziffern. Aber letztendlich musste sie sich ja nur darauf konzentrieren, den einen Namen zu finden. Daher beschränkte sie sich bald nur noch darauf, die Namen der Beteiligten zu überfliegen, ohne darauf zu achten, ob es sich um Eheschließungen, Taufen, Todesfälle oder Umzüge handelte.

Als sie schließlich die letzte Seite erreichte, hob sie den Kopf und traf Gareths bedauernden Blick. »Es tut mir leid«, flüsterte er leise und Erin biss sich auf die Lippe, um nicht wieder in Tränen auszubrechen. Sie stand wieder am Anfang ihrer Suche. Nur, dass ihr allmählich die Ideen ausgingen. Und die Zeit rannte ihnen davon.

»Seid ihr fertig?«, dröhnte plötzlich Mr. Miltons vergnügte Stimme zu ihnen herüber.

»Ja, danke«, erwiderte Gareth, da Erin dazu offensichtlich noch nicht in der Lage war.

»Und, habt ihr gefunden, was ihr wolltet?«

»Leider nein.«

»Oh, das tut mir leid. Nun ja, ich wünsche euch weiterhin viel Glück bei eurer Suche.«

»Danke«, murmelte Erin tonlos. Sie hatte keine Ahnung, was sie nun tun sollte.

»Hey«, versuchte Gareth sie ein wenig aufzuheitern, nachdem sie sich von Mr. Milton verabschiedet und das Gebäude verlassen hatten. »Wir hatten einfach Pech, dass der richtige Band nicht dabei gewesen ist. Das heißt aber nicht, dass dein Großvater nicht doch hierhergekommen war.«

»Schon möglich«, sagte Erin unglücklich. »Nur hilft mir das nicht weiter, oder?«

»Vielleicht können wir uns ja nächste Woche ein paar von den anderen Bänden durchschauen.«

»Glaubst du, dass die uns lassen?«, fragte Erin skeptisch.

»Keine Ahnung. Aber wenn es dir so wichtig ist, können wir es ja versuchen.«

»Ja, vielleicht«, brummte Erin niedergeschlagen. Irgendwie glaubte sie nicht daran, dass es etwas bringen würde.

»Wie wär's mit einem Eis oder einem Stück Kuchen?«, startete er noch einen Versuch, sie aufzuheitern.

»Danke, aber mir ist jetzt wirklich nicht danach. Können wir bitte einfach wieder fahren?«

»Klar«, erwiderte er und schenkte ihr einen langen, nachdenklichen Blick.

Erin spürte, wie sich seine Zweifel wieder regten.

Nur wegen ihrer Oma würde sie sich das Ganze bestimmt nicht so zu Herzen nehmen. Aber es war ihr egal. Sie hatte einfach keine Kraft übrig, um sich auch noch um Gareths Reaktion Gedanken machen zu können. Zusätzlich zu dem Fluch, der Daniel langsam, aber sicher umbrachte, kam, seit sie das verdächtige Auto gesehen hatte, noch das Gefühl eines weiteren drohenden Unheils dazu. Und sie wusste wirklich nicht, wie sie mit dieser zweifachen Bedrohung fertigwerden sollte.

Sie legten den Rückweg schweigend zurück. Und Erin konzentrierte sich darauf, die Umgebung mit all ihren Sinnen nach einer Gefahr abzusuchen. Immer wieder sah sie in den Rückspiegel, in der Angst, das sie verfolgende Auto zu entdecken, oder schloss ihre Augen und ließ ihren Geist wandern. Sie tat alles, um nicht darüber nachdenken zu müssen, was sie erwartete, wenn sie endlich wieder bei Daniel war. Oder wie sie die nächsten Tage überstehen sollte, in der Gewissheit, dass sie nun endgültig versagt hatte.

»So, da wären wir«, riss Gareths leise Stimme sie aus ihren verzweifelten Gedanken.

»Danke.« Einem Impuls folgend legte sie ihre Hand auf die seine und drückte sie fest. »Danke für alles.« Sie löste ihren Sicherheitsgurt.

»Gerne doch.« Es hätte locker klingen sollen, doch sein Blick war besorgt. »Wenn du noch etwas brauchst, ruf an, ja?«

»Okay.« Erin nickte und stieg aus.

Gareth tat es ihr nach und drückte ihr den Autoschlüssel in die Hand. »Also, bis dann.« Einen

Moment verharrte er noch unschlüssig, dann wandte er sich abrupt ab und ging mit großen Schritten davon.

Langsam stieg Erin die Treppe hinauf, die zu ihrem Zimmer führte. Vor der Tür blieb sie zögernd stehen und legte ihre Hand auf die Klinke. Doch sie konnte sich einfach nicht überwinden, diese zu drücken. Obwohl sie wusste, dass es keine Rolle spielte, auf welcher Seite der Tür sie die Zeit verrinnen ließ, hatte sie Angst davor, es Daniel zu sagen. Insbesondere, da sie nicht wusste, ob er immer noch so kalt und abweisend sein würde wie am Morgen.

Schließlich straffte sie die Schultern und öffnete die Tür. Es hatte keinen Sinn, das Unvermeidliche hinauszuzögern.

Daniel lag halb aufgerichtet auf dem Bett und hatte die Augen geschlossen. Er zuckte hoch, als sie eintrat. »Erin!« Die Freude und Hoffnung, die bei ihrem Anblick sein Gesicht erhellten, trafen sie mitten ins Herz. Ebenso wie die Veränderung, die mit ihm vorging, als er ihre Niedergeschlagenheit bemerkte. Es war, als hätte er einen Schalter umgelegt. Und statt des Daniels, den sie liebte, hatte sie nun wieder seinen bösen, zynischen Zwilling vor sich.

»Und, hast du einen schönen Tag gehabt?«

Müde setzte sich Erin auf das Bett und vergrub ihr Gesicht in den Händen. »Wie kannst du mich nur so etwas fragen?«, murmelte sie traurig.

»Was denn? Hat sich der liebe Gareth nicht genug ins Zeug gelegt, um dich zu beeindrucken?«

»Hör auf!«, kreischte Erin plötzlich und sprang

auf. Wütend und verletzt funkelte sie ihn an. »Ich mache das alles nur für dich! Ich rackere mich ab, um dein verdammtes Leben zu retten!« Sie schnappte sich ein Kissen und warf es ihm ins Gesicht. »Wie kannst du es wagen …? Wie kannst du es wagen …?« Sie rang nach Worten und Luft.

»Ich nehme an, du hast nichts gefunden?«, unterbrach er ungerührt ihren Ausbruch.

»Nein.« Erin fuhr sich mit den Händen über das Gesicht und blickte hilflos nach oben.

»Und wie sieht euer Plan für morgen aus?«

»*Unser* Plan?« Irritiert sah sie ihn an.

»Ja. Ich nehme an, Gareth hat schon wieder eine Idee, wohin er dich ausführen könnte«, erwiderte Daniel seelenruhig.

Schockiert und empört starrte Erin ihn an, ertrank in seinem kalten, grausamen Blick und spürte plötzlich, wie etwas tief in ihrem Inneren zerbrach. Es ging so schnell und tat doch so furchtbar weh, dass es ihr die Kehle zuschnürte. »Ich kann das nicht«, flüsterte sie erstickt. »Ich halte das einfach nicht länger aus.«

»Dann geh doch zu Gareth, wenn ich dir so unangenehm bin!«

»Vielleicht mache ich das!«, flüsterte sie, wobei ihre Stimme immer lauter wurde. »Vielleicht mache ich das wirklich!«, schleuderte sie ihm unter Tränen entgegen. Sie knallte die Tür hinter sich zu und rannte mit tränenverschleiertem Blick die Treppe hinunter.

Ohne auf ihre Umgebung zu achten, lief Erin einfach weiter, bis sich ihr Herzschlag ein wenig beruhigte und ihr Tränenstrom trockenen Schluchzern gewichen war. Dann holte sie mit zitternden Fingern ihr Handy hervor und wählte Gareths Nummer.

»Erin? Was gibt's?«, fragte er überrascht.

»Gareth?« Sie schluckte und versuchte, ihr Schluchzen soweit unter Kontrolle zu bringen, dass sie einigermaßen sprechen konnte. »Kannst du bitte kommen?« Ihre Stimme klang dumpf und abgehackt.

»Erin? Alles in Ordnung?« Nun schien er wirklich besorgt zu sein.

»Ja … Nein … Bitte, komm.«

»Ich bin gleich bei dir. Wo bist du?«

Sie sah sich suchend um. »Birsbane Road.«

»Okay. Gib mir fünf Minuten. Ich bin gleich bei dir.«

Es dauerte nur drei, bis Erin das Röhren seines Motorrads hörte. »Steig auf«, rief Gareth und reichte ihr den Ersatzhelm.

»Aber …«, setzte sie an.

»Vertrau mir.« Er lächelte und hielt ihr seine Hand entgegen.

Sie sprang hinter ihm auf und klammerte sich an ihm fest, als wäre er der einzige Halt, den sie in ihrem Leben noch hatte. Er fuhr los und verließ bald die befestigte Straße. Erin bezweifelte, dass der Pfad, dem sie nun folgten, für Motorräder zugelassen war, doch es war ihr egal. Sie vertraute Gareth. Er würde wissen, was er tat. Sie lehnte ihren Kopf an seinen Rücken und schloss die Augen. Es war ein wenig, als würde man im Dunkeln Achterbahn fahren. Es war berauschend, die Tour zu genießen, ohne zu wissen, was im nächsten Augenblick kommen mochte. Es war berauschend, nicht mehr nachdenken zu müssen.

Erin hätte ewig so weiterfahren können, doch nach rund zwanzig Minuten hielt Gareth schließlich an. Sie öffnete die Augen und sah sich um. Anscheinend hatten sie die Felder und Wiesen schnell hinter sich gelassen und befanden sich nun in einem Wald. Einem ziemlich bergigen Wald. »Ab hier müssen wir zu Fuß gehen, mit dem Motorrad wird es zu gefährlich«, sagte er, als er sich den Helm vom Kopf zog. »Kannst du laufen?«, fragte er Erin besorgt und sah sie aufmerksam an.

Sie nickte leicht und setzte ebenfalls ihren Helm ab. Die Tränen waren auf ihren Wangen getrocknet und die Haut spannte nun etwas unangenehm. Doch ansonsten ging es ihr gut, zumindest körperlich. »Wohin gehen wir?«, fragte sie mit einem Anflug von Neugier, als er sie einen steinigen Pfad entlangführte.

»Nach Mittelerde«, erwiderte er geheimnisvoll und streckte seine Hand aus, um ihr beim Überqueren einer hohen Baumwurzel zu helfen. »Es ist nicht mehr weit.«

»Mittelerde?«, wiederholte Erin verwirrt. »Du meinst, wie in *Herr der Ringe*?«

Gareth lächelte nur und legte den Finger auf seine Lippen. In diesem Augenblick drang ein leises Rauschen an Erins Ohren. Mit jedem Schritt, den sie taten, wurde das Rauschen ein wenig lauter und schließlich blieb Gareth vor einer Wegbiegung stehen und hielt sie sanft zurück. »Bereit?«, fragte er verheißungsvoll und sie nickte. Er ließ seine Hand sinken und sah sie auffordernd an.

Erin machte einen vorsichtigen Schritt vorwärts und erstarrte. Das, was sie da sah, hätte sie nie für möglich gehalten, zumindest nicht in der wirklichen Welt.

Vor dem sattgrünen Hintergrund von Bäumen, Gras und moosbedeckten Steinen hob sich leuchtend weiß ein Wasserfall hervor. Daher kam das Rauschen, das nun Erins Ohren erfüllte. Während Tonnen von Wasser in zwei Kaskaden unermüdlich rund fünfzehn Meter in die Tiefe stürzten, konnte Erin ihre Augen nicht von dem Schauspiel nehmen. »Wow«, entfuhr es ihr immer wieder. »Es ist … wunderschön«, bemerkte sie zu Gareth, der nun leise neben sie getreten war. »Auch wenn das Wort es nicht ganz trifft. Es gibt kein Wort, um das zu beschreiben. Es ist …«

»Magisch«, vollendete er ihren Satz. »So vollkommen, dass die Seele überquellen möchte vor Glück. So traumhaft, dass man für immer hierbleiben möchte, um sich daran zu erfreuen.«

Erin nickte stumm. Er verstand, was in ihr vorging. Noch nie hatte jemand ihre Gefühle so geschickt in Worte gefasst.

»Setz dich«, sagte er leise und deutete auf eine emporragende Baumwurzel. »Nimm dir alle Zeit, die du brauchst. Es heißt, Wasserfälle hätten die Macht, die Seele zu reinigen. Hier kann man zur Ruhe kommen und neue Kraft tanken. Ich denke, du hast es nötig.«

Langsam, ohne die Augen von dem zauberhaften Anblick zu nehmen, ließ Erin sich auf die Wurzel sinken und lehnte sich mit dem Rücken gegen den Baum. Sie ließ das Dröhnen des Wassers und die Stille des Waldes auf sich wirken und spürte tatsächlich, wie sie zur Ruhe kam. Alle Anspannung, allen Ballast, die die vielen Emotionen all der Menschen um sie herum in ihrer Seele hinterlassen hatten, ließ sie durch das Wasser einfach fortspülen und sie seltsam gereinigt und getröstet zurücklassen.

Sie wusste nicht genau, wie lange sie dagesessen, stille Rücksprache mit dem Wasserfall gehalten und neue Kraft getankt hatte, als plötzlich eine leise Melodie zu ihr drang. Gareths samtene Stimme verwob sich mit dem Donnern des Flusses und dem Rauschen der Blätter. Seine Worte verschmolzen mit dem magischen Bild, das sich ihren Augen bot, sie schienen die Natur selbst zum Singen und ihr Herz zum Vibrieren zu bringen. Der leise Gesang schwoll an, als Gareth schließlich wieder zu ihr trat und sich neben sie setzte. Er legte ihr einen Arm um die Schultern und sie wehrte sich nicht.

Verzaubert lehnte Erin ihren Kopf gegen ihn und lauschte hingerissen den fremdartigen Worten, die ihr doch so merkwürdig vertraut vorkamen. »Es ist wunderschön«, sagte sie leise, nachdem der letzte Laut verklungen war. »War das walisisch?«

»Ja, das war *yr hen iaith* – die Alte Sprache. Es ist die Sprache der Poesie und«, er senkte bedeutungsvoll die Stimme, »die der Liebe.«

Verlegen wandte Erin ihre Augen ab und setzte sich aufrechter hin. »Danke, dass du mich hierhergebracht hast«, wechselte sie schnell das Thema. »Ich verstehe, warum du das deine *Mittelerde* nennst. Ich selbst könnte mir vorstellen, jeden Augenblick eine geheime Zusammenkunft der Elben zu entdecken.«

»Es ist nicht nur *meine* Mittelerde«, widersprach Gareth träumerisch. »Es ist die *echte*. Genau das hatte Tolkien im Kopf, als er sein Bruchtal beschrieb. Wales, nicht Neuseeland.«

»Wirklich?« Neugierig schaute Erin ihn an.

»Aber sicher.«

Sie wandte ihren Blick wieder dem Wasserfall zu. »Irgendwie passt das zusammen. Wo sonst sollten Elben und Hobbits zu Hause sein als in einem Land, dessen Wappen ein Drache ist, das so magisch und wunderschön ist und in dem noch echte Barden wohnen.« Sie lächelte erneut und sah Gareth verträumt an.

Ein warmes Leuchten trat in seine dunklen Augen, als er ihr Lächeln erwiderte. Ohne seinen Blick von dem ihren zu lösen, neigte Gareth seinen Kopf und streifte ihre Lippen sanft mit den seinen.

Einen Augenblick lang gab sich Erin ganz dem Gefühl hin und genoss den leichten Druck seiner vollen, sinnlichen Lippen. Es fühlte sich so gut an, von ihm geküsst zu werden, so überraschend gut. Mit ihm könnte alles so einfach sein. Nur sie und er. Keine Fragen, keine Probleme, keine Hintergedanken.

»Ich kann das nicht!« Noch bevor sie wusste, was sie da tat, war Erin aufgesprungen und einen Schritt zurückgewichen. Erschrocken hielt sie sich ihre Hand vor den Mund.

Zerknirscht sah Gareth sie an und zuckte leicht mit den Schultern. »'Tschuldigung, aber ich konnte einfach nicht widerstehen.« Er grinste und streckte seine Hand nach ihr aus.

Noch immer benommen schüttelte Erin den Kopf. Wie hatte sie das nur zulassen können? Was hatte sie bloß getan?

»Hey, alles in Ordnung.« Langsam trat Gareth wieder zu ihr und sah ihr suchend in die Augen. »Es tut mir leid, ich weiß, dass du vergeben bist. Ich werde es nicht wieder versuchen, wenn du nicht möchtest.« Er nahm ihre Hand.

Erin nickte schwach.

»Auch wenn er dich nicht verdient hat. Nicht einmal annähernd«, fügte der junge Waliser bedauernd hinzu.

»Das weißt du nicht! Du kennst ihn doch gar nicht!«, brauste Erin plötzlich auf und entzog ihm ihre Hand.

»Du hast recht. Ich kenne ihn nicht. Aber das Wenige, was ich gesehen habe, hat mir gereicht. Wie oft hat er dich in den letzten Tagen zum Weinen gebracht?«

»Du kennst ihn nicht«, wiederholte Erin zaghaft.

»Das sagen die Frauen immer. Und hinterher sind es doch sie, die sich die Augen aus dem Kopf heulen. Aber hey«, er hob abwehrend die Hände, als er bemerkte, dass Erin zu einer Erwiderung ansetzte, »es ist dein Leben. Mich geht es ja nichts an.« Er drehte sich um und steckte die Hände in die Taschen.

Unschlüssig sah Erin auf seinen breiten Rücken. Sie spürte genau, was in ihm vorging. Sie hätte es niemals so weit kommen lassen dürfen. Aber sie hatte ihn einfach so sehr gebraucht. Seine Hilfe, seine Stärke, seinen unerschütterlichen Optimismus. Und nun hatte sie ihn verletzt. Oder vielmehr sein Ego, erkannte sie erleichtert, als sie tiefer in ihn hineinhorchte.

»Ich mag dich wirklich«, sagte sie leise und trat neben ihn. »Du bist witzig, charmant, siehst sehr gut aus und hast diese unglaubliche Stimme, mit der du vermutlich bisher jede Frau rumgekriegt hast.«

Überrascht starrte Gareth sie an und öffnete schon den Mund, doch sie ließ ihn nicht zu Wort kommen. »Und wenn ich Daniel nicht hätte, hätten wir vermutlich einen ziemlich heißen Flirt gehabt. Aber mehr wäre ich für dich nicht gewesen, auch wenn du mir womöglich das Herz gebrochen hättest.« Gareth schnappte empört nach Luft und Erin sprach schnell weiter. »Aber zum Glück«, sie legte sich die rechte Hand auf die Brust, »ist mein Herz schon vergeben und daher nicht wirklich in Gefahr. Und deins auch nicht, wenn du ganz ehrlich bist.«

»Wie kannst du so etwas sagen?« Beleidigt sah er sie an. »Glaubst du, ich hätte dir nur etwas vorgespielt?«

»Nein.« Sie schüttelte ernst den Kopf und sah ihn wissend an. »Du bist bis über beide Ohren in mich verknallt. Aber du *liebst* mich nicht. Du weißt noch nicht, welche Kraft in deinem Herzen schlummert.«

»Ach, und du schon?«

»Ja. Und wenn du sie eines Tages entdeckst, wird das Lied, das du dann dichtest, deine ganze Welt verändern.«

Lange Zeit sah Gareth sie überrascht an und blickte schließlich kopfschüttelnd zu Boden. »Etwas Ähnliches hatte mir mein Großvater einmal gesagt«, gestand er ungläubig. »Aber er ist ja auch ein …« Gareth verstummte. »Wie kommst du darauf? Kannst du etwa auch in den Köpfen der Menschen lesen, wie es *die Alten* zu tun pflegten?«

»Nicht ganz.« Erin lächelte geheimnisvoll. »Aber es ist auch nicht wichtig. Ich liebe dich wie einen Bruder, Gareth. Aber Daniel ist der Mann meines Lebens, auch wenn wir gerade eine schwierige Zeit durchmachen.« Sie holte tief Luft. »Du kannst dir gar nicht vorstellen, wie schwierig die Zeiten für uns im Augenblick sind.«

Die plötzliche Traurigkeit in ihrer Stimme ließ ihn aufhorchen und er wandte sich ihr wieder zu. »Magst du es mir erzählen?«

»Ich kann nicht. Und selbst wenn ich es täte, könntest du mir nicht helfen.«

»Vielleicht nicht ich«, erwiderte er vorsichtig. »Aber wenn ich wüsste, was es ist, könnte ich vielleicht Andere um Hilfe bitten.«

»Andere?« Überrascht schaute Erin ihn an.

»Hey, du hast doch selbst gesagt, Wales ist magisch. Es gibt hier Kräfte, die viel mächtiger sind als Tolkiens Elben und Hobbits.«

»Du meinst deinen Großvater?«, fragte Erin, als sie es plötzlich verstand.

»Ich kann für nichts garantieren«, entgegnete er schnell. »Erst recht nicht, wenn ich überhaupt nicht weiß, worum es geht. Aber wenn es wirklich wichtig und schwierig ist, wäre es einen Versuch wert.«

Erin sah ihn nachdenklich an und spürte, wie sich eine winzige Hoffnung in ihr zu regen begann. »Danke«, sagte sie leise. »Ich denke darüber nach.«

Kapitel 10

1940, Aachen

»Bleiben Sie, wo Sie sind!« Panisch presste Dorothee sich an die weißgetünchte Wand des Krankenzimmers.

»Dorothee, Liebling. Ich bin's doch.« Beschwörend streckte Erik die Hand nach ihr aus.

»Ich kenne Sie nicht!«, stammelte die Frau verwirrt und blickte sich verständnislos um. »Wo bin ich? Was ist das?« Ihr Blick blieb an dem dünnen, grünlich karierten Krankenhaushemd hängen, das sie anhatte.

»Dorothee, bitte.« Erik trat vorsichtig näher und streckte seine Hand nach ihr aus. »Es wird alles gut, mein Schatz. Es wird alles wieder gut. Aber jetzt müssen wir von hier verschwinden, hörst du? Wir sind hier nicht sicher.« Er umfasste ihren Oberarm und versuchte, sie mit sich fortzuziehen.

»Lassen Sie mich in Ruhe!«, kreischte sie und ihr wilder Blick blieb schließlich an der Tür hängen. Mit einer Kraft, die er ihrem ausgemergelten Körper niemals zugetraut hätte, riss sie sich von ihm los und sprintete durch die Tür.

Wie betäubt starrte Erik ihr hinterher. Er konnte nicht fassen, was gerade geschehen war.

Eine Krankenschwester kam ins Zimmer gestürzt. »Was ist hier los?«, fragte sie streng. Dann sah sie auf das leere Bett. »Wo ist die Patientin?« Verständnislos starrte sie den Mann an, der noch immer fassungslos verharrte.

»Fort«, murmelte er.

»Was heißt hier fort? Sie kann nicht gehen. Sie liegt im Sterben!«

»Jetzt nicht mehr.« Stumpf ging Erik zur Tür.

»Sie können jetzt nicht einfach so gehen!«, rief die Frau ihm hinterher, doch er beachtete sie gar nicht. Fast automatisch tastete seine Hand nach dem verschlungenen Diamant-Amulett, das unter seinem Hemd auf seiner Haut lag. Noch immer konnte er die Nachwärme seiner Wirkung spüren. Und er verstand noch immer nicht, was gerade geschehen war. Er hatte es geschafft. Dorothee war gerettet. Und doch war etwas ganz furchtbar schiefgegangen.

Es dauerte nicht lange, bis er ihre helle Gestalt erblickte, die ziellos und verwirrt in den langen Gängen des Krankenhauses umherwanderte.

Als sie ihn sah, blieb sie misstrauisch stehen. »Wer sind Sie? Was haben Sie mit mir gemacht?«

»Ich kann dir alles erklären.« Besänftigend hielt er seine Hände nach vorn. »Ich bin Erik, dein Ehemann«, fügte er leise hinzu.

»Das kann nicht sein! Ich habe Sie noch nie zuvor gesehen!«

»Doch. Du erinnerst dich bloß nicht mehr daran. Siehst du?« Hastig kramte er ein Foto aus seiner Brieftasche, das sie beide an ihrem Hochzeitstag zeigte.

Vorsichtig streckte Dorothee ihre Hand danach aus und betrachtete aufmerksam das Bild. Sie warf Erik einen prüfenden Blick zu und schien ihn mit dem Mann auf dem Foto zu vergleichen. Dann tastete sie mit den Fingern ungläubig über ihr Gesicht. »Bin ich das? Bin ich das wirklich?«

Erik atmete erleichtert aus. »Ja, mein Liebling. Du bist es. *Wir* sind es.« Er reichte ihr seine Hand und lächelte aufmunternd, als sie sie zögernd ergriff. »Komm mit mir und ich werde dir alles erklären. Du kannst mir vertrauen. Ich werde dafür sorgen, dass du dich wieder an alles erinnerst.«

Heute, Wales

»Na dann, viel Glück mit deiner großen Liebe«, sagte Gareth, als er Erin vor Grace's Bed & Breakfast absetzte. »Du weißt ja, wo du mich findest, wenn du es dir doch noch anders überlegst. Oder mal wieder eine Schulter zum Ausweinen brauchst.«

»Ich ruf dich an«, erwiderte Erin, ohne auf seine Worte einzugehen. Er gab sich grimmiger, als er sich fühlte.

Dann brauste er auf seinem Motorrad davon und sie blieb alleine zurück. Unsicher schaute sie zu dem Fenster ihres Zimmers hoch. Vorhin bei Gareth war sie sich dessen, was sie gesagt hatte, so sicher gewesen. Dass Daniel und sie wirklich zusammengehörten. Dass es die große Liebe war. Und das war es auch. Zumindest für sie. Sie liebte den Mann, der gerade oben missmutig, schlechtgelaunt und leidend im Bett lag, über alles. Aber auf einmal konnte sie den Gedanken nicht ertragen, ihn wiederzusehen. Wieder seinen Ärger und seine Wut zu spüren, die sie sich nicht erklären konnte.

Langsam ließ Erin die Hand, die bereits nach dem Türknauf gegriffen hatte, sinken. Sie würde es nicht überstehen, wieder Daniels bösem Zwilling zu begegnen, der sie mit höhnischen Worten bedachte.

Sie sah auf ihre Armbanduhr. Es war erst kurz vor sechs. Das Wetter war mild und es sah nicht nach Regen aus. Vielleicht konnte sie einfach noch ein wenig durch die Gegend laufen, ein paar friedvolle Momente genießen, bevor sie zu ihm zurückkehren und ihm mitteilen musste, dass ihre allerletzte Hoffnung darin bestand, Gareth zumindest ein wenig in ihr Geheimnis einzuweihen, damit er sie zu seinem Großvater brachte.

Das würde ihm nicht gefallen, überhaupt nicht. Und auch sie selbst würde sich lieber noch einige Tage von Gareth fernhalten. Sie hatte ihm gesagt, dass sie ihn wie einen Bruder liebte. Aber einen Bruder zu küssen, fühlte sich bestimmt nicht so gut an, wie es sich mit Gareth angefühlt hatte.

Erin schüttelte entschieden den Kopf. Schluss damit. Sie mochte sich zu dem jungen Barden hingezogen fühlen, aber welche Frau wäre das nicht? Das änderte nichts an ihren Gefühlen für Daniel. Auch wenn ein kleiner, selbstzufriedener Teil von Gareth das nicht ganz einsehen wollte. Und auch wenn Daniel es auf keinen Fall erfahren durfte. Es würde ohnehin schon schwer genug werden, ihn davon zu überzeugen, dem jungen Waliser zu vertrauen.

Die Erinnerung an Daniels kalte, gefühllose Worte von vorhin ließ sie plötzlich schaudern. Und zum ersten Mal fragte Erin sich, ob ihre Liebe wirklich stark genug war, das alles zu überstehen. Sie würde bis zum letzten Augenblick kämpfen, um sein Leben zu retten. Aber was kam dann? Würde alles automatisch wieder so wie früher oder hatte ihn der Fluch unwiderruflich verändert? Würde er sie dann überhaupt noch lieben? Und würde sie ihm einfach alles verzeihen und vergessen können?

Plötzlich hörte sie irgendwo einen Hund bellen und sah sich überrascht um. Sie war so in ihre Gedanken vertieft gewesen, dass sie gar nicht auf ihren Weg geachtet hatte. Anscheinend hatte sie ihre ziellose Wanderung direkt zur St. Mary's Chapel geführt. Doch die Stille und Abgeschiedenheit, die sie hier bei den früheren Besuchen vorgefunden hatte, war ihr dieses Mal nicht vergönnt. Ein Touristenpärchen mit Wanderstiefeln und einem wild umherjagenden Hund hatte heute ebenfalls den Weg hierher gefunden. Es war sein Gebell gewesen, das Erin aufgeschreckt hatte. Nun stand der Hund schwanzwedelnd vor seinem Herrchen, während die Frau eine Decke auf dem Boden ausbreitete. Erin verspürte einen kleinen Stich im Herzen, als die Frau sich ziemlich genau an der Stelle hinsetzte, an der Daniel und sie ihr kleines Picknick gehabt hatten. War das wirklich erst zwei Tage her? Erin kam es vor, als hätte sich seitdem so viel verändert, dass es für ein Jahr gereicht hätte. Dort, genau an der Stelle, wo die Frau strahlend ihren Mann zu sich winkte, war Erin das letzte Mal richtig glücklich gewesen. Schnell wandte sie ihre Augen ab. Irgendwie war ihr gerade nicht danach, die Freude anderer Menschen mit ansehen zu müssen. Ihr Blick schweifte weiter bis zu dem kleinen Friedhof, der sich hinter der Kapelle erstreckte, und sie lächelte freudlos. Das passte wohl eher zu ihrer Stimmung. Ohne sich weiter um die Touristen zu kümmern, schlenderte sie zu dem Friedhof hinüber.

Die moos- und efeuüberwucherten, schiefen Grabsteine strahlten eine eigene Schönheit und Ruhe aus. Langsam ging Erin weiter und blieb mal hier, mal da vor einem verwitterten Keltenkreuz oder einer verblichenen Engelsfigur stehen. Sie hatte sich noch nie für Friedhöfe interessiert, doch dieser hier zog sie in seinen Bann. Eine schwarze Krähe erhob sich plötzlich von einem der Gräber und flog laut krächzend davon. Erin blickte auf und schauderte. *Daniel* stand auf dem verwitterten Stein. Mit zitternden Händen riss sie die Efeuranke herunter, die den Rest des Namens bedeckte.

»Daniel Hadworth«, entzifferte sie mühsam. »Es ist nur ein altes Grab, kein böses Omen«, versuchte sie, sich selbst zu beschwichtigen. Doch das ungute Gefühl blieb. Würde auch ihr Daniel bald unter so einem Stein liegen? Würde bald nur noch eine nüchterne Inschrift davon zeugen, dass es ihn überhaupt jemals gegeben hatte? Eine Inschrift, die niemand las?

Sie fühlte sich plötzlich, als wäre sie ein egoistischer Eindringling. Sie war über den Friedhof geschlendert, weil sie ihn *hübsch* gefunden hatte. Sie hatte keinen Gedanken an die Menschen verschwendet, die hier ruhten, hatte sich nicht einmal die Mühe gemacht, ihre Namen zu lesen, während sie an ihnen vorbeiging. Würde es Daniel auch so ergehen?

Nein, sie würde das nicht zulassen. Und sie würde auch den hier liegenden Toten die einzige Ehre erweisen, die in ihrer Macht lag. Sie würde ihre Namen sagen.

Entschieden ging Erin von Grab zu Grab und las leise murmelnd die Inschriften vor, die dort standen. »Adda Koon, Afon Aphowell, Maddock Heavens, Aeronwen Parsons, Erik Buchman, Glewlwyd Ryder …« Erins Kopf zuckte überrascht hoch und sie blieb wie angewurzelt stehen. Mit vor Aufregung hämmerndem Herzen lief sie zum vorletzten Grabstein zurück. Sie fiel auf die Knie und rieb mit zitternden Händen die Inschrift sauber, um ganz sicher zu gehen, dass ihr kein Stück davon entging. Immer und immer wieder las sie die verwitterten Buchstaben. »Erik Buchman. 1895-1940.« Es war kein Zweifel möglich. Erin ließ ihren Kopf auf die Knie fallen und krallte ihre Hände in das weiche Gras. »Oh Gott, ich danke dir!«, flüsterte sie heiser, als sie ihren tränenverschleierten Blick zum Himmel hob, den die Abenddämmerung bereits lila färbte. »Ich danke dir!«, wiederholte sie ergriffen.

Sie hatte recht gehabt. Sie hatte tatsächlich von Anfang an recht gehabt. Erik Buchman war nach Wales gegangen, zu dieser Kapelle, die ihm aus unerfindlichen Gründen so wichtig gewesen war. Sie hatte den richtigen Hinweis gefunden, der allen Agenten der *Suchenden* und der *Bruderschaft* bisher entgangen war. Sie würden das Amulett tatsächlich finden und dann würde sie Daniel retten!

Besorgt schaute Daniel aus dem Fenster auf den immer dunkler werdenden Himmel. Die Angst um Erin ließ ihm das Herz bis zum Hals schlagen und schnürte ihm beinahe die Luft ab. Sie war schon so lange fort. Er nahm sein Handy und wählte, wie schon unzählige Male zuvor, ihre Nummer. Doch sie war nicht erreichbar. Frustriert schleuderte er das Ding ans Fußende des Bettes und setzte sich langsam auf. In seinem Kopf drehte sich alles und sein Kreislauf brauchte eine Minute, um sich an den aufrechten Zustand zu gewöhnen. Sobald der Schwindel abgeklungen und die Schwärze vor seinen Augen verschwunden war, setzte er entschieden einen Fuß auf den Boden. Dann den zweiten. Sein Kopf hämmerte protestierend und der Schmerz hallte bis zu seiner Wirbelsäule, doch Daniel biss nur grimmig die Zähne zusammen. Er würde sich davon nicht aufhalten lassen. Er würde sie finden. Auch wenn er sich selbst damit vermutlich ziemlich lächerlich machen würde. Wenn er ehrlich war, wusste er doch genau, wo sie gerade war. Wo sie nur sein konnte oder vielmehr mit *wem*. Schließlich hatte er sie ja selbst zu ihm geschickt. Und sie hatte nicht einmal protestiert. Daniel schüttelte den Kopf, um die Bilder, die sich ihm ungebeten in den Sinn drängten, zu vertreiben. Bilder von Erin und von Gareth, wie sie ihm ihr liebestrunkenes Gesicht zuwandte und ihn anlächelte, so wie sie bisher stets nur ihn selbst angelächelt hatte. Wollte er sich das wirklich antun? Wollte er sie wirklich so sehen? Kraftlos ließ er sich wieder auf das Bett sinken und vergrub sein Gesicht in den Händen.

Ein Geräusch ließ ihn plötzlich hochschrecken. Polternde Schritte ertönten auf der Holztreppe im Flur und dann wurde die Tür schwungvoll aufgerissen.

Und da stand sie. Ihre Wangen waren gerötet, ihre Augen glänzten aufgeregt und sie strahlte eine so unbändige Freude aus, dass es ihm das Herz brach. »Erin!«, entfuhr es ihm krächzend und er blickte sie zugleich hoffnungsvoll und verzweifelt an.

Sie blieb wie erstarrt stehen und schaute ihn vorsichtig an. Offensichtlich wusste sie nicht, was sie von ihm nun zu erwarten hatte.

Daniel räusperte sich. »Geht es dir gut?«, fragte er mit etwas mehr Selbstbeherrschung in der Stimme.

»Ja!«, rief sie begeistert und setzte sich zu ihm auf das Bett. »Ich habe ihn gefunden!« Strahlend nahm Erin seine Hände und versuchte, seinen Blick einzufangen.

»Das freut mich.« Daniel bemühte sich, ihr Lächeln zu erwidern, auch wenn es vermutlich eher nach einer gequälten Grimasse aussah. »Es freut mich, dass du und Gareth euch gefunden habt.«

»Was?« Irritiert sah sie ihn an. »Nein, das meine ich doch gar nicht. Ich habe *ihn* gefunden. Erik Buchman.«

»Erik Buchman?«, wiederholte Daniel verständnislos.

»Ja, du weißt doch noch, der Mann mit dem Amulett?«, fragte Erin ungeduldig.

»Aber wie? Und wo? Er müsste doch längst tot sein.«

»Nun ja, ich habe nicht ihn persönlich gefunden, sondern sein Grab, verstehst du? Er ist tatsächlich hierhergekommen, nachdem er das Amulett gestohlen hatte, und hier ist er dann 1940 gestorben.«

»Erin«, sagte Daniel leise und er spürte, wie die Hoffnung, die bei ihren Worten in ihm aufgeflammt war, ihn wieder verließ. »Wenn er das Amulett tatsächlich gehabt hätte, wäre er wohl kaum so jung gestorben.«

Erschrocken sah Erin ihn an. »Nein«, widersprach sie hektisch. »Es muss einen anderen Grund für seinen Tod geben. Er hatte das Amulett gehabt. Er muss es gehabt haben!«

»Schon möglich«, erwiderte Daniel leise, aber er sah ihr dabei nicht in die Augen. Es gab nur eine mögliche Erklärung für Erik Buchmans vorzeitiges Ableben. Jemand anders musste ihm das Amulett abgenommen haben. »Es gibt nur einen Weg, ganz sicher zu sein«, fügte er nach einer kurzen Pause hinzu.

»Und der wäre?«

»Wir müssen das Grab öffnen.«

»Was?« Schockiert sprang Erin auf und starrte ihn ungläubig an. »Das können wir nicht tun!«

»Und wie willst du sonst an das Amulett herankommen, falls er es doch bei sich gehabt hatte?«

Erin konnte nicht glauben, was Daniel da gerade vorgeschlagen hatte. Sie konnten doch unmöglich ein Grab entweihen. Erwartete er etwa, dass sie sich nachts auf den Friedhof schlich, um eine Leiche auszubuddeln? Denn natürlich würde sie es tun müssen. Er sah nicht so aus, als würde er auch nur den Weg bis zur Kapelle bewältigen können. Sie konnte nichts weiter tun, als ihn fassungslos anzustarren, während ihre Gedanken rasten.

Ruhig und gefasst erwiderte er ihren Blick. Und Erin schauderte. Es lag eine solche Schicksalsergebenheit darin, dass es ihr Angst machte. Wenn sie sich weigerte, würde Daniel ihre Entscheidung akzeptieren, er würde sie nicht dazu drängen. Und dann würde er sterben.

Sie atmete zitternd aus. Er hatte recht. Sie musste es tun, wenn sie das Amulett finden wollte. Und vermutlich würde sie nicht einmal mehr eine Leiche vorfinden. Nach über siebzig Jahren dürfte nicht mehr viel übrig sein von dem Körper, der einst beerdigt worden war.

»Also gut«, sagte sie schließlich. »Aber nicht heute. Ich bin zum Umfallen müde.«

»Danke«, sagte Daniel schlicht und sie nickte. Dann sah sie ihn traurig an. Sie würde den Fluch brechen, aber sie wusste beim besten Willen nicht, wie es dann mit ihnen beiden weitergehen sollte. Liebe war anscheinend nicht immer genug, damit eine Beziehung wirklich funktionierte. Sie wandte sich schnell ab, damit er die Tränen nicht bemerkte, die ihr schon wieder in die Augen traten. »Ich gehe duschen«, murmelte Erin und verschwand im Bad.

»Ich habe mich umgesehen«, verkündete sie sachlich in das betretene Schweigen hinein, das schon den ganzen Tag zwischen Daniel und ihr herrschte. Sie hatte bis weit in den Vormittag hinein geschlafen und war dann nach einer ausgiebigen Dusche zu Elric hinübergelaufen, um etwas zum Mittagessen für Daniel und sich zu holen. Sie hatte alles getan, um Daniels bedrückender Gegenwart zu entkommen. Sie verstand ihn wirklich nicht mehr. Immer wieder hatte sie das Gefühl gehabt, dass er ihr etwas sagen oder sie etwas fragen wollte. Doch dann hatte er stets bloß die Lippen zusammengekniffen und sich mit einem undeutbaren Gesichtsausdruck abgewandt. Zumindest war er nicht mehr so böse und gemein zu ihr. Stattdessen schlich er um sie herum, als wäre sie ein rohes Ei. Er behandelte sie ausgesprochen höflich, zurückhaltend und distanziert. Erin war sich gar nicht sicher, ob sie nicht doch eher den wütenden Daniel vorzog. Der hatte wenigstens Gefühle gezeigt, doch nun spürte sie die Entfremdung zwischen ihnen mit jeder Stunde größer werden. Wie gern hätte sie die Hand nach ihm ausgestreckt, seine Wange gestreichelt, ihn ganz fest an sich gedrückt und damit alles, das plötzlich zwischen ihnen stehen mochte, ausgeräumt. Doch sie traute sich nicht, weil sie es nicht ertragen würde, erneut von ihm zurückgewiesen zu werden.

»Hinten im Garten gibt es eine Schaufel, die werde ich mir nachher ausleihen«, sagte sie daher stattdessen und wunderte sich, wie normal ihre Stimme klang, obwohl sie an dem riesigen Kloß in ihrem Hals vorbeisprechen musste.

»Ist gut.« Daniel warf einen Blick auf die Uhr. »Ich denke, in etwa zwei Stunden können wir los. Dann dürften wir keine Wanderer mehr antreffen.«

»Wir?« Überrascht sah Erin ihn an.

»Natürlich. Du hast doch nicht etwa geglaubt, dass ich dich allein auf den Friedhof schicken würde, oder?«

Doch. Wenn sie ehrlich war, hatte sie genau das gedacht. Nur die Tatsache, dass Gareth sie für geisteskrank halten würde, hatte sie davon abgehalten, ihn schon wieder um Hilfe zu bitten. Der Gedanke, das Grab allein öffnen zu müssen, jagte ihr unsägliche Angst ein. Doch die Idee, dass Daniel mit ihr kommen könnte, erschien ihr geradezu absurd. »Und wie willst du das anstellen? Dir bricht ja bereits der Schweiß aus, wenn du dich hier im Zimmer bewegst.«

»Ich werde es schon schaffen«, presste er entschieden hervor. »Außerdem habe ich mich informiert, es gibt eine Straße, die fast bis zur Kapelle führt. Wenn wir das Auto dort abstellen, sind es nur noch ein paar Hundert Meter querfeldein. Siehst du?« Er reichte ihr eine zerfledderte Karte, die er sich wohl von Grace geborgt hatte.

»Wenn du meinst«, erwiderte Erin skeptisch.

»Was ist übrigens mit deinem Handy passiert?«, fragte Daniel sie plötzlich.

»Wieso?«

»Ich habe versucht, dich gestern anzurufen. Aber ich kam nicht durch.«

»Keine Ahnung. Als ich mit Gareth gesprochen habe, war alles in Ordnung.« Sie sah, wie Daniel kurz zusammenzuckte, und hätte sich am liebsten auf die Zunge gebissen. Er hatte sie nicht gefragt, wie sie den gestrigen Nachmittag verbracht hatte, und sie hatte es ihm auch nicht gerade auf die Nase gebunden. Nun wusste er es.

Erin wandte sich schnell ab und holte ihr Handy aus der Jackentasche. »Akku leer.« Sie hielt es entschuldigend hoch. »Ich lade es am besten direkt auf.«

Nachdem sie das Ladekabel eingestöpselt hatte, piepste es plötzlich mehrmals laut auf. Ungläubig starrte Erin auf das Display. Außer Daniels entgangenen Anrufen hatte sie fünf SMS von ihren Eltern bekommen, deren Ton von Mal zu Mal besorgter wurde. Oh nein!, fiel es ihr siedend heiß ein. In der ganzen Aufregung gestern hatte sie ihre Eltern völlig vergessen. Hastig tippte sie eine ausführliche Entschuldigung, dass sie lange unterwegs gewesen seien und ihr Akku plötzlich den Geist aufgegeben habe, ansonsten aber alles in Ordnung sei. Zum Schluss schrieb sie noch vorsorglich, dass sie und Daniel nun ein paar

Tage an einem Ort bleiben werden und die Eltern nicht gleich in Panik geraten müssten, wenn sie es noch einmal vergessen sollte, sich bei ihnen zu melden. Immerhin war sie schon fast achtzehn und außerdem nicht allein.

Dann legte Erin das Handy wieder hin und sah sich unschlüssig im Zimmer um. Nun gab es nichts weiter für sie zu tun, als abzuwarten. Sie blickte zu Daniel herüber, der sie mit einer eigenartigen Traurigkeit anschaute. Wie konnte es sein, dass sie sich plötzlich nichts mehr zu sagen hatten? Wie hatte es nur so weit kommen können? Noch vor wenigen Tagen war ihr nichts kostbarer gewesen, als einen Augenblick in seiner Gesellschaft zu verbringen, und nun konnte sie diese kaum ertragen. Erin seufzte und erhob sich. Langsam ging sie zu Daniel hinüber.

»Was hast du vor?« Alarmiert sah er sie an.

»Mich nur kurz zu dir setzen.« Sie ließ sich neben ihm auf dem Bett nieder, sodass sich ihre Beine ganz sachte berührten, und nahm seine Hand. »Wieso habe ich das Gefühl, dich zu verlieren?«, fragte sie leise.

»Vielleicht, weil ich kaum noch am Leben bin?« Sanft löste er seine Hand aus der ihren. »Wird Gareth dich heute nicht vermissen?«, wechselte er plötzlich das Thema.

»Doch, vermutlich schon.« Ihre Enttäuschung verlieh ihren Worten Schärfe. »Er mag mich nämlich wirklich!«, fügte sie bitter hinzu.

Wenn es möglich gewesen wäre, hätte sie schwören können, dass Daniel noch blasser geworden war.

»Ich mag dich doch auch«, flüsterte er leise. »Ich liebe dich.«

»Ach ja?« Sie funkelte ihn herausfordernd an. »Dann behandle mich auch so!«

»Ich kann nicht.«

»Was ist denn das jetzt für ein Blödsinn?«, explodierte sie.

»Eines Tages wirst du es vermutlich verstehen.«

»Und das soll mir jetzt wohl helfen? Eine kryptische Andeutung und alles ist in Ordnung?« Sie sah ihn wütend an.

Schweigend erwiderte Daniel ihren Blick.

»Weißt du was? Mir ist das hier zu blöd.« Sie schnappte ihre Jacke und rannte zur Tür. »Ich brauche dringend frische Luft!«

Polternd lief Erin die Treppe hinunter, und obwohl sie sich fest vorgenommen hatte, nicht schon wieder zu weinen, konnte sie die Tränen einfach nicht zurückhalten. Ihre Hand tastete suchend ihre Jackentasche ab, bis ihr einfiel, dass sie ihr Handy im Zimmer gelassen hatte. Mitten in der Bewegung hielt sie inne, als ihr dämmerte, was sie gerade tat. Sie hatte sich schon wieder mit Daniel gestritten und das Erste, was ihr einfiel, war, Gareth anzurufen. Verwirrt wischte sich Erin über die Stirn. Was für Probleme sie und Daniel auch haben mochten, es würde nicht besser werden, wenn sie jedes Mal zu Gareth lief.

Vielleicht hatte Daniel ja recht. Vermutlich spürte er, dass sie sich zu dem Barden hingezogen fühlte. Und zusätzlich zu der Lebensgefahr, in der er schwebte, musste er nun auch an ihrer Treue zweifeln. Sie dachte an den Kuss zurück. Auch damit hatte er gar nicht so unrecht. Wie konnte sie ihm so etwas nur antun? Langsam drehte Erin sich um und ging entschieden zurück.

So leise wie möglich öffnete sie die Tür und trat hinein. Daniel hockte teilnahmslos auf dem Bett und starrte sie an.

»Wie geht es dir?«, fragte sie leise.

Ein ungläubiger Ausdruck huschte kurz über sein Gesicht. »Den Umständen entsprechend, schätze ich.« Er schnaubte freudlos. »Besser wird es vermutlich nicht werden, also sollten wir wohl lieber gleich los.«

»Wirst du es schaffen?«

»Sicher.« Er erhob sich und Erin stellte beruhigt fest, dass er dabei nicht schwankte oder gar umfiel. Anscheinend war er doch nicht so kraftlos, wie sie in ihrer Angst immer befürchtet hatte. Sie zählte rasch nach. Seit dem Fluch waren sieben Tage vergangen. Normalerweise hätte er jetzt bereits nicht mehr am Leben sein dürfen. Aber hier stand er und sprach mit ihr. Und wenn Erhard mit seiner Einschätzung recht gehabt hatte, hatten sie noch reichlich Zeit. Eine Woche oder sogar zwei. Jetzt, da das Amulett endlich in greifbare Nähe gekommen war, hatte sie das Gefühl, den Wettlauf gegen die Zeit schon gewonnen zu haben.

»Also los«, sagte sie und schnappte sich den Rucksack, in den sie bereits vorsorglich eine Decke, eine Kanne Kaffee und zwei Taschenlampen eingepackt hatte. »Soll ich dir helfen?«, fragte sie dann, als Daniel sich in Bewegung setzte.

»Nein.« Er schüttelte den Kopf. »Noch bin ich nicht am Ende«, fügte er mit einem Hauch des alten Stolzes in der Stimme hinzu.

Dennoch ließ Erin es sich nicht nehmen, ihn sicher zum Auto zu begleiten, bevor sie nach hinten in den Garten lief und den Spaten holte, der in einem frisch angelegten Beet steckte. Bis zum Morgen würde Grace ihn bestimmt nicht vermissen.

»So, da wären wir«, sagte Daniel knapp eine halbe Stunde später, als er das Auto mitten auf einem schmalen Feldweg anhielt, der in einen kleinen Wald mündete. »Ab hier müssen wir wohl zu Fuß gehen. Laut Karte liegt die Kapelle direkt hinter dem Wäldchen.«

Erin warf ihm einen unauffälligen Blick zu. Er war blass und angespannt und leichte Schweißtropfen standen auf seiner Stirn, doch er schien nichts darauf zu geben. Schnell, bevor er protestieren konnte, hängte sie sich den Rucksack über die Schulter und holte den Spaten aus dem Kofferraum.

Daniel verfolgte ihre Bewegungen schon wieder mit diesem eigenartig traurigen Blick, sagte jedoch nichts weiter, sondern marschierte entschieden los.

Erin passte ihr Tempo dem seinen an und hielt sich immer an seiner Seite. Doch obwohl er zweimal stehen geblieben war, um mit geschlossenen Augen kurz zu verschnaufen, schaffte er es, den ganzen Weg bis zur Kapelle ohne ihre Hilfe zurückzulegen.

»Das Grab ist gleich dahinten«, sagte Erin aufgeregt und lief voran. »Es war die ganze Zeit direkt vor unserer Nase, wir haben es bloß nicht gesehen. Kannst du dir das vorstellen?«

Daniel lächelte leicht angesichts ihrer Freude. »Du hast von Anfang an den richtigen Riecher gehabt. Du bist einfach unglaublich.«

Erfreut drehte Erin sich zu ihm um. So etwas Nettes hatte er schon seit Tagen nicht mehr zu ihr gesagt.

Ein ertappter Ausdruck schlich über Daniels Gesicht und er blickte rasch zu Boden.

Als er die Augen wieder hob, ließen seine Züge nicht mehr erahnen, was in seinem Kopf vorgehen mochte.

Enttäuscht wandte Erin sich wieder ab. Sie holte die Decke aus dem Rucksack und sah sich prüfend um. »Die Erde ist zu nass zum Sitzen, es hatte ja den ganzen Tag geregnet. Aber wenn ich die Decke mehrfach falte, müsste es eigentlich gehen.«

»Zumindest ist die Erde schön aufgeweicht, da wird das Graben um einiges leichter sein«, bemerkte Daniel und griff nach dem Spaten.

»Was machst du da?«

»Graben, was sonst?«

»Das lässt du schön bleiben«, widersprach Erin entschieden. »Ich mach das schon.«

»Du glaubst doch nicht, dass du es allein schaffst, ein ganzes Grab auszuheben?«

Erin verharrte irritiert. Daran hatte sie gar nicht gedacht. »Dann mache ich eben, so viel ich kann, und dann sehen wir weiter.« Sie schnappte sich den Spaten und fing entschlossen an zu buddeln.

Eine halbe Stunde später hatte sie das Gefühl, den halben Mount Everest versetzt zu haben, auch wenn das Loch zu ihren Füßen noch so ernüchternd klein war. Entmutigt rieb sie sich die schmerzenden Hände, auf denen sich bereits Schwielen bildeten. Der leichte Nieselregen, der inzwischen wieder eingesetzt hatte, trug auch nicht gerade dazu bei, ihre Laune zu verbessern.

»Komm, setz dich zu mir«, sagte Daniel sanft und reichte ihr eine Tasse heißen Kaffee. »Du hast eine Pause verdient.«

»Wir sollten das Tageslicht ausnutzen«, widersprach sie ihm schwach.

»Dann mache ich eben weiter. Ich habe mich lange genug ausgeruht.« Ohne ihre Antwort abzuwarten, erhob er sich und nahm selbst einen großen Schluck aus seiner Tasse. Dann schnappte er sich den Spaten und fing an zu graben, ohne auf Erins besorgte Blicke zu achten.

Während sie an dem Kaffee nippte, beobachtete Erin fasziniert Daniels Gestalt. Er arbeitete konzentriert und effizient. Ohne unnötige Bewegungen, die nur seine Energie vergeudet hätten. Sie sah seine Muskeln selbst durch die ganzen Kleidungsschichten hindurch und sehnte sich danach, ihn zu berühren. Mit der Hand über die glatte, weiche Haut zu fahren, die sich über den harten Muskeln spannte. Doch ihr ent-

ging auch nicht, wie stark er seine Lippen zusammen-
presste und wie unnatürlich bleich er dabei wirkte.

»Hast du noch einen Schluck Kaffee für mich?«,
fragte er plötzlich.

»Sicher!« Erin sprang hastig auf und reichte ihm
die Tasse.

»Das Koffein scheint wirklich zu helfen«, sagte er
und machte sich wieder an die Arbeit.

Plötzlich bemerkte Erin einen bläulichen Schimmer, der durch sein Shirt hindurch drang. »Dein Amulett, es leuchtet«, sagte sie erschrocken.

»Ich weiß«, stieß er keuchend hervor, als er wieder
eine volle Schippe auf den mittlerweile beachtlich an-
gewachsenen Erdhaufen schleuderte. »Es ist ganz
praktisch.«

»Du meinst, du nutzt es, um die Erde zu
bewegen?«, entfuhr es ihr fasziniert.

Er zuckte mit den Achseln und grinste schief. »Die
Erde, mich selbst, was gerade erforderlich ist.«

»Dennoch solltest du jetzt eine Pause machen. Und
vielleicht kannst du ja auch mir ein wenig helfen?«

»Ich kann es gern versuchen.« Er reichte Erin den
Spaten und ließ sich schwer auf die Decke sinken. Sofort machte er sich an der Kaffeekanne zu schaffen,
während Erin ihn besorgt musterte. Auch wenn er so
unbekümmert tat, es ging ihm alles Andere als gut.
Dann lächelte sie auf einmal. Das war nicht schlimm,
alle seine Qualen würden bald vorüber sein. Er musste
nur noch ein paar Stunden durchhalten. Dann würde
das Amulett endlich ihnen gehören und er würde ge-

heilt sein. Sie konnte es kaum fassen, dass das alles tatsächlich schon so bald vorbei sein konnte. Entschlossen rammte sie den Spaten in den feuchten Boden.

Nun, mit der Unterstützung des Saphir-Amuletts, schien ihr das Graben tatsächlich leichter von der Hand zu gehen. Und Erin versuchte, Daniels Arbeitsweise zu imitieren. Spaten in die Erde, mit dem Fuß nachdrücken und raushebeln.

»Wir hätten Eimer mitnehmen sollen«, bemerkte Daniel bedauernd nach einer Weile. »Dann müssten wir den Aushub nicht so hoch werfen.«

Erin, die in der mittlerweile hüfttiefen Grube stand, musste ihm insgeheim recht geben. Erschöpft wischte sie sich über das Gesicht.

»Jetzt bin ich wohl wieder dran«, sagte Daniel. »Du ruhst dich aus. Es wird bestimmt nicht mehr lange dauern.«

Inzwischen war es dunkel geworden und Erin nahm die Taschenlampe, um ihm bei der Arbeit zu leuchten. Dieses Mal hielt er nicht so lange durch. Nach einer knappen halben Stunde wurden seine Bewegungen immer fahriger und er schwankte leicht. »So, das reicht jetzt!«, sagte sie entschieden. »Den Rest schaffe ich allein. Hier«, sie drückte ihm den restlichen Kaffee in die Hand.

Neugierig beobachtete der Mann das Treiben auf dem Friedhof. Er hatte seinen Posten am Rand des kleinen Wäldchens bezogen, das an den Friedhof grenzte. Und nun konnte er nicht fassen, was er da sah. Waren die beiden etwa gerade wirklich dabei, ein Grab zu öffnen?

Nach kurzem Zögern holte der Mann sein Handy hervor und wählte die Nummer des Großmeisters. Seine Anweisungen waren klar. Er würde jeden verdächtigen Zwischenfall augenblicklich melden, um weitere Instruktionen zu erhalten. Er war weder so arrogant noch so geblendet wie sein Vorgänger. Und deswegen würde er auch nicht dessen Schicksal teilen. Die Organisation tolerierte kein Versagen.

»Was gibt's?«, meldete sich die strenge Stimme des Großmeisters am anderen Ende der Leitung.

»Wie es aussieht, sind die beiden gerade dabei, ein altes Grab auszubuddeln.«

»Ein Grab? Was für ein Grab?« Unverhohlene Aufregung sprach aus der Stimme.

»Das Mädchen hat sich gestern auf dem Friedhof bei der Kapelle herumgetrieben. Weiß auch nicht, warum. Sie sah dabei ziemlich verheult aus, also dachte ich, dass sie wieder nur die Zeit totschlägt. Ich bezweifle, dass sie überhaupt irgendeinen Plan hat.«

»Du wirst nicht fürs Denken bezahlt«, unterbrach Enrico von Treibnitz ihn ungeduldig. »Also, was ist mit diesem Grab?«

»Sie hatte es sich gestern auch angesehen. Irgendwie schien sie sich gefreut zu haben. Also habe ich, als sie weg war, auch noch mal nachgeschaut, aber nichts Ungewöhnliches entdeckt.«

»Wem gehört es?«, fragte der Großmeister gedehnt, als würde er mit einem kleinen Kind sprechen.

Der Mann dachte kurz nach. »Erik irgendwas. Erik Buch …«

»Erik Buchman?« Der Ärger in der Stimme war so deutlich, dass der bullige Mann unwillkürlich zusammenzuckte. »Das Mädchen findet das Grab von Erik Buchman und du sagst es mir nicht?«, zischte der Großmeister.

»Ich wusste nicht, dass es wichtig war«, stammelte der Mann.

»Ich habe dir gesagt, *alles* sei wichtig! Alles, was das Mädchen macht!« Er dachte kurz nach. »Nun ja. Noch ist nicht alles verloren. Was machen sie gerade?«

Der Mann hob kurz sein Nachtsichtgerät an die Augen, um ganz sicher zu gehen. »Sie buddeln noch.«

»Sie haben also noch nichts gefunden«, sagte Enrico von Treibnitz nachdenklich. »Lass die beiden nicht aus den Augen. Was auch immer sie in dem Grab finden, ich will es haben!«

»Ja, Meister.«

»Melde dich bei mir, sobald du es hast.«

»Ja, Meister.« Er drückte die Aus-Taste und hielt sich das Nachtsichtgerät wieder an die Augen, um ja nichts zu versäumen. In diesem Moment knackte ein Zweig irgendwo hinter ihm und der Mann drehte sich erschrocken um. Mit seinen Blicken suchte er den Wald nach irgendetwas Verdächtigem ab, konnte aber nichts entdecken. Schließlich wandte er seine Aufmerksamkeit wieder den beiden Jugendlichen zu, auch wenn ihm das ungute Gefühl im Nacken saß, dass ihn selbst jemand beobachtete.

Schwer atmend lehnte sich Erhard an einen dicken Baumstamm und versuchte, sich so schmal wie möglich zu machen. Das war knapp gewesen, zu knapp. Um ein Haar hätte ihn der Agent der *Suchenden* erwischt. Doch er hatte einfach erfahren müssen, wie viel der Mann wusste und wie seine Befehle lauteten. Leider war das Gespräch nicht sehr aufschlussreich gewesen, da er die Worte des Großmeisters nicht hatte hören können. Zumindest schien der Mann jedoch nicht genau zu wissen, wer Erik Buchman gewesen war. Er schien also nicht zum inneren Kreis der *Suchenden* zu gehören. Das war sogar nachvollziehbar. Der innere Kreis bestand aus Ehrgeizlingen, die nach Macht und der Position des Großmeisters strebten. So jemanden würde er wohl kaum auf die Suche nach dem kostbarsten aller Amulette schicken. Die Gefahr, dass derjenige die Macht für sich selbst behielt, war einfach zu groß. Nein, Enrico hatte einen einfachen Muskelprotz losgeschickt, der hoffte, damit in der Gunst seines Großmeisters aufzusteigen.

Erhards Blick wanderte zu Erin und Daniel hinüber und er konnte nicht umhin, das Mädchen für seinen Mut und Einfallsreichtum zu bewundern. Er hatte keine Ahnung, wie sie es geschafft hatte, Eriks Grab zu finden. Doch damit war ihr etwas gelungen, woran alle Anderen vor ihr gescheitert waren. Und ausgerechnet in Wales! Erhard konnte noch immer nicht darüber hinwegkommen. Nie im Leben hätte jemand das verschollene Amulett in Wales vermutet. Niemand, außer Erin.

Er beobachtete, wie sie Daniel aus der Grube half und dieser erschöpft auf der Decke zusammenbrach. Es sah nicht gut für ihn aus. Anscheinend war er mit seiner Einschätzung der Zeit, die Daniel blieb, doch zu optimistisch gewesen, auch wenn der Junge sich noch immer erstaunlich gut hielt. Wenn sie das Amulett in dem Grab tatsächlich fanden, hatte er noch eine Chance. Auch wenn es dennoch kein Happy-End für die beiden geben würde. Schade eigentlich. Sie waren ein so hübsches Paar.

»Ich glaube, da ist etwas!«, rief Erin aufgeregt. Dann richtete sie sich langsam auf und betrachtete mit zunehmender Skepsis das etwa dreißig Zentimeter lange, erdverschmierte Ding in ihrer Hand. »Nee, es ist wohl doch nur ein Ast«, sagte sie enttäuscht, als Daniel näher an den Rand der Grube trat, um ihr zu leuchten.

»Das ist kein Ast«, sagte er vorsichtig.

»Iiihh«, schrie Erin entsetzt auf, als ihr der Sinn seiner Worte dämmerte. Sie ließ das Ding fallen und schüttelte sich am ganzen Körper. Hastig wischte sie die Hände an den Wänden der Grube ab. »Bitte sag, dass das kein Knochen war!« Sie sah zu ihren Füßen und erkannte im hellen Licht der Taschenlampe weitere verdächtige Umrisse. »Hilf mir hier raus!«, rief sie panisch und kletterte, so schnell sie konnte, aus der Grube.

»Ist schon gut«, sprach Daniel beruhigend auf sie ein, während er sie an sich drückte und ihr sanft den Rücken streichelte. »Ist schon gut.« Dann konnte er sich ein amüsiertes Glucksen nicht länger verkneifen.

Böse starrte Erin ihn an. »Das ist nicht lustig. Das eben war echt eklig.«

»Ich weiß«, stimmte er ihr beschwichtigend zu. »Aber was genau hattest du in einem Grab eigentlich erwartet?«

»Einen schönen, sauberen Sarg«, sagte sie trotzig.

»Nach über siebzig Jahren?«

»So weit habe ich irgendwie nicht gedacht«, gab sie kleinlaut zu. »Oder es vielmehr verdrängt.«

»Verstehe. Du bleibst jetzt schön hier oben und ich mache den Rest. Du musst mir nur leuchten. Schaffst du das?«

»Sicher.« Erin atmete tief durch, nahm die Lampe und schaute in das Loch hinein. Nun kam sie sich selbst ziemlich albern vor. Aber es war Nacht, sie waren auf einem Friedhof und sie hatte gerade vermutlich den Unterarm eines Toten in den Händen gehalten. Wie sollte man da nicht ausflippen?

Langsam ließ Daniel sich in die Grube sinken. Dort blieb er vorsichtig stehen, bis das Drehen in seinem

Kopf aufhörte. Zu blöd, dass sie keinen Kaffee mehr hatten. Obwohl er zugeben musste, dass er dagegen allmählich immun wurde. Es war wohl an der Zeit, auf eine härtere Koffein-Dosis umzusteigen. Dann nahm er den Spaten und kratzte damit behutsam die dünne Erdschicht ab, die das darunter liegende Skelett bedeckte.

»Gib mir mal die Taschenlampe«, rief er Erin aufgeregt zu, als er plötzlich etwas Metallisches streifte. Dann hockte er sich hin und grub vorsichtig mit den Händen. Eine dicke silberne Kette kam zum Vorschein und sein Herz hämmerte wie wild, während er langsam daran zog. Nur um im nächsten Augenblick enttäuscht innezuhalten. Eine Uhr. Es war nur eine silberne Taschenuhr, die der Tote wohl in seiner Brusttasche gehabt haben musste. »Es ist eine Uhr«, sagte er, als er sie Erin reichte und versuchte, seine Stimme nicht ganz so hoffnungslos klingen zu lassen, wie er sich fühlte.

Systematisch begann er damit, die übrigen Knochen freizulegen, nur so, um ganz sicher zu sein. Doch er fand nichts weiter außer einem goldenen Ehering. »Hier ist es nicht«, sprach er schließlich die Worte aus, die er sich und Erin so gern erspart hätte.

»Nein!« Trotzig wischte sie sich über das Gesicht. »Es muss hier sein! Vielleicht müssen wir noch tiefer graben.«

»Lass gut sein«, widersprach er müde. Auf einmal wollte er nichts sehnlicher als einfach nur die Augen zu schließen und endlich Ruhe zu haben vor dem immerwährenden Schmerz in seinem Inneren, vor der Schwäche, die unerbittlich und unaufhaltsam seine letzten Kraftreserven aufzehrte. Er spürte, wie er mit dem Rücken an der Erdwand immer weiter zu Boden sank.

»Nein!«, drang Erins erboste Stimme plötzlich durch den Nebel, der sich um ihn legte. Und plötzlich war sie neben ihm, packte ihn am Kragen und schüttelte ihn leicht. »Du wirst jetzt nicht aufgeben, hörst du? Nicht so kurz vor dem Ziel!«

Er öffnete die Augen und starrte in ihr grimmig entschlossenes Gesicht, das mit Erde und Tränenspuren verschmiert war.

»Es ist nicht hier«, wiederholte er matt.

»Vielleicht nicht, aber es ist bestimmt ganz in der Nähe!«, schrie sie verzweifelt. »Und selbst wenn wir es nicht finden, gibt es noch andere Wege. Druiden und so.« Sie stammelte und redete, nur, um seine Aufmerksamkeit zu fesseln, um ihn nicht entgleiten zu lassen. »Ich fahre morgen ins Zeitungsarchiv, vielleicht finde ich dort was über Eriks Tod. Und dann können wir …«

»Morgen ist Sonntag«, sagte Daniel leise.

»Was?«

»Morgen ist Sonntag, da ist das Archiv zu.«

Erin lächelte durch die Tränen. »Dann lasse ich mir eben etwas Anderes einfallen. Alles, damit du bei mir bleibst.«

»Wieso willst du mich?«, fragte er verwundert. »Du hast doch Gareth.«

»Aber ich *will* Gareth nicht.« Überrascht sah sie ihn an. »Ich habe *immer* nur dich gewollt.« Sie strich ihm sanft über das Gesicht. »Und jetzt klettern wir hier raus, machen eine kleine Pause und schütten dann dieses riesige Loch wieder zu. Danach schaffe ich dich ins Bett, wo du dich schön brav ausruhen wirst. Und dann sehen wir weiter, verstanden?«

Daniel nickte erschöpft und ergriff ihre Hand, damit sie ihm beim Aufstehen helfen konnte.

Kapitel 11

»Danke, Gareth. Ich weiß nicht, wie ich das jemals wiedergutmachen kann«, sagte Erin und drehte sich ertappt um, als sie hörte, wie Daniel sich hinter ihr regte. Dann entspannte sie sich jedoch entschieden. Sie hatte nichts Unrechtes getan. Sie hatte Gareth bloß - mal wieder - um Hilfe gebeten. »Ich muss jetzt Schluss machen. Bitte melde dich, wenn du etwas herausgefunden hast.« Sie ging zu Daniel herüber und setzte sich neben ihm auf das Bett. »Wie geht es dir?«

»Überraschend gut«, murmelte er schläfrig. Dann fixierte er sie streng mit seinem Blick. »Du siehst furchtbar aus.«

»Danke.« Erin versuchte, ihrer Stimme einen beleidigten Klang zu geben, und wandte sich schnell ab. »Hier, ich habe dir etwas vom Frühstück aufgehoben.«

»Erin, sieh mich an.«

Unwillig drehte sie sich zu ihm.

»Du hast es wieder getan, oder? Du hast mir geholfen. Und da ich hier keine verdorrten Wiesen sehen kann, kam wohl die ganze Kraft direkt von dir, oder?« Es war keine Frage.

»Na und?« Kämpferisch reckte Erin ihr Kinn hervor. »Ich werde mich nicht dafür entschuldigen. Ebenso wenig wie dafür, dass ich mit Gareth gesprochen habe.« Angriff war bekanntlich die beste Verteidigung.

»Musst du auch nicht«, erwiderte Daniel möglichst

neutral und vermied ihren Blick. »Er ist ein sehr netter Kerl und er hat uns schon viel geholfen. Und anscheinend ist er dabei, es gerade wieder zu tun?« Er sah sie fragend an.

»Ja. Ich habe ihm erzählt, dass wir Eriks Grab gefunden haben.«

»Du hast ihm von unserem nächtlichen Ausflug erzählt?« Schockiert starrte Daniel sie an.

»Natürlich nicht. Nur, dass ich das Grab auf dem Friedhof gesehen habe. Und ich habe ihn gebeten, mal nachzuforschen, ob er in den Archiven der Lokalblätter etwas darüber findet.«

»Und?«

Sie zuckte mit den Schultern. »Ich habe ja gerade erst mit ihm gesprochen. Er wollte sich direkt an die Arbeit machen.«

»Aber das kann Tage dauern.«

»Nicht unbedingt. Er meinte, die Zeitungsarchive seien vor einigen Jahren digitalisiert worden und über die Uni hat er Zugang zu dem Portal. Sobald er etwas findet, meldet er sich bei uns.«

»Und was machen wir so lange?«

»Frühstücken«, sagte Erin und griff sich ein Rosinenbrötchen. »Ich habe zwar bereits gegessen, aber irgendwie habe ich schon wieder Hunger.«

»Kein Wunder, so blass und ausgezehrt wie du aussiehst. Hast du heute Nacht überhaupt geschlafen?«

»Ein wenig.« Es war schon gegen halb vier gewesen, bis sie endlich im Bett waren. Dann hatte sie gewartet, bis Daniel eingeschlafen war, und die Kraft ihres Amuletts genutzt, um ihm zu helfen. Sie hatte seinen Schmerz gelindert und ihm ein wenig von ihrer Kraft gegeben. Aber das war nicht alles, auch wenn sie es ihm gegenüber niemals zugeben würde. Sie hatte es geschafft, ein wenig tiefer in seinen Geist vorzudringen, und versucht, etwas Hoffnung und Optimismus in den schwarzen Strudel zu bringen, den der Fluch in seine Seele gerissen hatte. Sie hatte eigentlich nicht damit gerechnet, dass es ihr gelingen würde, weil sein Amulett doch seinen Geist vor ihr abgeschirmte. Doch irgendwie war es ihr trotzdem geglückt. Vielleicht hatte das Saphir-Amulett gespürt, dass sie ihm nur helfen wollte, und ihr deshalb Zutritt gewährt.

Erin gefiel dieser Gedanke. Sie stellte sich gerne vor, dass die Amulette der Macht eine Art eigenes Bewusstsein besaßen, das sie in einem gewissen Maße Entscheidungen treffen und ihre Träger lenken ließ.

Sie räumte gerade das Geschirr auf das Tablett, um es herunter in die Küche zu bringen, als plötzlich ihr Handy klingelte. »Das ist Gareth«, sagte sie überrascht nach einem Blick auf das Display. »Gareth? Hast du schon etwas gefunden?«

»Möglich, ich bin mir nicht ganz sicher. Es ist eigenartig. Am besten, ich zeige es dir.«

»Eigenartig? Wie meinst du das?«

»Kannst du in einer halben Stunde bei Elric sein? Dann erkläre ich es dir.«

»Sicher. Bis gleich.« Erin legte auf und wandte sich Daniel zu, der sie neugierig musterte. »Gareth meint, er hat vielleicht etwas gefunden. Er will sich mit uns bei Elric treffen.«

»Vielleicht solltest du alleine gehen«, erwiderte er und sein Gesicht nahm wieder den undurchdringlichen Ausdruck an, den sie so hasste.

»Nichts da«, widersprach Erin energisch. »Wenn du fit genug warst, ein riesiges Loch zu buddeln, bist du auch in der Lage, eine halbe Stunde auf einem Barhocker zu sitzen.«

Überrascht sah Daniel sie an, doch sie ging nicht darauf ein. Sie hatte es satt, auf seine Befindlichkeiten Rücksicht zu nehmen. Wenn es ihm schlecht ging, hatte sie dafür vollstes Verständnis. Aber sie würde nicht zulassen, dass er sich – aus welchen Gründen auch immer – immer weiter von ihr entfernte. Und sie hatte nicht vor, seinen trüben Gedanken neue Nahrung zu geben, indem sie sich mit Gareth allein in einer gemütlichen kleinen Kneipe traf.

Daniel legte ohne Murren den Weg zu Elric's Pub zurück. Doch als Erin das leicht bläuliche Licht durch die Kragenöffnung seines Hemdes schimmern sah, regte sich ihr schlechtes Gewissen. Anscheinend griff er schon wieder auf magische Unterstützung zurück. Aber auch das erforderte Kraft, wie Erin sehr wohl wusste. Lange würde er das nicht mehr durchhalten können.

Als sie den Pub betraten, wehte ihnen sofort appetitlicher Essensduft entgegen. Erin sah auf ihre Armbanduhr. Sie hatten zwar gerade erst gefrühstückt, doch der Tag neigte sich schon dem Mittag zu und einige der Tische waren bereits besetzt. Sie schaute sich suchend um und sah Gareth ihnen von einem Tisch in einer kleinen Fensternische zuwinken. Vor sich hatte er einen Laptop stehen. Erin schmunzelte. Irgendwie überraschte es sie, ihn hier mit einem Computer anstatt mit einer Laute zu sehen. Hochmoderne Technik passte in ihrer Vorstellung einfach nicht zu ihm.

Gareth maß Daniel mit einem erstaunten Blick. Erin spürte, dass er nicht mit seiner Anwesenheit gerechnet hatte, und nahm provokativ Daniels Hand. Ein spöttisches Lächeln kräuselte leicht Gareths Lippen, doch er sagte nichts. Stattdessen rückte er ein wenig zur Seite, damit die Neuankömmlinge sich neben ihn setzen konnten, und stellte seinen Laptop in die Mitte.

Auf dem Bildschirm war der vergilbte Ausschnitt eines Zeitungsberichts zu sehen. Auf dem dazugehörigen Foto konnte sie mit einiger Mühe mehrere große Steine erkennen, die eine Art Höhle bildeten. So ähnlich wie Stonehenge, nur ohne den Steinkreis drumherum. Die Schlagzeile lautete: »Tourist tot aufgefunden. Heilige Stätte entweiht?«

Neugierig überflog Erin den Inhalt. »Gestern Mittag wurde ein Tourist tot an einem prähistorischen Dolmengrab aufgefunden, das noch heute im Mittelpunkt des lokalen Druidenkults steht. Was der 45-jährige Erik B. dort gesucht hat und woran er gestorben ist, ist bislang nicht geklärt. Spuren äußerlicher Gewalteinwirkung konnten nicht nachgewiesen werden.« Es folgte eine Reihe wilder Spekulationen über Ritualmorde und die absonderlichen Praktiken der Druiden.

Erin blickte begeistert auf und drückte fest Daniels Hand. »Erik B. Das muss er sein!« Sie wandte sich Gareth zu und strahlte ihn an. »Danke, du bist der Beste!«

»Ich weiß.« Der junge Waliser grinste.

»Hat man denn herausgefunden, woran er gestorben ist?«, fragte Daniel unvermittelt.

»Soweit ich feststellen konnte, sind die Behörden von einem Herzinfarkt ausgegangen. Es gibt ein paar Tage später noch eine kurze Meldung, dass der an Herzversagen verstorbene Erik B. auf dem Friedhof bei der St. Mary's Chapel beigesetzt werde. Anscheinend war die Story doch nicht so aufregend, wie man zuerst gedacht hatte.«

»Woran er wohl wirklich gestorben sein mag?«, sinnierte Erin.

»Keine Ahnung, vielleicht war es ja tatsächlich das Herz. Aber was mich viel mehr interessiert, ist, wie er dorthin gelangt war und was er dort gewollt hatte«, sagte Gareth stirnrunzelnd.

»Wieso? Vielleicht wollte er sich ja bloß das Dolmengrab ansehen.«

»Das glaube ich nicht.« Unschlüssig kaute Gareth auf seiner Unterlippe, als wäre er sich nicht sicher, was er preisgeben sollte. »Ich habe dir doch von meinem Großvater erzählt«, sagte er schließlich.

»Dem Druiden.« Erin nickte.

»Dieses Dolmengrab, an dem dein Urgroßvater gefunden wurde, ist tatsächlich eine heilige Stätte der Druiden. Ein Ort, an dem sie die Elemente beschwören können. Ein magischer Ort.« Unsicher sah er Erin und Daniel an, als befürchtete er, dass sie ihn auslachen würden. Doch die beiden schauten ihn bloß gespannt an. »Weil der Ort so mächtig ist, haben die Alten Druiden ihn geschützt. Niemand, der nicht von einem Eingeweihten geführt wird, kann diese Stätte finden.«

»Du meinst, ein Druide muss ihn dorthin gebracht und ihn dann getötet haben?«, fragte Daniel finster.

»Nein!«, entfuhr es Gareth erschrocken. »Kein Druide würde einem anderen Menschen das Leben nehmen. Es ist deren heiligstes Gesetz.«

»Es sei denn, die Versuchung wäre zu groß«, setzte Daniel bitter hinzu.

Erin warf ihm einen warnenden Blick zu.

»Was meinst du damit?«, fragte Gareth aufgebracht. »Welche Versuchung?«

»Mein Urgroßvater, er hatte ein Schmuckstück dabei. Ein uraltes Familienerbstück«, erklärte Erin vorsichtig.

»Und ihr glaubt, dass ein Druide ihn stundenlang durch die Wildnis geschleppt hat, nur um ihn an einem heiligen Ort zu töten und das Ding an sich zu nehmen? Und wozu? Um sich zu bereichern? Das ist doch absurd!« Verärgert klappte Gareth seinen Laptop zu und wollte schon aufspringen, als Erin ihn besänftigend zurückhielt.

»Natürlich nicht«, sagte sie bittend. »Wir haben

nur spekuliert, das ist alles. Schließlich wissen wir alle nicht, was passiert ist. Vielleicht finden wir etwas heraus, wenn wir uns den Ort persönlich ansehen«, setzte sie nachdenklich hinzu.

Ungläubig starrte Gareth sie an. »Hast du mir vorhin nicht zugehört? Es ist eine heilige Druidenstätte, ein Ort großer Macht. Uneingeweihten ist der Zutritt dahin verwehrt.«

»Nicht allen«, widersprach Daniel. »Erik Buchman *war* dort.«

»Wieso interessiert es euch so sehr?«, fragte Gareth plötzlich. »Erin wollte die Spur ihres Urgroßvaters finden, das verstehe ich. Ihr habt sein Grab gefunden, jetzt wisst ihr auch, wo er gestorben ist. Das muss doch reichen, um deine Oma zufriedenzustellen, oder?« Er sah Erin zweifelnd an.

»Es geht um das Familienerbstück«, gab sie leise zu. »Wir müssen es finden.«

Die Dringlichkeit in ihrer Stimme überraschte ihn und ihr flehender Blick verfehlte auch nicht seine Wirkung. »Also gut«, sagte Gareth schließlich. »Ich werde mit meinem Großvater sprechen und sehen, was sich machen lässt.«

»Danke.« Erin legte ihm ihre Hand auf die Schulter. »Du weißt nicht, was es für uns bedeutet.«

»Vielleicht verrätst du es mir ja irgendwann«, erwiderte Gareth mit einem resignierten Lächeln. Und Erin spürte, wie sich in seinem Inneren Neugier und Misstrauen mischten.

»Meinst du, er hat uns geglaubt?«, fragte Daniel leise, als sie den Pub wieder verließen.

»Schwer zu sagen.« Erin schnaubte freudlos. »Er vertraut darauf, dass wir nichts Böses wollen, und er will uns helfen. Aber er glaubt nicht mehr, dass unsere Geschichte stimmt.«

»Solange er seinen Großvater überzeugt, uns zu helfen, soll es mir recht sein.«

Erin sagte nichts. Es behagte ihr nicht, Gareth immer weiter anzulügen. Aber Daniel hatte recht. Alles, was zählte, war, dass sie das Amulett rechtzeitig fanden. Und dass sie Gareth nicht in Gefahr brachten, indem sie ihn zu tief in die Geschichte mit hineinzogen.

Sie erreichten Grace's B&B und stiegen die Treppe zu ihrem Zimmer hinauf. Erin bemerkte, dass Daniels Schritte immer schwerfälliger geworden waren, und ging unauffällig hinter ihm, um ihn bei Bedarf stützen zu können.

Daniel zog den Türschlüssel aus der Tasche, als sie aus dem Zimmer plötzlich ein Geräusch hörten. »Grace?«, rief Daniel und drehte versuchsweise den Türknauf. Die Tür war nicht abgeschlossen. Es polterte laut, dann kehrte Stille ein. Vorsichtig stieß er die Tür auf und schaute ins Zimmer.

»Oh mein Gott!«, rief Erin erschrocken, als sie an ihrem Freund vorbei auf das Chaos in ihrem Zimmer linste. Der Inhalt ihrer Reisetaschen lag überall auf dem Boden verstreut und Daniel trat auf ihre saubere Wäsche, als er zum offenen Fenster stürmte. Erin rannte ihm hinterher und konnte gerade noch eine bullige Männergestalt hinkend über die Straße rennen sehen. Erschrocken drehte sie sich zu Daniel um.

»Sie haben uns gefunden«, sprach er das aus, was auch ihr durch den Kopf ging.

»Aber was hat der Mann hier gesucht?« Verloren sah Erin sich in dem verwüsteten Zimmer um. Ihr Blick fiel auf ihren Rucksack, der offen auf dem Boden lag. Langsam ging sie hinüber und durchsuchte die Seitentaschen. »Eriks Taschenuhr und der Ring sind weg«, bemerkte sie tonlos. »Sie müssen uns also schon länger verfolgt haben. Sie haben gesehen, was wir dort gefunden haben, und dachten, dass es sich vielleicht um einen Hinweis auf das Amulett handelt.« Erin schauderte und schlang ihre beiden Arme um sich. »Sie haben uns die ganze Zeit beobachtet«, fügte sie unglücklich hinzu. Sie hätte es wissen sollen. Spätestens seit Gareth und sie den Wagen gesehen hatten, aber sie hatte es verdrängt. Sie hatte sich hier so sicher gefühlt. Hatte sich einfach sicher fühlen wollen. »Und was machen wir jetzt?«

Daniel ging zur Tür und schloss sie ab, dann trat er zu Erin und nahm sie tröstend in die Arme. »Wir machen weiter wie bisher. Was Anderes können wir ohnehin nicht machen. Wir werden uns einfach etwas mehr vorsehen müssen. Ich glaube nicht, dass uns im Augenblick Gefahr von den *Suchenden* droht. Wenn sie uns etwas hätten antun wollen, hätten sie es schon längst getan.«

»Du hast recht.« Erin schmiegte sich noch einmal kurz in seine Arme und genoss das Gefühl, sie endlich wieder um sich zu spüren. Dann löste sie sich sanft von ihm. »Du solltest dich ein wenig ausruhen und ich räume dieses Chaos hier auf.«

»Meinst du, du könntest in der Küche noch einen Kaffee für mich besorgen?«

Erin sah ihn nachdenklich an und schüttelte schließlich den Kopf. »Du solltest lieber ein wenig schlafen. Das tut dir bestimmt besser als eine weitere Dosis Koffein.«

Es dauerte eine ganze Weile, bis Erin die Spuren des Einbruchs beseitigt hatte. Doch selbst als alles wieder auf seinem Platz lag und Daniel friedlich vor sich hin döste, konnte sie nicht zur Ruhe kommen. Der Schock saß einfach zu tief. Rastlos blickte sie sich in dem kleinen Zimmer um und wusste einfach nichts mit sich anzufangen. Sie hasste es zu warten. Hatte es schon immer gehasst. Doch untätig herumzusitzen, während ihre Feinde womöglich schon den nächsten Anschlag ausheckten und Daniels Lebensuhr wieder lauter zu ticken anfing, war beinahe mehr, als sie ertragen konnte. Sie setzte sich auf das Bett und zog ihre Knie zur Stirn. Sie war so unglaublich müde und verängstigt. Als die ersten Tränen des Selbstmitleids aus ihren Augen quollen, spürte sie plötzlich eine angenehme Wärme auf ihrer Brust. Und als sie ihren Kopf senkte, um ihr Amulett anzusehen, sah sie den leichten rötlichen Schimmer ihr entgegenleuchten. Sie legte ihre Finger auf den Anhänger und drückte ihn fest in ihrer Hand. »Danke«, flüsterte sie seltsam getröstet. Ohne das Amulett loszulassen, ließ sie sich seitwärts auf das Bett fallen und schloss die Augen. Sie konzentrierte sich mit aller Macht auf die kleinen leuchtenden Rubine in ihrer Hand und ließ sich von ihrer sanften Kraft durchdringen. Erin spürte, wie sie allmählich tatsächlich zur Ruhe kam, und schlief schließlich ein.

Ein Klingeln riss sie aus ihren Träumen und sie brauchte einige Augenblicke, um zu begreifen, dass es ihr Handy war. Draußen wurde es bereits dunkel. Wie lange hatte sie eigentlich geschlafen? Hektisch tastete sie nach dem Telefon und riss es sich schließlich ans Ohr. »Ja, hallo?«

»Bist du das, Erin?« Gareths Stimme klang so kühl und abweisend, dass sie sofort hellwach war.

»Gareth? Was ist los? Hast du mit deinem Großvater gesprochen?«

»Ja. Es wird nicht gehen.« Er zögerte. »Ich habe auch nur angerufen, damit du nicht unnötig wartest. Mach's gut.«

»Warte!«, schrie Erin überrascht in den Hörer hinein. »Was ist passiert?«

»Willst du es wirklich wissen?«, fragte er bitter.

»Ja, natürlich«, erwiderte sie verständnislos.

»Mein Großvater hat mir die Augen über dich geöffnet, das ist passiert.«

»Wie denn das? Was hat er gesagt?«

»Nur, dass du mich von Anfang an belogen hast. Als ob ich das nicht selbst gespürt hätte. Aber ich wollte es ja nicht wahrhaben.«

»Und woher will er das wissen?«

»Du versuchst nicht einmal, es zu leugnen? Auch gut. Er sagte mir, dass der Mann, den du suchst, niemals dein Urgroßvater sein könnte, weil er keine Kinder gehabt hatte.«

»Woher weiß er das? Hat er sonst noch etwas gesagt?« Erins Gedanken rasten aufgeregt. Wie alt mochte Gareths Großvater sein? Hatte er Erik Buchman womöglich persönlich getroffen? »Ich muss mit deinem Großvater sprechen!«

»Was? Hast du nicht gehört, was ich dir eben gesagt habe? Du hast mich von Anfang an nur belogen und benutzt, wer weiß, wofür. Und nun soll ich dir schon wieder helfen? Obwohl du nicht einmal den Anstand besitzt, dich dafür zu entschuldigen?« Offensichtlich redete er sich immer mehr in Rage.

»Gareth, bitte.«

»Nein. Es reicht.«

»Aber es geht um Leben und Tod!«, rief sie verzweifelt. »Im wörtlichen Sinne.«

»Ja, sicher«, brummte er, doch immerhin legte er nicht auf.

»Ich habe dir nicht die Wahrheit gesagt, ja. Aber ich hatte gute Gründe dafür.«

»Ich bin gespannt.«

Erin warf einen hilflosen Blick zu Daniel herüber, der ebenfalls durch das Klingeln aufgeweckt worden war und nun das Gespräch stirnrunzelnd verfolgte. Sie hielt ihre Hand über das kleine Mikrofon. »Was soll ich ihm sagen?«, flüsterte sie. Statt einer Antwort streckte er die Hand nach dem Handy aus. Widerstrebend reichte Erin es ihm.

»Gareth, hier ist Daniel. Es ist alles meine Schuld, nicht Erins. Sie wollte mir nur helfen. Ich hatte sie gebeten, dir nichts zu verraten.«

Erin hielt ihr Ohr an die Rückseite des Handys, damit ihr Gareths Antwort nicht entging. »Ich habe eure Spielchen satt. Es ist mir egal, wer von euch was gewollt hat.«

»Wenn sie dir irgendetwas bedeutet, dann lass sie es dir bitte erklären«, sagte Daniel leise und Erin warf ihm einen überraschten Blick zu. Was sollte das denn schon wieder?

»Was meinst du damit?«, fragte Gareth vorsichtig nach.

»Genau das, was ich gesagt habe.«

»Okay. Ich verstehe wirklich nicht, was hier gerade abgeht, bin aber auf die Erklärung gespannt.«

»Kannst du Erin hier abholen?«

»Ja. Bin gleich da.«

»Gut, bis dann.« Daniel legte auf.

»Was sollte das eben?«, erkundigte Erin sich irritiert.

»Ich dachte, es wäre besser, wenn du es ihm allein erklärst.«

»Und was genau soll ich ihm sagen?«

»Was du für erforderlich hältst. Wenn ihn jemand überzeugen kann, dann du.«

»Ich kann ihm nicht die Wahrheit erzählen, das wäre zu gefährlich für ihn.«

»Vielleicht kannst du ihm ja einen Teil erzählen. Nur so viel, wie er wissen muss. Wenn er uns dann hilft – gut. Wenn nicht – kann ich es auch verstehen.«

Erin sah ihren Freund an, als hätte er den Verstand verloren. »Er wird uns helfen. Ich werde nicht locker lassen, bis er das tut. Und wenn er sich doch weigert, frage ich Elric oder Grace oder sonst jemanden, wo sein Großvater wohnt, und statte ihm selbst einen Besuch ab. Ich werde vor seinem Fenster campieren, wenn es sein muss. Irgendwann wird er wohl oder übel mit mir sprechen müssen.«

Daniel gluckste und schüttelte amüsiert den Kopf. »Dir möchte ich nie in die Quere kommen.«

»Das will ich dir auch geraten haben.«

In diesem Augenblick hörte sie das Röhren von Gareths Motorrad und sah kurz aus dem Fenster, um ganz sicher zu gehen. »Er ist da!«, rief sie Daniel zu und schnappte sich ihre Jacke. »Verlier mich nicht«, fügte sie hinzu und streifte, einem Impuls folgend, seine Lippen kurz mit den ihren. Die Berührung jagte einen Stromschlag durch ihren Körper und sie sah in Daniels überrascht aufgerissene Augen. Erin fuhr sich verlegen an die Lippen und wandte sich schnell ab. Wann war es für sie nicht mehr selbstverständlich geworden, ihn einfach küssen zu können?

Gareth wartete auf seinem Motorrad auf sie. Er hatte es nicht einmal für nötig befunden, den Motor abzustellen. Kommentarlos warf er Erin den Ersatzhelm zu und wartete kaum ab, bis sie sich gesetzt hatte, als er auch schon die Maschine laut aufheulen ließ und davonbrauste.

»Wohin fahren wir?«, schrie sie ihm zu, doch anscheinend kam sie nicht gegen den Fahrtlärm an, denn Gareth zuckte nicht einmal. Erin klopfte ihm sacht auf die Schulter, um seine Aufmerksamkeit auf sich zu lenken. »Wohin fahren wir?«, versuchte sie es daraufhin noch einmal.

»Zu meinem Großvater«, kam Gareths Antwort dumpf zu ihr durch und Erins Herz fing an, wie wild zu klopfen. Einerseits hatte sie genau das gewollt, aber gleichzeitig spürte sie, dass sie ihn wohl nicht so leicht würde täuschen können. Wie viel Wahrheit durfte sie ihnen erzählen, ohne sie alle in Gefahr zu bringen?

Inzwischen raste Gareth eine gewundene Landstraße entlang und Erin war froh, dass nicht sie es war, die fahren musste. Es war bereits ziemlich dunkel, nur ein einziger heller Streifen war noch am Horizont erkennbar. Und so schnell, wie Gareth fuhr, hoffte sie bloß, dass das Scheinwerferlicht des Motorrads ausreichte, um die Kurven rechtzeitig zu erkennen. Er fuhr gerade einen Hügel hinauf und aus dem Augenwinkel sah Erin plötzlich einen Lichtkegel irgendwo hinter sich. Sie wandte den Kopf und sah tatsächlich einen Jeep, der ihnen in einiger Entfernung folgte. Nackte Angst machte sich in ihrem Inneren breit und sie schalt sich für ihre Paranoia. Es war bestimmt nicht gesund, hinter jedem Auto, das zufällig in die gleiche Richtung fuhr, gleich eine Gefahr zu vermuten. Doch das ungute Gefühl ließ sich einfach nicht abschütteln.

Sorgfältig verstärkte Erin ihren Griff um Gareths Mitte, damit sie nicht zufällig vom Motorrad stürzte, und sandte ihren Geist nach dem Fahrer des Wagens aus.

Nichts. Zitternd atmete Erin aus, schloss die Augen und versuchte es noch einmal. Sie hatte sich nicht geirrt, irgendetwas schirmte den Fahrer ab. Und das konnte nur eins bedeuten.

»Wir werden verfolgt!«, schrie sie Gareth panisch ins Ohr.

»Was?« Überrascht drehte er sich zu ihr um und das Motorrad scherte leicht aus.

»Pass auf!«, kreischte Erin.

Er wurde langsamer. »Was ist los?«

»Das Auto, es verfolgt uns.«

»Bist du sicher?«

»Ja.«

»Dann halt dich mal gut fest.« Erin rechnete es Gareth hoch an, dass er sie nicht nach den Gründen fragte. Stattdessen drosselte er das Tempo noch ein wenig und schien nach etwas Ausschau zu halten. »Jetzt!«, rief er ihr zu und riss das Motorrad scharf nach links, weg von der Straße.

Erin schloss die Augen und klammerte sich in Todesangst an ihn.

»Das wollte ich schon immer mal machen!«, lachte Gareth begeistert, während er einen schmalen Pfad zwischen zwei eingezäunten Wiesen entlangjagte. Hierher konnte der Jeep ihnen unmöglich folgen. Erin verrenkte sich fast den Hals, um zu sehen, was nun hinter ihnen geschah. Der Jeep stand quer vor der Einmündung des Feldwegs, die Fahrertür war aufgerissen und der Fahrer trat wütend gegen einen der Holzpfosten des Zauns. Dann holte er etwas aus seiner Jackentasche und fing an, konzentriert darauf herumzutippen. Vermutlich versuchte er herauszufinden, wohin der Feldweg führte, dachte sie schaudernd.

Sobald sie außer Sichtweite des Fahrzeugs waren, hielt Gareth plötzlich an. Er zog sich den Helm vom Kopf und sah Erin prüfend an. »In was für Dinge bist du eigentlich verwickelt?«

Unsicher zuckte sie mit den Schultern. »Je weniger du darüber weißt, desto besser. Aber es ist nicht illegal oder so«, beeilte sie sich hinzuzufügen. »Wirklich nicht.«

»Nun gut, und was ist es dann?«

Erin zögerte. »Weißt du noch, das Erbstück, von dem ich dir erzählt habe?«

»Du meinst das Ding, das deinem Nicht-Urgroßvater gehört?«

Sie nickte. »Sagen wir mal, wir sind nicht die Einzigen, die es haben wollen.«

»Und dieser Kerl vorhin war einer von den Anderen?«

»Ja. Und glaub mir, sie würden vor nichts zurückschrecken.«

»Woher wusstest du, dass er uns verfolgt? Mir war der Wagen nicht besonders aufgefallen.«

»Ich hatte so eine Ahnung.«

»Aha. Ist das derselbe Typ, der dich auch in Newport verfolgt hat? Dessen Auto wir gesehen haben?«

»Vermutlich.«

»Und woher weiß er so genau, was du tust? Ich habe den Wagen bei uns im Ort nicht gesehen. Wie konnte er so schnell hinter uns sein?«

»Keine Ahnung«, gab Erin überrascht zu.

»Steig mal ab«, forderte Gareth sie plötzlich auf. Dann schaute er sie sich genau an. »Du hast keine Handtasche, oder?«

»Nein.« Verständnislos sah sie ihn an.

»Ist das die gleiche Jacke, die du in der Stadt dabei hattest?«

»Ja. Ich habe nur diese mit.«

»Zieh sie aus.«

»Was?«

Gareth rollte genervt die Augen. »Keine Angst. Ich will deiner Tugend nicht zu nahe treten. Hast du etwa noch nie einen James-Bond-Film oder eine moderne Krimiserie gesehen? Vielleicht bist du verwanzt worden.«

Überrascht zog Erin ihre Jacke aus und reichte sie ihm. »Du solltest auch deine Hosentaschen kontrollieren«, riet er ihr, während er selbst die Jacke in Augenschein nahm. »Da haben wir es ja«, sagte er plötzlich und zog ein rundes Ding von der Größe einer kleinen Knopfzelle aus ihrer Innentasche. Vorsichtig streckte Erin ihre Hand danach aus und schämte sich plötzlich zutiefst. Wie hatte sie nach allem, was sie erlebt hatte, noch so naiv sein können? Wieso war sie nicht selbst darauf gekommen, ihre Sachen zu durchsuchen? Warum musste es wieder Gareth sein, der sie rettete?

Sanft nahm Gareth ihr den Peilsender aus der Hand und warf ihn auf den Boden. »Okay, ich muss zugeben, damit habe ich nicht gerechnet, als ich dich kennenlernte.«

»Wird dir die Sache zu heiß?«

»Ein wenig. Aber ich bin sehr gespannt, womit sie endet. Vielleicht wird ja doch noch eine brauchbare Ballade daraus. Und jetzt steig auf. Es fängt an zu regnen und wir haben noch ein Stückchen Fahrt vor uns.«

Es goss bereits in Strömen, als Gareths Motorrad endlich zum Stehen kam. Vor sich konnte Erin die leuchtenden Rechtecke zweier Fenster ausmachen und sie nahm an, dass sie am Ziel waren.

Gareth sprang schnell von der Maschine und zog Erin mit sich zur Tür. »Komm!«

Sie drängten sich dicht aneinander unter das kleine Vordach, während er mit der Faust laut gegen die Tür pochte. Gerade, als er noch einmal ausholte, ging die Tür auf und eine alte Frau erschien auf der Schwelle. »Gareth?«, entfuhr es ihr überrascht. »Mit dir haben wir ja gar nicht gerechnet.« Ihr Blick fiel auf Erin und ihre Augen weiteten sich erstaunt. »Kommt schnell rein.«

Gareth schob Erin, die noch zögerte, energisch in den Flur und zog die Tür hinter sich zu. »Hi, Grandma«, sagte er gutgelaunt. »Das ist Erin.«

Die alte Dame lächelte und Erin schaute sie sich verwundert an. Sie hatte immer nur an Gareths geheimnisvollen Großvater gedacht, nie daran, dass er

auch eine Großmutter haben würde, die so … so groß-
mütterlich aussah. Sie hatte kurze graumelierte Haare,
die in einer sehr gepflegten Dauerwelle ordentlich um
ihren Kopf lagen, eine etwas rundliche Gestalt und ein
sehr fürsorgliches, freundliches Gesicht.

»Ihr seid ja ganz nass!«, entfuhr es ihr jetzt, als sie
die kleinen Pfützen bemerkte, die sich auf dem Boden
bildeten. »Gareth, oben liegen noch ein paar Sachen
von dir, da kannst du dich umziehen. Und du, meine
Liebe, kommst am besten mit mir«, sagte sie und
nahm Erins Hand.

Erin folgte ihr widerstandslos, während sie ungläubig das Haus musterte. Das sollte die Wohnung eines
echten Druiden sein?, fragte sie sich, während sie die
Blümchentapete an den Wänden und die vielen Fami-
lienfotos betrachtete. Ihr Herz sank. Sie war wohl Gareths Folklore gründlich auf den Leim gegangen. Seine Oma führte sie in ein kleines Badezimmer und
reichte ihr ein Handtuch und einen Morgenmantel.
»Ich fürchte, er wird dir ein wenig zu kurz sein. Ich
habe aber leider nichts in deiner Größe. Wenn du fertig bist, gib mir einfach die nassen Sachen, ich hänge
sie vor den Ofen und in null Komma nix kannst du sie
wieder anziehen.«

»Danke«, murmelte Erin und die alte Frau ließ sie
allein, damit sie sich in Ruhe umziehen konnte. Der
Bademantel war wirklich etwas zu kurz. Aber das
machte Erin nichts aus. Er war flauschig warm und
duftete angenehm nach Rosen. Gerade, als sie überlegte, ob sie ihre feuchten Socken wieder anziehen

sollte, klopfte es leise. »Ich habe hier ein paar warme Socken für dich. Ich lege sie dir einfach vor die Tür.«

»Danke, das ist sehr lieb von Ihnen«, sagte Erin und lächelte über die fürsorgliche Art der alten Frau. Dann öffnete sie die Tür und trat hinaus. Gareths Oma nahm ihr die nassen Sachen ab und führte sie in die Küche, in der Gareth und ein anderer Mann bereits auf sie warteten.

»Du hast sie tatsächlich hergebracht?«, fragte der Mann gerade missbilligend, verstummte aber, als er Erin bemerkte. Er fixierte sie mit einem durchdringenden Blick und seine Augen verengten sich. Trotzig starrte Erin zurück. Wenn sie so ungeniert gemustert wurde, durfte sie das wohl auch erwidern. Der Mann vor ihr war eindeutig alt, aber es war schwer zu sagen, wie alt genau. Er hatte ein braunes, wettergegerbtes Gesicht, ein kantiges, glatt rasiertes Kinn und intelligente, stahlgraue Augen. Außerdem trug er eine ausgebeulte Cordhose, ein grobes Baumwollhemd mit hochgekrempelten Ärmeln und eine braune Lederweste. Er sah nicht im Entferntesten so aus, wie sie sich einen Druiden vorgestellt hatte.

»Grandpa, das ist Erin«, stellte Gareth sie vor.

»So so. Du bist also das Mädchen, das meinen Enkel in den letzten Tagen so auf Trapp gehalten hat?« Sein Gesicht entspannte sich und kleine Lachfalten erschienen um seine Augen. »Nun, wo ich dich sehe, kann ich verstehen, wieso er dir nichts abschlagen konnte.«

Erin errötete und zog die Öffnung des Bademantels

enger um ihren Hals. »Sind Sie ein echter Druide?«, entfuhr es ihr, bevor sie sich zurückhalten konnte.

Der Mann glückste leise. »Ich muss schon sagen, du kommst sofort auf den Punkt.« Er verneigte sich leicht. »Der amtierende Druide des Bezirks, zu Ihren Diensten. Stets anzutreffen bei den lokalen Festlichkeiten sowie den traditionellen Versammlungen zur Winter- und Sommersonnenwende.«

Irritiert starrte Erin ihn an. Machte er sich etwa gerade über sie lustig? Nun, das würde sie gleich herausfinden. Verärgert sandte sie ihren Geist nach dem seinen aus und sog erschrocken die Luft ein. Da war etwas. Etwas Mächtiges, Weises und unglaublich Altes. Doch bevor sie noch tiefer vordringen konnte, wurde ihr Geist energisch zurückgeschleudert. Benommen schüttelte sie den Kopf. »Was war das?«

»Was hast du denn gespürt?« Misstrauisch sah der Mann sie an.

»Eine Kraft«, stammelte Erin. »Eine große, alte Kraft.« Ihre Augen weiteten sich, als es ihr dämmerte. »Sie sind kein gewöhnlicher Mensch.«

»Du offensichtlich auch nicht.« Er trat neugierig näher und sah ihr forschend in die Augen. »Ich spüre etwas bei dir. Etwas Ähnliches habe ich vor langer Zeit schon einmal gespürt.«

Erins Herz fing plötzlich an, wie wild zu hämmern. Vor Aufregung und vor Angst. Ihr Mund war auf einmal ganz trocken und sie schluckte. »Wann?«, fragte sie atemlos.

»Vor langer, langer Zeit. Ich war damals nur ein

Knabe, doch ich habe dieses Gefühl nie vergessen. Damals war ein Mann zu uns gekommen, der unsere Hilfe erflehte. Und nun kommst du und fragst nach ihm. Und du hast dieselbe Aura der Macht um dich. Was hat das bloß zu bedeuten?« Erwartungsvoll sah er sie an.

»Macht? Erin?«, warf Gareth verständnislos ein und sein Blick ging zwischen ihr und seinem Großvater hin und her.

»Das Mädchen ist mehr, als es scheint«, erwiderte der Druide. »Und vielleicht ist es gar nicht verkehrt, dass du sie entgegen meines Wunsches hierhergebracht hast. Vielleicht werde ich endlich die Antworten auf einige Fragen bekommen, die mich seit über sieben Jahrzehnten beschäftigen.«

Erin sah dem alten Mann fest in die Augen. »Wenn Sie es wünschen, werde ich Ihnen alles erzählen, was Sie wissen wollen. Doch dieses Wissen ist gefährlich, sehr sogar. Es gibt Männer, die alles dafür tun würden, die Macht, die Sie gespürt haben, zu bekommen. Einer von ihnen hat gestern unser Hotelzimmer verwüstet und uns heute auf dem Weg hierher verfolgt. Sie müssen selbst wissen, ob Sie dieses Risiko eingehen wollen, aber Gareth möchte ich da lieber raushalten.«

»Was?«, entfuhr es diesem empört. »Kommt gar nicht in Frage! Außerdem wissen diese Leute doch längst, dass ich dir geholfen habe. Spätestens seit heute Abend zähle ich bestimmt nicht mehr zu ihren Freunden!«

Der Druide sah seinen Enkel streng an, bis dieser verstummte. »Gareth ist alt genug, seine eigenen Entscheidungen zu treffen«, sagte er schließlich. »Wenn er bleiben will, wird er bleiben.«

»Und ob ich das will!«

Erin seufzte resigniert. »Werden Sie mir meine Fragen beantworten, wenn ich die Ihren beantworte?«

Der alte Mann überlegte. »Einverstanden«, versprach er dann und setzte sich an den Tisch.

»Macht es Ihnen was aus, wenn ich kurz meinen Freund anrufe, damit er sich keine Sorgen macht? Ich nehme an, das hier wird etwas länger dauern«, fügte sie mit einem kleinen Lächeln hinzu.

»Nur zu.«

Erin holte ihr Handy aus ihrer Jacke, die Gareths Oma auf den warmen Kachelofen gehängt hatte, und schlüpfte in den Flur. Nachdem sie aufgelegt hatte, schrieb sie noch pflichtschuldig ihre Standard-SMS an ihre Eltern. *Uns geht es gut, wir genießen den Urlaub. LG Erin.*

Dann zögerte sie plötzlich. Sie wusste, dass es sich eigentlich nicht gehörte, aber ihre Neugier gewann die Oberhand. Erin nahm ihr Amulett in die linke Hand und schloss die Augen. Dann versuchte sie erneut, in den Geist von Gareths Opa vorzudringen. Und prallte vor eine Wand. Es war ganz eigenartig. Sie konnte seinen Geist spüren, aber es war, als hätte jemand eine Mauer darum gezogen, die sie ausschloss. Eine unnachgiebige, gummiartige Mauer, die sie mit der gleichen Wucht zurückschleuderte, mit der sie einzudringen versuchte. Schließlich gab sie es auf und trat zu den Männern in die Küche zurück.

Der alte Mann warf ihr einen tadelnden Blick zu und schüttelte leicht den Kopf. »Na, alles erledigt?«

Da er nicht wirklich böse zu sein schien, wagte Erin es, ihn einfach zu fragen. »Wie machen Sie das?«

Er zuckte mit den Schultern. »Mentale Kontrolle und Konzentration. Die Frage ist eher, wie du das machst.«

»Was denn?« Verständnislos sah Gareth sie an.

»Erin hat einige bemerkenswerte Fähigkeiten.«

»Eigentlich nur eine«, schränkte sie bescheiden ein. »Ich kann die Gefühle anderer Menschen wahrnehmen.«

»Das erklärt einiges«, brummte Gareth. »Alle Gefühle?«, fügte er verlegen hinzu.

»Ja, aber nur, wenn ich mich darauf konzentriere«, beruhigte sie ihn schnell. »Ich bin doch keine Spannerin oder so.«

»Gut, da das nun geklärt ist, sollten wir uns vielleicht dem eigentlichen Thema zuwenden. Gareth hat mir erzählt, dass du dich für Erik Buchman interessierst, wieso?«

»Deswegen«, sagte Erin und holte ihren Anhänger hervor. Sie hoffte sehr, dass sie keinen Fehler damit beging. Doch sie sagte sich, dass die Aussicht auf die Macht ihres Amuletts für jemanden, der sie ohne die geringste Anstrengung abwehren konnte, keine besondere Verlockung darstellte.

»Interessant.« Neugierig beugte sich der Druide vor und streckte seine Hand danach aus. »Darf ich?«

Erin nickte nervös und er strich mit seinen Fingern sachte über die blutroten Steine, die bei der Berührung schwach zu leuchten begannen. »Bemerkenswert«, flüsterte der alte Mann fasziniert.

»Was ist das?«, fragte Gareth misstrauisch.

»Etwas sehr Altes. Und sehr Mächtiges.«

»Eins der fünf Amulette der Macht«, fügte Erin hinzu.

»Eins von fünf?« Schockiert wich der alte Mann zurück. »Und wo sind die anderen?«

»Zwei sind in den Händen der Menschen, die uns verfolgen. Und eins soll Erik Buchman vor seinem Tod gehabt haben.«

»Darum geht es dir also?« Der Druide schaute sie an, als hätte er sie nie zuvor gesehen. Seine Augenbrauen schoben sich zusammen und der Blick wurde grimmig. Und obwohl sie es nicht sehen konnte, hätte Erin schwören können, dass sich draußen gerade die Wolken noch dichter zusammenzogen. Unter dem Blick des alten Mannes fühlte sie sich plötzlich klein und schutzlos. »Niemand sollte mehr als eins davon besitzen!«, donnerte er.

»Ich weiß«, stammelte Erin unglücklich. »Und ich will ihn ja auch nicht für mich.«

»Und wozu dann?«

»Das ist eine lange Geschichte«, erwiderte sie mit einem kleinen Lächeln.

»Wir haben Zeit.« Er erhob sich und stellte drei Tassen auf den Tisch. Dann goss er aus einer Kanne, die auf dem Ofen warmgehalten wurde, Tee ein.

»Was ist das?« Skeptisch schnüffelte Erin an dem heißen Getränk.

»Nur ein paar Kräuter, um den Geist wach und den Körper fit zu halten. Keine Angst, ich werde dich schon nicht in eine Kröte verwandeln. Hätte ich das vorgehabt, hätte ich dir keinen Tee gegeben.«

Erin blickte schnell zu Gareth und entspannte sich ein wenig, als sie sah, wie er schmunzelnd an seiner eigenen Tasse nippte. Derart ermutigt, nahm sie ebenfalls einen kleinen Schluck.

»Das Amulett, das Erik Buchman hatte, war ein ganz besonderes. Es heißt, es soll die Kraft des Lebens besitzen.«

»Die Kraft des Lebens?«, wiederholte Gareth interessiert.

»Oder auch der Heilung. Es soll Krankheiten heilen und das Leben verlängern können.«

Der junge Barde lehnte sich in seinem Stuhl zurück, als wäre ihm jetzt endlich etwas klar geworden. »Es geht um Daniel, nicht wahr?«

»Ja.« Erin nickte unglücklich. »Mein Freund ist sehr krank. Er wird sterben, wenn wir das Amulett nicht rechtzeitig finden.«

»Aber das ergibt keinen Sinn«, sagte Gareth plötzlich alarmiert. »Erik Buchman ist gestorben. Du hast sein Grab selbst gesehen. Er kann es also unmöglich gehabt haben.«

»Er hatte es bei sich«, unterbrach ihn sein Großvater, bevor Erin etwas erwidern konnte. »Zumindest bis kurz vor seinem Tod.«

»Sie haben es wirklich gesehen?« Hoffnungsvoll fasste Erin ihn am Arm.

»Nein.« Er schüttelte leicht den Kopf. »Aber ich habe es gespürt, so wie ich deins gespürt habe. Ich kann allerdings nicht sagen, ob es sich tatsächlich um das von dir gesuchte Amulett oder um ein anderes der fünf handelte.«

»Es kann nur das gewesen sein! Alle anderen waren zu diesem Zeitpunkt nachweisbar an anderen Orten. Bitte, sagen Sie mir, was Sie darüber wissen.«

»Also gut.« Er nahm einen großen Schluck aus seiner Tasse und atmete tief durch. »Ich war noch ein Knabe«, erinnerte er sich langsam. »Ja, das war das erste Jahr meiner Ausbildung gewesen. Da tauchte plötzlich dieser Mann mit seiner Frau im Dorf auf. Er erzählte, sie hätte einen schweren Unfall gehabt und ihr Gedächtnis dabei verloren. Er hoffte, dass sie es bei uns wiederfinden würde. Offensichtlich war die Gegend für beide mit besonderen Erinnerungen verknüpft und er hoffte, dass ihr dies helfen würde. Sie waren drei oder vier Wochen geblieben, waren durch die Hügel gewandert, hatten Stunden bei der alten St. Mary's Chapel verbracht. Und sie hatten sich immer häufiger gestritten. Ich hatte mit ihnen eigentlich nichts zu tun, aber die Leute redeten halt. Ganz egal, was der Mann machte, es schien der Frau nicht besser zu gehen. Bis ihm schließlich jemand empfohlen hatte, sich an uns zu wenden. Ich glaube, so verzweifelt, wie der Mann gewesen war, hätte er jeden heidnischen Zauber ausprobiert, der ihm ein Fünkchen Hoffnung versprach. Als er hilfesuchend zu uns kam, hatten mein Lehrmeister und ich gleich die Macht gespürt, die von ihm ausging. Und mein Meister wusste sofort, dass etwas an seiner Geschichte nicht stimmte. Doch es war nicht an ihm, über diesen Mann zu urteilen. Seine Verzweiflung war echt. Und so beschlossen wir, ihm zu helfen. Wir brachten die beiden zum Heiligen Ort und der Druide beschwor die Kraft der Elemente. Dann ließen wir den Mann und seine Frau dort, damit die uralte Magie ihre Wirkung entfalten konnte. Als ich am nächsten Tag kam, um die beiden zu holen, war die Frau fort und der Mann lag tot am Boden.«

»Und das Amulett?«

»Ich habe es nicht gesehen und auch seine Macht nicht länger gespürt.«

Fieberhaft suchte Erin nach irgendeinem neuen Anhaltspunkt. Nach etwas, das Licht ins Dunkel der Jahrzehnte bringen konnte.

»Du weißt, was die naheliegendste Erklärung ist, oder?«, fragte Gareth sie mitfühlend.

Erin schüttelte fest ihren Kopf. Sie wollte es nicht hören.

»Vermutlich hat die Frau das Amulett genommen«, sprach er es trotzdem aus.

»Aber das ergibt keinen Sinn! Wieso sollte sie ihren Mann dafür töten? Wenn er sie so sehr geliebt hat, hätte er es ihr vielleicht auch freiwillig gegeben. Und wie hätte sie ihn überhaupt töten sollen? Du hast doch selbst gesagt, es gab keine Spuren!«

»Der Mann war körperlich unversehrt gewesen. Was auch immer seinen Tod verursacht hat, es hatte keine natürliche Ursache«, warf der Druide plötzlich ein.

»Wie meinen Sie das?«

»Alles im Leben hat zwei Seiten. So war es immer gewesen und so wird es immer sein.«

Verständnislos sah Erin den Mann an. Sie konnte gerade wirklich keine Rätsel gebrauchen.

»Wenn das, was du sagst, wahr ist«, erklärte er langsam, »dann wohnt dem Amulett die Kraft des Lebens inne. Und die Kehrseite des Lebens ist …«

»Der Tod«, flüsterte Erin.

Der Druide nickte ernst. »Es ist gut möglich, dass es sowohl heilen als auch töten kann.«

Fassungslos hielt Erin sich die Hand vor den Mund. »Aber davon ist nichts überliefert«, murmelte sie.

»Nun, ich kann mich auch irren. Oder wer auch immer davon berichtet hat, hat es selbst nicht gewusst. Oft offenbart sich die wahre Natur einer Kraft erst, wenn man sie gut genug beherrscht. Und oftmals wissen selbst die Erschaffer nicht, welche Auswirkungen ihre Schöpfung haben kann.«

Müde massierte Erin ihre Stirn. Sie würde bestimmt noch eine Weile brauchen, um das Ganze zu verdauen. Doch etwas war da noch. Eine Frage am Rande ihres Bewusstseins, die ihr keine Ruhe ließ. Sie versuchte, sich darauf zu konzentrieren, sie in Worte zu fassen, denn sie spürte, dass es wichtig war. »Hatte der Zauber funktioniert?«, fragte sie schließlich.

»Nein.«

»Warum nicht?«

Er dachte lange nach. Und als er endlich sprach, hatte Erin schon fast nicht mehr mit einer Antwort gerechnet. »Die Welt liebt das Gleichgewicht«, sagte der Druide langsam. »Und alles im Leben hat seinen Preis.«

Verständnislos starrte Erin ihn an.

»Es war bestimmt kein gewöhnlicher Unfall gewesen, bei dem die Frau ihre Erinnerung verloren hatte. Da waren andere Kräfte am Werk.«

»Sie meinen, es war ein Preis?«, fragte Erin leise und ein ganz mieses Gefühl machte sich in ihr breit. »Der Preis wofür?«

»Ich weiß es nicht.« Bedauernd sah er sie an. »Was es auch war, es überstieg bei Weitem unsere Kräfte.«

Erin biss sich auf die Lippe. »Falls wir … Falls wir das Amulett nicht finden sollten, werden Sie Daniel helfen können?«

»Was für eine Krankheit ist es denn, die ihn quält?«

»Keine Krankheit«, murmelte Erin tonlos, denn sie wusste bereits, wie die Antwort des Druiden ausfallen würde. »Ein Preis.«

Bedauernd schüttelte der alte Mann den Kopf.

Erin rang sich ein tapferes Lächeln ab. »Dann werden wir das Amulett wohl finden müssen. Bitte«, sie sah den Druiden flehend an. »Bitte bringen Sie mich zu dieser Heiligen Stätte. Das ist der einzige Ort, an dem sich das Amulett befinden kann.«

Gareths Großvater runzelte nachdenklich die Stirn. »Ich weiß nicht, ob das klug wäre«, sagte er langsam. »Es kann großer Schaden daraus entstehen, wenn jemand so eine Macht in den Händen hält.«

Erschrocken schnappte Erin nach Luft. »Aber Daniel wird sterben, wenn ich es nicht finde. Sterben, verstehen Sie?«

»Vielleicht würde sein Tod viele verhindern.«

Erin fühlte sich, als hätte er ihr ins Gesicht geschlagen. »Sie würden ihn eher sterben lassen, als mir zu helfen?«, flüsterte sie fassungslos. »Dann wären Sie auch nicht besser als ein Mörder!«

Beschwichtigend hob der alte Mann die Hände. »Aus dir spricht nur der Schmerz.«

Zitternd sprang Erin auf, doch Gareth legte ihr beruhigend seine Hand auf den Arm. »Grandpa, bitte«, sagte er leise. »Du hast mich doch selbst gelehrt, dass wir nicht über das Schicksal entscheiden dürfen. Wenn es ihr bestimmt ist, das Amulett zu finden, wird sie es tun. Und wenn nicht, dann wird ihre Suche erfolglos bleiben.«

Der Mann bedachte seinen Enkel mit einem Blick, in dem sich Stolz und Wehmut mischten, und er nickte leicht. »Öffne mir deinen Geist«, forderte er Erin plötzlich auf.

»Wie bitte?«

»Lass mich in deinen Geist blicken. Und wenn ich zufrieden bin mit dem, was ich dort sehe, werde ich deiner Bitte entsprechen.«

Zögernd löste Erin die Kette mit dem Amulett von ihrem Hals und legte es neben sich auf den Tisch. Sie konnte seine Kraft zwar noch immer spüren, doch sie fühlte sich auf einmal seltsam klein und schutzlos ohne sein beruhigendes Gewicht auf ihrer Brust. Vorsichtig legte sie ihre Hand in die des alten Mannes und schloss die Augen.

Nun verstand sie, wie sich Daniel gefühlt haben musste, wenn sie seine Seele erforscht hatte. Was, wenn der Druide etwas tief in ihr fand, das ihm nicht gefiel?

»Entspann dich und lass deine Gedanken einfach fließen«, drang seine Stimme zu ihr. Und dann spürte sie plötzlich eine leichte Berührung, einen Gedanken, der nicht der ihre war. Alles in ihr schrie danach, den Eindringlich abzuwehren, ihn aus ihrem Geist zu vertreiben, doch sie biss nur die Zähne zusammen und ließ ihn gewähren.

»Danke«, sagte der Druide schließlich. »Ich habe genug gesehen«, und plötzlich war die fremde Präsenz fort und sie war wieder ganz allein in ihrem Kopf.

Benommen öffnete Erin die Augen. »Das war vielleicht komisch.«

Gareths Großvater lächelte. »Du hast einen sehr interessanten Geist.«

»Ist das jetzt gut?«

Er glückste amüsiert. »Bestimmt. Viel wichtiger ist es jedoch für mich, dass du tatsächlich nicht nach Macht strebst. Und dass du eine große innere Kraft hast. Wenn du sie in dir entdeckst, wirst du eines Tages zu großen Dingen fähig sein.« Er blickte auf und schaute auf die an der Wand hängende Uhr. »Es ist schon spät. Du solltest dich ausruhen. Morgen früh werden wir aufbrechen.«

Kapitel 12

»Ich werde heute Nacht wohl hierbleiben«, sagte Erin in ihr Handy. Sie lag bäuchlings auf einem weichen Bett in dem kleinen Gästezimmer, das Gareths Oma für sie hergerichtet hatte. Sie hatte kurz gezögert, ob sie Daniel wirklich anrufen sollte, da sie nicht sicher war, ob er schon schlief. Doch schließlich hatte sie sich gedacht, dass es noch schlimmer wäre, wenn er nachts aufwachen und sie nicht da sein würde. »Und morgen wird Gareths Opa mich zu diesem Dolmengrab oder was auch immer bringen, wo Erik Buchman gestorben ist. Kannst du dir vorstellen, dass er ihn tatsächlich gekannt hat?«

»Wer?«

»Gareths Opa hat Erik Buchman getroffen, als er noch ein Druidenlehrling gewesen ist, oder wie auch immer das heißt.«

»Wer, Erik?«

»Nein, der Opa!« Erin grinste. Es war schön, wieder einen Anflug von Humor in Daniels Stimme zu hören. Dann wurde sie plötzlich wieder ernst. »Erik hatte seine Frau dabei, als er hier gewesen ist.«

»Die, die krank war?«

»Ja. Laut den Unterlagen hatte sie Krebs im Endstadium. Doch hier war davon nichts mehr zu sehen.«

»Aber das ist doch gut, oder? Das heißt, dass er sie geheilt hat.«

»Schon, aber …« Erin zögerte. Sie musste ihm einfach von ihrem Verdacht erzählen, doch sie wusste nicht, wie.

»Erin, was ist los?«

»Sie hatte ihr Gedächtnis verloren.«

»Und wie?«

»Ich bin nicht sicher. Doch Gareths Opa meint, es wäre vielleicht eine Art Preis gewesen, den sie zu zahlen hatte.«

Daniel schwieg eine Weile, und als er schließlich sprach, klang seine Stimme heiser. »Du meinst, Amnesie als Preis für die Wunderheilung?«

»Vielleicht«, flüsterte sie unglücklich.

»Ich komme morgen mit«, entschied Daniel unvermittelt.

»Was? Nein!«, entfuhr es Erin überrascht. »Der Weg ist lang und beschwerlich. Gareth meinte, dass es eine Wanderung von mindestens vier Stunden wäre, wenn man gut vorankommt.«

»Dann müssen wir eben ein paar Dinge besorgen.«

»Und die wären?«

»Einen guten Wanderstock und ein Dutzend Energy-Drinks. Du wirst schon sehen, ich hänge euch alle ab.«

»Daniel …«

»Es ist meine Entscheidung«, unterbrach er sie sanft. »Gareth soll mich morgen früh abholen.«

»Die Strapazen des Weges sind aber nicht alles. Gareth und ich wurden gestern verfolgt. Wir konnten den Mann abhängen, aber erst nachdem Gareth den

Sender gefunden hatte, der in meiner Jacke versteckt gewesen war. Sie hatten uns die ganze Zeit überwacht.«

»Ein Grund mehr, dich nicht alleinzulassen«, sagte Daniel entschieden nach einer kurzen Pause.

»Du solltest ebenfalls deine Sachen gründlich durchsuchen. Du bist bestimmt auch verwanzt. Ebenso wie unser Auto. Wir können dich da nicht herausholen, ohne dass sie uns folgen.«

»Ich lasse mir etwas einfallen, versprochen. Und jetzt ruh dich aus, morgen wird ein anstrengender Tag.«

»Du auch. Schlaf schön.« Erin beendete das Gespräch und schaltete das Licht aus.

Als sie am nächsten Morgen in die Küche kam, saßen Gareth und seine Großeltern bereits beim Frühstück. »Du hättest mich doch wecken können«, sagte sie betreten zu Gareth.

»Kein Problem«, erwiderte dieser kauend. »Wie haben sowieso noch Einiges zu erledigen, bevor wir los können.«

»Was denn?«, fragte Erin überrascht und nahm dankbar die Tasse entgegen, die seine Oma ihr reichte. Dann setzte sie sich auf den freien Stuhl, der am Frühstückstisch auf sie wartete.

»Ich habe vorhin mit Daniel telefoniert. Und wir haben uns Folgendes überlegt ...«

»Daniel? Du hast Daniel angerufen? Woher hast du seine Nummer?«

»Er hat *mich* angerufen. Und die Nummer hatte er, glaube ich, von Elric«, erklärte Gareth ungeduldig. »Auf jeden Fall sagte er, ihr hättet abgesprochen, dass er mitkommen soll. Stimmt etwas nicht?«, fügte er hinzu, als er ihr entgeistertes Gesicht bemerkte.

»Doch, alles in Ordnung.« Erin seufzte resigniert. Gestern war sie zu müde gewesen, um es ihm in Ruhe ausreden zu können. Und jetzt war es wohl zu spät dafür. Auch wenn sie es definitiv für keine gute Idee hielt. »Und was habt ihr beschlossen?«

»Also, Daniel fährt mit seinem Wagen, der wahrscheinlich überwacht wird, zu einer abgesprochenen Stelle. Ich warte dort mit meinem Motorrad, er springt auf und wir sausen davon.«

»Aber sie werden euch folgen.«

»Keine Angst. Ich habe den einen oder anderen Feldweg eingeplant.« Gareth grinste und Erin fragte sich überrascht, ob er sich tatsächlich darauf freute. Männer hatten manchmal eine echt schräge Auffassung von *Spaß*.

»Wo wir gerade davon sprechen«, sagte er mit einem Blick auf die Uhr und schob sich den Rest seines Toasts in den Mund. »Ich muss jetzt los.« Er erhob sich. »Keine Sorge, du kannst noch in Ruhe frühstücken«, beruhigte er Erin, die ebenfalls aufspringen wollte. »In etwa einer Stunde liefere ich deinen Daniel wohlbehalten bei dir ab.«

Zum Glück hatte Erin in der nächsten Stunde keine Zeit, sich Gedanken über die beiden zu machen. Gareths Oma hatte ihr einen großen Rucksack zur Verfügung gestellt, in den sie zwei Schlafsäcke, eine Kanne Kaffee und ein paar Sandwiches packte. »Falls ihr es heute nicht mehr zurückschafft«, erklärte sie fürsorglich.

»Gibt es hier einen Supermarkt?«, fiel es Erin plötzlich ein. Ohne Aufputschmittel würde Daniel die Wanderung kaum bewältigen. Was hatte er sich bloß dabei gedacht?

»Ein Stück die Straße runter gibt es einen Laden.«

»Gut. Ich bin gleich wieder da!«, rief Erin und lief hinaus.

Sie kam gerade mit einer vollen Tragetasche zurück – vermutlich hatte sie den ganzen Vorrat an Energy-Drinks aufgekauft – als sie das Röhren von Gareths Maschine hörte, die gerade um die Ecke bog. Aufgeregt lief Erin zum Haus. »Hat alles geklappt? Geht es euch gut?«

»Alles bestens!«, lachte Gareth. Er schien ausgezeichnete Laune zu haben. »Du hättest das Gesicht von dem Mann sehen sollen. Er war stinkwütend, weil ich ihn zum zweiten Mal in zwei Tagen an der Nase herumgeführt habe.«

»Das ist nichts, worüber man sich freuen sollte«, murmelte Erin besorgt. Dann sah sie Daniel an. »Wie geht es dir?«

»Bestens«, erwiderte er angespannt. »Es geht doch nichts über eine rasante Fahrt, um die Lebensgeister aufzuwecken.«

Erin glaubte ihm kein Wort, doch sie wollte ihn nicht vor Gareth bloßstellen. Daher nahm sie nur seine Hand und drückte sie fest, während sich in ihren Augen all ihre Sorge und Angst spiegelten.

Brüsk wandte Daniel den Blick ab.

»Ich gehe dann schon mal rein«, sagte Gareth, der die Spannung zwischen den beiden gespürt haben musste.

»Noch ist es nicht zu spät«, sagte Erin eindringlich, als der junge Waliser außer Hörweite war. »Bleib hier, schon dich! Und heute Abend bin ich wieder zurück.«

»Nein.« Daniel strahlte eine so ruhige Entschlossenheit aus, dass sie wusste, dass all ihre Überzeugungsversuche erfolglos bleiben würden. Aber sie wollte es zumindest verstehen.

»Wieso?«, fragte sie leise.

»Weil es keinen Unterschied macht«, gab er ebenso leise zurück. »Zumindest nicht für mein Schicksal. Entweder finden wir das Amulett und ich bin geheilt, oder wir finden es nicht. Dann sind meine Stunden ohnehin gezählt. Auf ein paar mehr oder weniger kommt es dann auch nicht an. Nur darauf, *wie* ich sie verbracht habe«, fügte er schnell hinzu, da Erin schon nach Luft schnappte, um ihm zu widersprechen.

»Wie meinst du das?«

»Wenn ich die Wahl habe zwischen noch mehr Stunden, die ich allein im Bett verbringe, oder einigen wenigen, in denen ich an deiner Seite durch eine der schönsten Gegenden der Welt wandern kann, dann wähle ich die zweite Option.« Er lächelte traurig. »Du weißt doch, ich war noch nie zuvor in Wales. Und wenn nicht jetzt, wann dann?«

Erin schluckte. Sie wusste nicht, was sie darauf erwidern sollte. Das Schlimmste war, dass sie ihn sogar verstehen konnte. Konnte sie da so egoistisch sein, ihm zu sagen, dass er ihr lebendig im Bett immer noch tausendmal lieber war als sterbend auf einem Hügel? Sie atmete zitternd durch und bemühte sich um ein Lächeln. »Lass uns gehen«, sagte sie tapfer. »Und morgen sieht die Welt schon ganz anders aus, du wirst sehen.«

»Wir haben nachgedacht«, begrüßte Gareth sie, als sie das Haus betraten. »Da Daniel gerade … nicht ganz auf der Höhe ist, werde ich euch auch begleiten. Nur so, zur Sicherheit, falls ihr Hilfe braucht.«

Dankbar sah Erin ihn an. Ganz egal, wie das endete, sie würde auf ewig in seiner Schuld stehen.

»Wir nehmen das Auto so weit wie möglich. Die Wege sind zwar nicht wirklich dafür ausgelegt, doch Grandpas Jeep packt das schon. Und wenn's nicht mehr geht, gehen wir eben zu Fuß weiter. Normalerweise hätten wir dann noch einen Marsch von etwa drei Stunden vor uns. Aber ich schätze, dass wir heute etwas länger brauchen werden«, sagte er nach einem vorsichtigen Blick auf Daniel. »Sobald wir das Steingrab erreichen, werden wir euch alleinlassen. Grandpa besteht darauf, dass wir uns in eure Suche nicht einmischen dürfen.« Sein Tonfall verriet deutlich, was er von diesem Verbot hielt. »Tut mir leid«, fügte er, zu Erin gewandt, leise hinzu.

»Ist schon okay.« Dankbar drückte sie seine Hand. »Das ist auch so schon mehr, als ich erwartet hatte.«

»Gut, dann lasst uns keine Zeit verlieren.«

»Einen Augenblick noch.« Erin griff nach dem Rucksack, der über Daniels Schulter hing, und verstaute darin schnell die Dosen, die sie für ihn besorgt hatte. Gareth warf ihr einen fragenden Blick zu, doch sie zuckte nur kurz mit den Schultern.

Während Gareth von seiner Oma ein Lunchpaket für sie alle entgegennahm, schaute Erin sich noch einmal nachdenklich um. Hatten sie wirklich alles, was sie brauchten? »Habt ihr vielleicht eine Taschenlampe?«, fiel es ihr plötzlich ein.

»Sicher.« Gareth verschwand kurz aus dem Zimmer und kam dann mit zwei Taschenlampen zurück. »Hier.«

»Danke.« Erin packte sie in ihren Rucksack. »Dann mal los.«

Während Erin und Daniel auf der Rückbank Platz nahmen, setzten sich Gareth und sein Großvater nach vorn. Gareth wartete, bis alle angeschnallt waren, dann startete er den Motor. Neugierig beobachtete Erin den alten Mann, der ruhig auf dem Beifahrersitz saß. Es ging ihr noch immer nicht in den Kopf, dass sie gerade mit einem echten Druiden in einem meerblauen Jeep mit Vierradantrieb saß. Sie schmunzelte. Anscheinend mussten selbst die Anhänger der *Alten Wege* mit der Zeit gehen.

Während sie auf holprigen Straßen immer mehr durchgerüttelt wurden, konnte Erin ihre Augen nicht von den atemberaubenden Bildern abwenden, die sie durch ihr Fenster erblickte. Grüne Hügel, auf denen Sonne, Wind und Wolken sich ständig ändernde Schattenspiele zauberten, kleine Haine, die von schmalen Flüssen durchzogen waren und die Kulisse für unzählige Wasserfälle bildeten – da war es wieder, das Auenland. Und Erin konnte die Magie, die alldem innewohnte, förmlich spüren.

Während sie die schöne Aussicht genoss, konnte sie jedoch im Hintergrund Gareths steigende Anspannung fühlen, als er mit den schmalen, steinigen und zum Teil recht steilen Wegen kämpfte. Immer öfter zerriss das Heulen des Motors die magische Stille und schließlich musste der junge Waliser es resigniert aufgeben. »Mit dem Wagen kommen wir nicht mehr weiter.«

Sein Großvater nickte zustimmend und stieg schweigend aus. Aus dem Kofferraum holte er einen langen, glatt polierten, knorrigen Stab, der über und über mit Runenmustern bedeckt war. Dann nahm er einen ähnlichen, etwas schlichteren Stab und reichte ihn Daniel. »Das wird dir helfen.«

»Danke«, erwiderte dieser überrascht und stützte sich probeweise darauf. »Wow!«, entfuhr es ihm. »Was ist das?«

»Ein Druidenstab«, erklärte der alte Mann. »Beziehungsweise der seines unwilligen Lehrlings«, fügte er schmunzelnd mit einem vieldeutigen Blick auf Gareth hinzu.

»Ist das eine Art Zauberstab?«, fragte Daniel neugierig.

Gareth schnaubte belustigt. »Nein. Es ist ein Wanderstock.«

Sein Großvater warf ihm einen tadelnden Blick zu. »Die Runen, die ihn zieren, sollen dem Träger Kraft und Ausdauer verleihen, sofern dieser dafür offen ist.«

»Ich nehme jede Hilfe an, die ich kriegen kann.«

»Dann wird er dir helfen«, sagte der alte Mann und setzte sich in Bewegung.

Er ging mit langen, gleichmäßigen Schritten voran und gab ein Tempo vor, das ein gewöhnlicher Mann seines Alters bestimmt nicht durchgehalten hätte. Erin warf Daniel einen schnellen Blick zu, aber zumindest im Augenblick schien es ihm nichts auszumachen. Ob es tatsächlich an der Kraft des Druidenstabs lag, an der frischen Luft oder der Aussicht darauf, dass alles bald endlich vorbei sein würde, vermochte sie nicht zu sagen. Doch letztlich war es auch egal, solange es Daniel nur gut ging.

»Komm, gib mir das ab«, sagte Gareth plötzlich neben ihr und streckte seine Hand nach dem größeren der beiden Rucksäcke aus, die ihr über je eine Schulter baumelten. »Du solltest deine Kräfte auch ein wenig schonen, der Weg ist noch weit.«

»Danke.« Sie reichte ihm einen Rucksack und zog den anderen auf ihrem Rücken zurecht.

»Immer doch.« Er öffnete den Mund, um noch etwas zu sagen, doch in diesem Augenblick drehte Daniel sich zu den beiden um. »Ich geh dann mal nach vorne«, sagte Gareth schnell. »Wenn ihr Hilfe braucht, gebt einfach Bescheid.«

Erin trat näher an ihren Freund heran und streichelte sanft seinen Arm. »Bald haben wir es überstanden«, flüsterte sie.

Er nickte ernst. Irgendetwas schien ihn ziemlich zu beschäftigen.

»Was ist los?«, fragte Erin sanft.

»Nichts.« Er schüttelte leicht seinen Kopf. »Ich weiß nicht, es ist nur ...« Er atmete tief durch und sah ihr fest in die Augen. »Das, was du über Erik und seine Frau gesagt hast, geht mir einfach nicht aus dem Kopf.«

»Du meinst, das mit dem Preis?«, fragte sie leise.

Er nickte. »Ich meine, es ist ausgeschlossen, dass ich dich jemals vergessen könnte. Aber was, wenn doch?« Seine Stimme verhallte und er sah sie unglücklich an.

»Es wird nicht geschehen«, sagte Erin fest und mit deutlich mehr Überzeugung, als sie selber fühlte. »Gareths Opa hat nur vermutet, dass die Amnesie bei der Frau eine übernatürliche Ursache hatte. Wahrscheinlich stimmt das gar nicht.«

»Du hast sicherlich recht.«

Einige Zeit marschierten sie schweigend nebeneinander her. Und Erin beobachtete mit wachsender Beunruhigung, wie Daniels zunächst so energische Schritte immer langsamer wurden. Anscheinend kam auch der Druidenstab nicht lange gegen die Kraft des Fluches an. Als sie schließlich wieder das bläuliche Leuchten seines Amuletts bemerkte, beschloss sie, dass es höchste Zeit für eine Pause war. »Gareth!«, rief sie laut. Die beiden vorangehenden Männer blieben stehen und warteten, bis Erin und Daniel zu ihnen aufgeschlossen hatten. »Ich könnte eine kleine Pause vertragen«, sagte das Mädchen entschuldigend.

»Kein Problem. Sag einfach Bescheid, wenn es weitergehen kann.«

»So so, du brauchst also eine Pause?«, bemerkte Daniel leise und sie machte sich auf eine Diskussion gefasst. »Danke«, sagte er jedoch nur und setzte sich auf einen großen Stein. »Ich könnte jetzt eine von diesen netten kleinen Dosen vertragen, die du so vorsorglich eingepackt hast.«

Wortlos reichte Erin ihm eine davon.

»Es ist wirklich wunderschön hier«, sagte er nach einer Weile.

Erin ließ ihren Blick ebenfalls schweifen und musste zugeben, wie recht er damit hatte. Sie war so damit beschäftigt gewesen, sich um ihn Sorgen zu machen, dass sie die sie umgebende Schönheit gar nicht bemerkt hatte.

»Wir sollten irgendwann noch einmal herkommen«, sagte er träumerisch. »Hier richtig Urlaub machen.«

Erin lächelte ihn erfreut an. »Das wäre wirklich schön.«

»Hast du noch eine?«, fragte Daniel und reichte ihr die leere Dose.

»Ich weiß nicht, ob zu viel davon so gut ist«, erwiderte sie stirnrunzelnd, gab ihm jedoch widerstrebend die nächste.

»Weiter geht's«, sagte Daniel entschlossen, nachdem er auch diese geleert hatte. Auf den Stab gestützt, erhob er sich langsam und ging mit schweren Schritten voran.

Die nachfolgenden Stunden wurden zu den längsten in Erins gesamtem Leben. Stillschweigend musste sie zusehen, wie der Mann, den sie über alles liebte, mit jedem Schritt immer mehr verfiel. Sein Gesicht war grau und eingefallen geworden, seine Lippen blutleer, sein Atem keuchend. Nur in seinen Augen brannte ein unbändiges Feuer – sein Wille, das Ziel zu erreichen. Während die Sonne sich dem Horizont zuneigte, verlor Erin jegliches Zeitgefühl. Der einzige Anhaltspunkt, der ihr noch etwas bedeutete, war die Anzahl der kurzen Pausen, in denen Daniel sich mit Koffein vollpumpte, und der schwindende Vorrat an Dosen in ihrem Rucksack.

Schließlich, als er schwer atmend auf den Stock gestützt stehenblieb und kurz die Augen zukniff, hielt es auch Gareth nicht mehr aus. »Ich denke, es ist genug für heute«, sagte er leise, aber bestimmt.

»Wie weit?« Daniels Stimme klang krächzend.

Der junge Waliser blickte fragend zu seinem Großvater und schien stumme Rücksprache mit ihm zu halten. »Normalerweise noch eine Stunde. Aber in deinem Zustand …« Er verstummte. Und Erin wusste genau, was er dachte. Es würde Stunden dauern und vielleicht würde Daniel niemals am Ziel ankommen.

»Wir gehen weiter«, presste dieser grimmig hervor. »Ich brauche nur noch einen Muntermacher.«

»Nein.« Bittend legte Erin ihre Hand auf seine Schulter. »Du brauchst Ruhe. Ich werde nicht länger zusehen, wie du Raubbau mit deinem Körper betreibst. Und außerdem ist kaum noch etwas übrig. Es wird auch so schon nicht mehr für den Rückweg reichen.«

»Das muss es auch nicht«, zischte er leise. Und irgendetwas in seinem Ton ließ Erin erschrocken aufhorchen. »So oder so werde ich keine Stärkung mehr brauchen.«

»Wie meinst du das?« Ängstlich sah sie ihn an und Tränen, die nur darauf gewartet zu haben schienen, traten ihr in die Augen.

»Du weißt es doch auch.« Sanft wischte er ihr einen der salzigen Tropfen von der Wange. »Entweder ich werde geheilt oder ich bleibe dort. Auf jeden Fall habe ich keine Zeit mehr zum Rasten, glaub mir.«

Erin biss sich auf die Lippe, um nicht laut aufzuschreien. Er wollte ihr tröstend über das Gesicht streichen, doch sie riss sich von ihm los und wandte ihren Kopf ab. Abwehrend hielt sie ihre linke Hand hoch, während sie sich die rechte zitternd vor die Lippen hielt, um die Schluchzer zur ersticken, die aus ihr herauszubrechen drohten.

Besorgt trat Gareth näher, doch auch ihn hielt sie mit ihrer Hand auf Abstand. »Nicht.«

Fahrig wischte sie sich die Augen trocken und schniefte. Dann atmete sie langsam aus. »Wir gehen weiter«, flüsterte sie tonlos und ließ ihren Rucksack einfach von ihrer Schulter zu Boden fallen. Sie hörte das metallische Scheppern der leeren Dosen, doch das kümmerte sie nicht. Gareth würde schon eine volle finden, um sie Daniel zu geben, damit dieser sich weiter mit voller Absicht sein eigenes Grab schaufeln konnte. Sie ertrug es einfach nicht, noch länger dabei zuzusehen.

Es war schon beinahe dunkel, als Gareths Großvater endlich stehen blieb. »Da vorne ist es«, sagte er und wies mit der Hand in die entsprechende Richtung.

Erin bemühte sich, etwas in dem dämmrigen Licht zu erkennen. Doch sie konnte nur noch mehr Bäume entdecken, wie auch in den letzten zwei Stunden zuvor.

»Direkt hinter dem Hain liegt die Heilige Stätte«, erklärte der Druide geduldig.

»Das kleine Stück können wir doch auch noch mitgehen«, mischte Gareth sich keuchend ein, als er zu ihnen aufschloss. Einer von Daniels Armen lag schwer über seiner Schulter, während Daniel mit dem anderen den Wanderstab fest umklammert hielt. In der letzten halben Stunde hatte Gareth ihn schon mehr schleifen als stützen müssen.

Neugierig ging Erin voran und ließ die letzten Bäume hinter sich. Überwältigt blieb sie stehen und starrte auf die Hügelkuppe, die sich nun ihren Augen darbot. Am Horizont war das Firmament noch von violetten Schlieren durchzogen, doch der Himmel über ihnen war bereits fast schwarz und die kleine Sichel des Mondes schon deutlich zu erkennen. Aber das war es nicht, was ihren Blick fesselte. Direkt vor ihr ragten

306

gewaltige, moosbedeckte Felsblöcke aus der Erde und bildeten eine Art künstliche Höhle mitten auf dem ansonsten kahlen Hügel. Das Dolmengrab sah viel größer aus als auf dem Zeitungsbild und es war alt, unglaublich alt. Erin spürte einen Schauer ihren Rücken herunterjagen, als ein fernes Echo der unzähligen Gedanken, Gefühle und Sehnsüchte, deren Zeuge das Monument in den vergangenen Jahrtausenden gewesen war, ihren Geist streifte.

Gareth und Daniel traten zu ihr und Daniel nahm fest ihre Hand. »Spürst du das auch?«, flüsterte er ergriffen.

»Ja.« Sie nickte. »Es ist wirklich ein Ort großer Kraft.«

»Ein heiliger Ort«, fügte Gareths Großvater leise hinzu. »Hier werden wir euch nun verlassen. Morgen Mittag wird Gareth wieder nach euch sehen.«

Überrascht drehte Erin sich zu ihm um. »Sie wollen jetzt noch zurückgehen? Es ist stockfinster!«

»Das macht uns nichts.«

»Haben Druiden etwa magische Nachtsicht?«

Gareth grinste. »Nein, etwas viel besseres. Taschenlampen!«, sagte er und holte zwei davon aus seiner Jackentasche. »Viel Glück«, fügte er leise hinzu. »Wir sehen uns dann morgen.« Und obwohl er es nicht sagte, hörte Erin ganz klar ein *hoffentlich* nachklingen. Dann zog er abrupt den großen Rucksack von seinen Schultern und reichte ihn ihr. Ohne ein weiteres Wort drehten Gareth und sein Großvater sich um und gingen davon.

Einige Zeit schauten Erin und Daniel noch den beiden Männern hinterher, sahen den immer schwächer werdenden Lichtschein der Taschenlampen und hörten gelegentlich einen Ast unter ihren Füßen knacken. Und dann waren sie schließlich ganz allein und starrten ehrfürchtig die gewaltigen, stillen Steine vor sich an.

»Na, dann mal los«, flüsterte Daniel. Er stützte sich schwer auf den Wanderstab, den er noch immer in seiner Hand hielt, als er langsam einen Fuß vor den anderen setzte.

Rasch holte Erin selbst eine der Taschenlampen aus dem Rucksack und leuchtete ihm den Weg, damit er nicht über eine Bodenunebenheit stolpern oder sonst irgendwie den Halt verlieren konnte.

Und schließlich waren sie da, direkt vor dem riesigen prähistorischen Dolmengrab und Erin fragte sich, ob sie wohl eintreten durften. Vorsichtig legte sie ihre Hand auf einen der Steine und spürte eine lebendige Wärme darin pulsieren. Ohne ihre Hand von dem Felsen zu nehmen, trat sie neugierig über die Schwelle.

Sie fand sich in einem kleinen Raum wieder, dessen Decke aus einem einzigen, flachen Felsblock zu bestehen schien. Drinnen roch es feucht und etwas muffig nach frischer Erde. »Vorsicht, Stufe«, rief sie Daniel zu, als sie seine Schritte hörte. Der Boden der Grabstätte war etwa dreißig Zentimeter tiefer als die Erde davor. Erin drehte sich um, um Daniel bei dem Abstieg zu helfen. Dann richtete sie den Strahl ihrer Taschenlampe wieder neugierig ins Innere. Der Raum war vielleicht zweimal zwei Meter groß und bis auf ein paar kleinere Felsbrocken völlig leer.

»Komm, setz dich hierhin«, forderte sie Daniel auf und lotste ihn zu einem der Steine. Dann kramte sie in ihrem Rucksack. »Hast du Hunger? Ich habe hier noch zwei Sandwiches und etwas Kaffee.«

»Danke, es geht schon«, gab er erschöpft zurück und ließ sich schwer auf den Stein sinken. »Ich mache lieber kurz die Augen zu, wenn das okay ist.«

»Sicher doch.« Besorgt strich Erin ihm über die Stirn. Sie fühlte sich kalt und klamm an. »Wie geht es dir?«

»Die Schmerzen sind weg«, flüsterte er leise. »Wenn ich nur nicht so müde wäre …«

»Meinst du, es ist dieser Ort?«, fragte Erin mit einem Hoffnungsschimmer in der Stimme. »Meinst du, dass er vielleicht deine Schmerzen lindert?«

»Vielleicht«, erwiderte er zaghaft.

Erschrocken riss Erin die Augen auf. Das Wort hatte sich falsch angehört, so völlig falsch. Als hätte er sie damit bloß trösten wollen, ohne selbst recht daran zu glauben. Am liebsten hätte sie ihn hochgezogen und geschüttelt, ihn angefleht, nicht die Augen zu schließen, weil sie nicht sicher sein konnte, dass er sie noch einmal wieder öffnen würde. Doch er hatte schon den Kopf an die Wand gelehnt und die Lider geschlossen. Seine mühsamen, aber zumindest regelmäßigen Atemzüge erfüllten nun die künstliche Höhle. Und so schluckte Erin bloß den Kloß in ihrem Hals herunter und begann damit, die Grabkammer hastig abzusuchen. Je schneller sie das Amulett fanden, desto schneller wäre dieser Alptraum endlich vorbei. Daran, was danach kommen mochte, wagte sie nicht zu denken. Auch nicht daran, was geschehen würde, wenn sie es nicht schleunigst fand. Denn wenn sie nur einen dieser Gedanken zulassen würde, würde sie der Mut verlassen und sie würde wimmernd zusammenbrechen.

So zügig wie möglich tastete sie mit den Fingern jede Ritze und jede Unebenheit ab, die sie ausmachen konnte. Doch davon gab es viele, so unendlich viele. Mit Erschrecken erkannte Erin, dass die Grabkammer zwar im Wesentlichen aus großen Felsblöcken bestand, die Ritzen jedoch mit vielen flach aufeinandergeschichteten kleinen Steinen ausgefüllt worden waren.

Schon sehr bald waren ihre Fingernägel abgebrochen und die Haut an ihren Händen völlig zerkratzt, doch das kümmerte sie nicht. Sie konnte nicht mit ihrer Suche aufhören, konnte sich keine Pause gönnen, nicht, solange Daniel noch am Leben war.

»Erin.« Seine schwache Stimme klang in ihren Ohren wie ein Donnerschlag.

Sofort hastete sie zu ihm herüber und nahm seine Hand. »Hier bin ich.«

»Ich weiß, mein Schatz.« Er lächelte sie liebevoll an.

Bei seinem Anblick traten ihr schon wieder Tränen in die Augen und sie wischte sie unwillig weg. »Ich hab's schon fast gefunden«, stammelte sie. »Lass mich eben nur noch kurz da hinten schauen, dann habe ich es gleich.«

Zärtlich strich er ihr über die Wange, dann fiel seine Hand wieder kraftlos nach unten, als wäre diese kleine Anstrengung schon zu viel für ihn gewesen. Er spannte sie noch einmal an, in dem vergeblichen Versuch, Erin erneut zu berühren.

Ein erschrockenes Schluchzen entwich ihrer Kehle, als sie sah, wie schwach er geworden war. Mit bebenden Fingern nahm sie seine rechte Hand und führte sie sich an die Lippen, um sie zu küssen, dann legte sie sie an ihre Wange und hielt sie dort fest.

»Danke«, flüsterte Daniel. Er öffnete den Mund, um noch etwas zu sagen, doch Erin ließ ihn nicht ausreden.

»Ich bin gleich wieder da, hörst du?«, rief sie verzweifelt. »Ich muss nur noch die eine Ecke durchsuchen.«

»Lass gut sein, mein Engel.«

»Was? Nein!« Erin schüttelte hektisch ihren Kopf. »Wir können jetzt nicht aufgeben! Wir sind so kurz davor!«

Traurig schüttelte er den Kopf. »Du kannst mich nicht retten.«

»Sag das nicht!« Sie biss sich auf die Lippen, doch sie konnte die salzigen Tropfen, die ihr ungehemmt über die Wangen liefen, nicht zurückhalten.

»Es tut mir so leid«, flüsterte er heiser. »So unendlich leid. Ich habe versucht, es dir leichter zu machen. Ich habe es wirklich versucht.«

Entgeistert starrte Erin ihn an. »Was meinst du damit?« Dann fiel bei ihr langsam der Groschen. »Du meinst, die ganze Sache mit dir und deinem bösen Zwilling? Die ganze Sache mit Gareth? Das hast du nur gemacht, um es mir *leichter* zu machen?« Ihre Stimme hallte schrill in dem kleinen Raum wider.

»Bitte vergib mir«, flehte er und in seiner Stimme schwang seine ganze Liebe für sie ebenso mit wie der Schmerz, den er sich mit seinem Verhalten selbst zugefügt hatte. »Ich war ein Narr. Ich hätte die Zeit, die mir noch blieb, mit dir genießen sollen, anstatt dich fernzuhalten. Doch das Schlimmste ist, dass ich dich damit verletzt habe. Glaub mir, ich habe nie gewollt, dass du leidest.«

»Du hast nie daran geglaubt, dass wir es wirklich schaffen, oder?«, sagte sie tonlos. »Während ich um dein Leben gekämpft habe, hattest du dich schon längst aufgegeben. Hast du überhaupt eine Ahnung, was du mir damit antust?«

»Es tut mir leid«, wiederholte er schwach und sah sie so traurig an, dass sie ihm auf der Stelle verzieh. Sie würde ihm alles verzeihen, wenn er nur bei ihr blieb.

»Dann halte durch, für mich. Halte durch, bis ich das Amulett finde.«

»Ich versuch's«, versprach er ihr ernst. »Aber vorher muss ich noch eine Sache erledigen. Nur für den Fall, dass …« Seine Stimme brach. »Nur für den Fall, dass ich es doch nicht schaffe.«

»Was denn?« Verständnislos sah Erin ihn an.

»Mein Amulett.« Mühsam hob er seine linke Hand und legte sie sich auf die Brust. »Bitte, nimm es. Ich will, dass du es hast.«

»Nein!« Erschrocken schüttelte sie den Kopf. »Ich will es nicht, es gehört dir!«

»Ich möchte, dass du es hast.«

»Aber du brauchst es! Es schützt dich vor dem Fluch und hält dich am Leben.«

»Der Schmerz ist fort«, erklärte er ruhig. »Und auch das Amulett kann mir nicht mehr helfen.«

»Wie meinst du das?«

»Es tut mir unendlich leid.« Er sah sie zärtlich an. »Aber meine Zeit ist abgelaufen, das spüre ich ganz deutlich und auch mein Amulett kann daran nichts mehr ändern.«

»Aber du hast es mir versprochen ...«, schluchzte Erin.

»Und ich stehe dazu. Ich werde so lange durchhalten, wie ich kann.« Er lächelte leicht. »Und für dich noch ein wenig länger. Doch ich möchte sicher sein, dass das Amulett in die richtigen Hände fällt, falls etwas schiefgehen sollte. In deine Hände.« Mit zitternden Fingern holte er den Anhänger unter seinem Hemd hervor und Erin erkannte mit Schrecken, dass es kaum noch schimmerte, so als würde es spüren, dass die Lebenskraft seines Trägers nun verbraucht war.

Sie nickte unter Tränen und half ihm, den Anhänger von seiner Kette zu lösen. Dann hielt sie seine Hand mit dem Schmuckstück fest umklammert, während sie ihre eigene Kette hervorholte.

Sofort glühte das Rot ihres Rubins auf und tauchte den kleinen Raum in sein strahlend rotes Licht. Überrascht sah Erin zu, wie aus ihren verschlungenen Händen heraus nun das blaue Leuchten des Saphirs antwortete. Fasziniert beobachtete sie, wie ihr Amulett sich, wie von Zauberhand bewegt, plötzlich ganz leicht in die Luft erhob und, soweit die Kette es zuließ, auf das andere in ihrer Hand zuschwebte.

Ein zufriedenes Lächeln erschien auf Daniels Lippen, als sie gemeinsam den blauen Anhänger freiließen, damit er sich mit dem roten vereinen konnte. In dem Augenblick, als das geschah, spürte Erin plötzlich die ganze Kraft von Daniels Liebe, die sie wie ein schützender Kokon umgab, und sie wusste, dass das Saphir-Amulett nun nicht mehr ihm, sondern ihr gehörte. Sie sah in seine Augen und spürte, dass auch er es wusste. Das hieß, er würde es nicht schaffen. Denn sonst hätte es seinen Träger bestimmt nicht aufgegeben.

»Das also hatte die Prophezeiung gemeint«, flüsterte Daniel plötzlich, während er wie gebannt auf die beiden Schmuckstücke auf Erins Brust starrte. Er klang, als würde nun alles irgendeinen Sinn für ihn ergeben.

Durch die Tränen sah sie ihn an.

»Rubin und Saphir durch Salomons Fluch auf ewig vereint«, sagte er mit einer Spur von Bitterkeit in der Stimme. »Damit waren die ganze Zeit wortwörtlich die Amulette gemeint, nicht wir, ihre Träger. Siehst du«, er schnaubte freudlos. »Anscheinend war es mir nie bestimmt, das hier heil zu überstehen.«

»Sag das nicht«, flehte Erin. »Bitte sag das nicht!«
Ihre Stimme wurde immer lauter. »Ich pfeif auf die
Prophezeiung! Ich werde nicht zulassen, dass du einfach so verschwindest! Hörst du, ich werde es ganz
einfach nicht zulassen!«

Müde ließ Daniel seinen Kopf zurück gegen die
Wand sinken. Die Unterhaltung hatte ihn sehr erschöpft, doch er wandte seine Augen nicht von ihrem
Gesicht ab. »Ich liebe dich«, wisperte er noch, bevor
er die Augen schloss und seine ganze Liebe wie eine
warme Welle ihr entgegensandte, in der Hoffnung,
dass sie dies ein wenig trösten mochte. Ihr verzweifel-
ter Schrei war das letzte, das er noch hörte, bevor ihn
die Dunkelheit umfing.

Kapitel 13

Fröstelnd rieb Erik die Hände aneinander, während er lauschte, wie Dorothee in dem großen Grab hinter ihm hin- und hertigerte. Dann ließ er seinen Blick zum Horizont schweifen. Sonnenaufgänge waren immer besonders. Aber noch nie hatte er irgendwo sonst solch wunderschöne erlebt wie in Wales. Über den leichten Nebeln, die die Wälder und Täler noch bedeckten, entfaltete die Sonne allmählich ihre Kraft und ließ den Himmel in den verschiedensten Farben von Rosa bis Gold leuchten. Friede stieg in seinem Herzen auf, als er die Welt um sich herum betrachtete. Ein Friede, den er seit Jahren nicht mehr gespürt hatte.

So gern hätte er das Gefühl für immer in seinem Herzen behalten, doch er wusste, dass dies nicht möglich war. Dieser Frieden war nur ein Trugbild, so flüchtig wie die Nebel, die die Sonne bald vertreiben würde. Für ihn würde es keinen Frieden mehr geben, denn mit jeder Sekunde, die verstrich, schwand auch seine Hoffnung auf ein Glück in dieser Welt.

»Wie lange müssen wir hier noch warten?«, drang Dorothees gereizte Stimme an sein Ohr.

Erik seufzte resigniert und erhob sich. Nein, es würde keinen Frieden für ihn geben, auch wenn sich alles in ihm dagegen sträubte, diese Niederlage einzugestehen. »Bis deine Erinnerung wiederkommt, Liebling«, erklärte er mechanisch, auch wenn er selbst nicht mehr daran glaubte, dass es jemals der Fall sein würde. Der Druide hatte ihn gewarnt. Hatte ihm gesagt, dass die Aussicht auf Erfolg sehr gering war, insbesondere, da Erik sich geweigert hatte, dem weisen Mann den Grund für Dorothees Problem zu verraten.

Automatisch fuhr seine Hand zu seiner Brust und er tastete nach der vertrauten Form des Amuletts um seinen Hals. Bitterkeit stieg in ihm hoch, als er daran dachte, wie viel er sich von diesem kleinen Stück Metall versprochen hatte, wie viel er riskiert hatte, um es zu bekommen. Um *sie* zu retten. Er hatte tatsächlich geglaubt, ein neues Leben mit ihr anfangen zu können, irgendwo, wo sie keiner kannte. Hatte alle seine Fehler wiedergutmachen wollen. Nur für sie. Für die Frau, die ihn nun mit in die Hüfte gestützten Armen vorwurfsvoll anfunkelte.

»Das hat doch keinen Sinn«, sagte Dorothee plötzlich.

Erschrocken sah Erik sie an. »Wie meinst du das?«

Sie atmete tief durch. »Ich weiß, du hast viel Mühe auf dich genommen, um mir zu helfen. Und ich bin dir wirklich sehr dankbar dafür, dass du dich um mich gekümmert hast. Und wenn es stimmt, was du mir gesagt hast, wenn ich tatsächlich im Sterben gelegen habe, dann verdanke ich dir sogar mein Leben. Aber ich erinnere mich einfach nicht daran. Nicht an dich, nicht an die Krankheit, nicht an irgendetwas sonst aus meiner Vergangenheit. Und ich glaube nicht, dass irgendein heidnischer Hokuspokus daran etwas ändern wird.«

»Und was nun?«

»Ich werde gehen.«

»Wohin?«

»Keine Ahnung.« Sie zuckte mit den Schultern und machte eine weit ausholende Geste. »Die Welt ist groß. Und wenn dir wirklich etwas an mir liegt, wirst du mir nicht folgen.«

»Aber du kannst mich doch nicht einfach so verlassen!« Verzweifelt sah er sie an.

»Erik«, unterbrach sie ihn unerwartet sanft. »Das habe ich bereits vor langer Zeit getan. Du hast mir doch selbst erzählt, dass wir seit Jahren geschieden sind. Schon lange vor meinem Gedächtnisschwund hatten wir beschlossen, getrennte Wege zu gehen. Wieso sollte sich das nun ändern?«

»Aber jetzt ist alles anders! Das ist unsere zweite Chance.«

»Nein. Es ist *meine*.«

»Wenn du noch ein wenig wartest, wenn deine Erinnerung wiederkommt …«

»Ich will mich aber überhaupt nicht erinnern!« Aufgebracht sah sie ihn an.

»Wie kannst du so etwas sagen?«, flüsterte Erik fassungslos.

»Nichts von dem, was du mir über meine Vergangenheit erzählt hast, erscheint mir auch nur entfernt erstrebenswert. Ich war geschieden, allein, unglücklich und todkrank. Jetzt bin ich frei und gesund. Ich habe ein zweites Leben geschenkt bekommen. Wieso sollte ich es mit Erinnerungen an eine unglückliche Vergangenheit belasten?«

Ungläubig starrte er sie an. »Ist das dein letztes Wort?«, fragte er tonlos.

»Ja.«

Erik fühlte sich, als hätte sie ihm ins Gesicht geschlagen. Ohne noch etwas zu sagen, trat er zur Seite und gab ihr den Ausgang aus dem Dolmengrab frei.

Sie musterte ihn überrascht, dann ging sie entschieden nach vorn. Auf gleicher Höhe mit ihm blieb sie einen Moment stehen. »Es tut mir leid«, flüsterte sie eindringlich.

»Ja, mir auch«, erwiderte er, ohne sie anzusehen.

Dann war sie an ihm vorbei und marschierte den Hügel hinunter in den Wald hinein.

Regungslos starrte Erik ihr hinterher, bis ihre helle, schlanke Gestalt zwischen den Bäumen nicht mehr zu sehen war, dann richtete er seine Augen in den blauen Himmel und verzog den Mund zu einem schrillen, verzweifelten Schrei. Während die Sonne seinen Körper von außen wärmte, fühlte er sein Herz von innen gefrieren. Er hatte alles verloren. Einfach alles. Seine Karriere, seine Bestimmung, seine Dorothee. Er hatte es für sie geopfert, so, wie sie es sich immer gewünscht hatte, doch sie hatte es nicht gewürdigt, hatte ihn nicht gewollt.

Wütend riss er sich die silberne Kette mit dem Amulett vom Hals und schleuderte sie ins feuchte Gras. Der Diamant glitzerte, als wäre auch er nur ein harmloser Tautropfen. Hasserfüllt starrte Erik das verhängnisvolle Schmuckstück an. Es hatte ihn um alles gebracht. Es hatte in ihm die absurde Hoffnung geweckt, dass er seine Dorothee tatsächlich wiederhaben könnte. Hätte er es bloß nie in die Finger bekommen, dann hätte er jetzt um seine große Liebe trauern können. Aber so, so waren selbst seine Erinnerungen an sie nun entehrt und beschmutzt. Denn diese abweisende, kühle, selbstsüchtige Frau, die ihn eben verlassen hatte, hatte nichts mit seiner wundervollen Dorothee gemein.

Müde ließ Erik sich ins Gras sinken und dachte über sein Leben nach. Nun war ihm nichts mehr geblieben, wofür es sich noch zu leben oder zu kämpfen lohnte. Nun konnte er nur noch darauf warten, dass die Agenten der *Suchenden* ihn ausfindig machten und für seine Freveltat zur Verantwortung zogen. Dass sie es nicht längst getan hatten, lag wohl an dem Aufruhr, in dem die ganze Welt gerade steckte.

Wenn sie ihn fanden, würden sie ihm das Amulett wegnehmen, ihn foltern und schließlich töten. Seine Augen fielen auf den Anhänger, der noch immer neben ihm auf dem Boden lag. So unscheinbar und so gefährlich. Gefährlich nicht nur wegen der Magie, die darin steckte, sondern weil es nichts von dem Preis verriet, der für seinen Dienst zu zahlen war. Nachdenklich streckte Erik seine Hand danach aus und fing das Sonnenlicht in dem feinen Schliff der Diamanten ein, so, dass sie regelrecht zu strahlen schienen. Dann schloss er die Augen und spürte sofort die Kraft, die darin wohnte. Die Kraft, die er benutzt hatte, um Dorothee zu heilen. Doch nun, da er nicht länger von seinen Hoffnungen und Ängsten geblendet war, spürte er noch etwas Anderes, etwas Dunkles, das nur darauf zu lauern schien, entfesselt zu werden. Erik schluckte und plötzlich wusste er ganz genau, was er zu tun hatte. Er würde nicht zulassen, dass dieses Amulett ein weiteres Leben zerstörte, so, wie es seins zerstört hatte. Er hob sein Gesicht noch ein letztes Mal der Sonne entgegen und stand dann langsam auf. Zögernd trat er in den kühlen Schatten des Dolmengrabs, das nun auch seine Grabstätte werden würde und ein würdiger Wächter für ein Amulett, das niemals wieder das Licht der Sonne erblicken sollte. Mit zitternden Fingern löste er dicht über dem Boden einen der kleineren Steine aus der Verankerung, die ihn seit Tausenden von Jahren dort gehalten hatte, und legte die Kette samt Anhänger in die entstandene Nische. Dann, ohne seine geistige Verbindung zum Amulett zu unterbrechen, schob er den Stein wieder an seinen Platz zurück und machte ein paar vorsichtige Schritte auf den Ausgang zu.

Die Verbindung hielt. Erik schnaubte verbittert. Anscheinend hatte ihn das Amulett tatsächlich zu seinem Träger erwählt, seinem *wahren* Träger – welche Ironie. Noch einmal regte sich der Ehrgeiz in seiner Seele. Mit diesem Stein könnte er alles erreichen, alle Feinde vernichten und vermutlich ewig leben. Doch dann schüttelte er entschieden den Kopf. Vor nicht einmal einer Stunde hatte er zum zweiten Mal den einen Menschen verloren, der ihm alles bedeutet hatte. Wozu brauchte er eine Ewigkeit ohne sie?

Erik atmete tief durch und sah durch den niedrigen Eingang zu dem blauen Himmel hinauf. Ein feines Lächeln erschien auf seinen Lippen, als er ein wenig von der dunklen Energie des Diamanten in sein Herz fließen ließ. Er lächelte noch immer, während sich Kälte in seinem ganzen Körper ausbreitete und er langsam nach vorne kippte. Als er schließlich die Erde berührte, hatte ihn die gnädige Dunkelheit bereits umfangen.

Heute, Wales

»Daniel! NEIN!«, schrie Erin verzweifelt auf. Fassungslos sah sie zu, wie sich seine Augen schlossen und sein Kopf leblos zur Seite rollte. Das konnte nicht wahr sein! Das konnte nicht wirklich gerade passieren! Einen Augenblick war sie wie erstarrt, gab sich ganz ihrer Panik hin und hatte keine Ahnung, was sie nun tun sollte. Um nicht zitternd auf dem Boden zusammenzubrechen, drückte Erin sich für einen Moment die Hände fest vors Gesicht und zählte bis fünf. Als sie die Augen wieder öffnete, hatte sie zumindest die Panikattacke weitgehend unter Kontrolle. Zögernd, beinahe ängstlich streckte sie ihre Hand nach

Daniels Hals aus und suchte seinen Puls. Sie glaubte, ein ganz leichtes Flattern unter ihren Fingern zu spüren, oder war es ihr eigener Herzschlag, der bis in ihre Fingerspitzen hinein vibrierte?

Hilflos schaute Erin sich um. Auf einmal fühlte sie sich seltsam losgelöst, als würde das alles gar nicht wirklich ihr passieren, als wäre das alles so schrecklich, dass ihr Gehirn sich weigerte, es richtig zu verarbeiten. Ihr Blick fiel auf die zwei Amulette um ihren Hals, die nun zu einem einzigen verschmolzen waren, und sie schüttelte verständnislos den Kopf. Was nützte es ihr, gleich zwei Amulette der Macht zu besitzen, wenn sie ihr nicht helfen konnten, Daniel zu retten? Welche Macht konnten sie oder dieser blöde Stern überhaupt besitzen, wenn sie den Mann, den sie liebte, sterben ließen? Erin nahm die beiden Anhänger in ihre Hand und betrachtete sie vorwurfsvoll. Der Rubin glühte ein wenig auf, als sie die ganze Kraft der Liebe, die sie für Daniel empfand, hineinströmen ließ, und ein Fünkchen Hoffnung regte sich wieder in ihrem Herzen. »Ich brauche das Amulett der Heilung, ich brauche es so sehr«, flüsterte sie fieberhaft. Das Leuchten wurde stärker. Sie stellte sich vor, wie das Diamant-Amulett nur wenige Meter von ihr entfernt verborgen unter einem unscheinbaren Stein lag. Sie sah es förmlich vor sich, das kalte, verschlungene Metall, das zwei meisterhaft geschliffene Diamanten umschloss. Plötzlich gesellte sich ein blauer Schimmer zu dem roten. Überrascht stellte Erin fest, dass nun auch der Saphir immer heller zu strahlen begann. Dann drang ein leises Schaben an ihr Ohr. Einer inneren Eingebung folgend, schaltete sie ihre Taschenlampe aus und entdeckte ungläubig einen schwachen Lichtschein, der aus der Wand der Grabkammer zu kommen schien. Vor Aufregung hielt sie den Atem an und umfasste die Amulette noch fester mit ihrer Hand. Sie wagte es nicht, sie loszulassen, wagte nicht einmal zu blinzeln, sondern konzentrierte sich mit aller Kraft darauf, das verschollene Amulett der Heilung aus dem Versteck zu ziehen, in dem es die letzten siebzig Jahre gelegen hatte. Und dann, endlich, flog der Stein, der es in der Mauer gehalten hatte, beiseite und das Leuchten der Diamanten erhellte die Höhle. Überwältigt streckte Erin die Hand danach aus und ließ es sanft in ihre Handfläche schweben. Sobald ihre Finger sich um das kühle Silber schlossen, erlosch das Leuchten und sie tastete fieberhaft nach ihrer Taschenlampe, um wieder etwas sehen zu können. Dann ließ sie sich vor Daniel auf die Knie sinken und betete, dass es noch nicht zu spät war. Da sie nicht wusste, wie genau das Amulett wirkte, presste sie es ihm einfach auf die Stirn und dachte mit aller Macht daran, ihn zu heilen, die rettende Kraft des Diamanten in ihn strömen zu lassen. Erfreut stellte sie fest, dass die beiden Edelsteine unter ihren Fingern wieder leicht zu glühen begannen. Nur ganz kurz erlaubte sie sich den Gedanken an den Preis, den Daniel womöglich für die Heilung zu bezahlen hätte, und spürte den schmerzhaften Stich, den ihr dies in ihrem Herzen verursachte. Dann schüttelte Erin entschieden den Kopf. Sie würde jetzt nicht daran danken, würde nichts tun, das ihre Entschlossenheit, ihn zu retten, ins Wanken bringen könnte.

Doch das schmerzhafte Ziehen in ihrem Herzen ließ sich nicht so leicht verdrängen. Sie spürte, wie das Diamant-Amulett sich erwärmte, und wusste in diesem Augenblick, dass es gelingen würde. Sie atmete erleichtert auf, wagte jedoch noch nicht, es loszulassen oder ihren Blick von Daniels noch immer lebloser Gestalt abzuwenden. Plötzlich ging ein Flattern durch seine Lider und im nächsten Augenblick leuchtete das Rubin-Amulett für einen Moment blendend hell auf. Benommen blinzelte Erin gegen die plötzliche Dunkelheit an, die der unerwartete Rotschein hinterlassen hatte. Und als sich ihre Augen wieder an das dämmrige Licht gewöhnt hatten, das ihre Taschenlampe spendete, sah sie Daniels Blick unverwandt auf sich ruhen.

»Du lebst!« Erin schluchzte vor Freude auf und warf sich ihm an den Hals. Sie vergrub ihr Gesicht in seiner Halsbeuge und sog seinen vertrauten Duft in vollen Zügen ein. Seine Haut fühlte sich nicht länger klamm und kalt an, sondern warm und voller Leben. Tränen der Erleichterung rannen ihr über das Gesicht und sie zitterte am ganzen Leib, als die ganze Anspannung der letzten Wochen endlich von ihr abfiel.

»Wo bin ich?«, drang plötzlich Daniels verwirrte Stimme an ihr Ohr und sie spürte, wie seine Hände sie sanft, aber bestimmt von ihm wegdrückten.

Erins Euphorie wich einem mulmigen Gefühl, als

sie sich ein wenig von ihm löste und ihm forschend ins Gesicht sah.

»Nein, wie rührend«, erklang plötzlich eine kalte, zynische Stimme, bevor sie ihm irgendetwas sagen konnte. Erin zuckte erschrocken hoch und musste gegen den hellen Schein einer auf sie gerichteten Taschenlampe anblinzeln. Dahinter konnte sie die dunkle, bullige Gestalt eines Mannes erkennen. »Los, weg von ihm, aber langsam!«, befahl dieser. »Und haltet die Hände immer schön da, wo ich sie sehen kann«, fügte er hinzu, als er in die kleine Grabkammer hineinstieg.

»Wer sind Sie? Was geht hier vor?«, stammelte Daniel und Erin spürte deutlich seine Verwirrung und Angst. Vorsichtig horchte sie weiter in ihn herein, während sie versuchte, sich unauffällig vor ihn zu stellen. Sie konnte die Waffe zwar nicht sehen, aber sie war sich sicher, dass der Neuankömmling eine auf sie gerichtet hielt. Es brach ihr das Herz, die Leere zu spüren, die nun plötzlich in Daniels Innerem herrschte. Alle seine Gefühle, Hoffnungen und Träume, alles, das den Mann ausgemacht hatte, den sie so sehr liebte – es war fort. Das hier war nur noch eine leere Hülle. Und dennoch konnte sie nicht zulassen, dass ihm irgendetwas zustieß. Der Mann, dessen verwirrter, panischer Blick zwischen ihr und dem Fremden mit der Waffe hin- und herschweifte, sah aus wie Daniel und er hörte sich auch so an. Und er war alles, was ihr von ihrer großen Liebe geblieben war. »Halten Sie ihn da raus«, sagte sie so fest wie möglich. »Er hat nichts mit der Sache zu tun.«

»Ja, sicher«, höhnte der Mann und trat noch einen Schritt näher. Dann weiteten sich seine Augen, als er das Diamant-Amulett in ihrer Hand und die beiden anderen an der Kette um ihren Hals erblickte. »Der Großmeister wird äußerst zufrieden mit mir sein. Gib mir die Amulette!«

»Erst, wenn Sie ihn gehen lassen.« Herausfordernd starrte Erin den Agenten der *Suchenden* an. Sie hatte ohnehin nichts mehr zu verlieren.

»Nein.« Der Mann hob seine Waffe noch ein Stückchen höher. »Aber du hast recht, wir brauchen ihn nicht mehr.« Sein Finger krümmte sich um den Abzug.

»Nein!«, schrie Erin entsetzt und im nächsten Augenblick wurde der Mann mit voller Wucht nach hinten gegen die Steinmauer der Grabkammer geschleudert. Der Schuss löste sich aus der hochgerissenen Pistole und prallte von der niedrigen Decke des Grabes ab.

Erin warf sich auf den Boden und bedeckte ihren Kopf mit den Armen. Dann sah sie sich hektisch nach Daniel um, der ihrem Beispiel gefolgt war und glücklicherweise unverletzt schien.

»Was war das?«, fragte er panisch, während er mit weit aufgerissenen Augen auf den blauen Schimmer starrte, der noch immer von dem Amulett auf ihrer Brust ausging.

»Lauf weg!«, schrie Erin ihm zu. Sie hatte keine Zeit für Erklärungen.

»Aber du ... und der Mann ...«

»Lauf!«, schrie sie erneut, als sie sah, dass der Agent sich wieder aufrappelte und nach seiner Pistole tastete.

»Ich hole Hilfe!«, versprach Daniel und lief stolpernd davon. Er schaffte es gerade noch, dem Mann auszuweichen, der sich ihm in den Weg warf. Dann sprang er nach draußen und verschwand in der Dunkelheit.

Besorgt starrte Erin ihm hinterher. Doch sie konnte ihm im Augenblick nicht helfen, denn der Agent der Suchenden hatte seine Waffe wiedergefunden und kam drohend auf sie zu.

»Ich finde ihn schon, keine Bange. Wenn ich erst mit dir fertig bin.«

Ängstlich wich Erin zurück. Vorhin, als es um Daniels Leben gegangen war, hatte sie nicht nachgedacht, sondern ganz instinktiv reagiert und die Kraft des Saphirs genutzt. Doch jetzt wusste sie nicht, ob es ihr noch einmal gelingen würde, ob sie es schaffen würde, die tödliche Kugel, die für sie selbst bestimmt war, aufzuhalten. Sie fixierte die Waffe mit ihrem Blick und stellte sich vor, wie sie zur Seite geschleudert wurde. Die Hand des Mannes zuckte kurz und er lachte höhnisch auf. »War das schon alles, Kleine?«

In der rechten Hand drückte Erin das Diamant-Amulett so fest zusammen, dass seine Spitze ihr in die Haut schnitt, während ihre Linke die beiden anderen Amulette umklammerte. Sie atmete tief durch und verfolgte jede Bewegung ihres Gegners. So schlecht standen ihre Chancen gar nicht, sagte sie sich, um ihren wilden Herzschlag zu beruhigen. Sie machte noch einen weiteren Schritt zurück und wäre beinah gefallen, als sie gegen einen der in dem Grab liegenden Felsbrocken stieß.

Der Mann lachte laut auf. »Gib mir die Amulette und ich lasse dich vielleicht sogar am Leben.«

Aus dem Augenwinkel sah Erin einen anderen, etwas kleineren Felsblock an der gegenüberliegenden Wand. Ohne weiter darüber nachzudenken, schloss sie kurz die Augen, griff mit ihren Gedanken danach und warf ihn nach dem Agenten.

Noch bevor sie ihre Augen wieder öffnete, hörte sie einen überraschten Schmerzensschrei und sie wusste, dass es funktioniert hatte. Ohne den Mann noch eines weiteren Blickes zu würdigen, rannte sie an ihm vorbei und aus der Kammer heraus.

Die Wolken hatten sich mittlerweile verzogen und die klare Sichel des Mondes strahlte hell am Firmamant. Suchend sah Erin sich um, aber es war weit und breit keine Spur mehr von Daniel zu sehen. Erschöpft ließ sie sich in das weiche Gras sinken. Erst jetzt, da alles vorbei war, wurde ihr langsam bewusst, was vorhin wirklich geschehen war. Ihr schlimmster Alptraum war wahr geworden. Sie hatte Daniel gerettet und ihn doch für immer verloren. Er war weg, endgültig und unwiederbringlich. Ihr Daniel war fort, so sicher, als wäre er tatsächlich gestorben.

Das ganze Ausmaß ihres Verlustes brach plötzlich über ihr zusammen und sie glaubte zu ersticken, während ihr Herz vor Schmerz zu platzen schien. Es tat so weh, so unsagbar weh und sie spürte, dass sie einfach keine Kraft mehr zum Weitermachen hatte. Verzweifelt ließ Erin ihre Stirn auf die Knie sinken und krallte ihre Hände fest in das Gras, während hemmungslose Schluchzer ihren gesamten Körper erschütterten.

Wild rannte Daniel durch den finsteren Wald. Die Zweige zerrten an ihm und zerkratzten sein Gesicht, doch das kümmerte ihn nicht. Er war verloren, allein, entwurzelt und das Einzige, das er mit Sicherheit wusste, war, dass es ein Mädchen gab, das seine Hilfe brauchte. Ein Mädchen, das ihm zur Flucht verholfen hatte, warum und vor wem auch immer. Er stolperte über eine Baumwurzel und fiel hin, dann rappelte er sich wieder auf. Er wusste nicht, wo er war, aber irgendwann musste dieser Wald doch enden. Irgendwo musste es doch noch andere Menschen geben, die ihm helfen konnten.

Plötzlich trat ein Mann hinter einem Baum hervor.

Daniel erstarrte mitten in der Bewegung und sah sich verwirrt um. Wo war der so plötzlich hergekommen? Was suchte er mitten in der Nacht in diesem Wald?

Der Mann streckte besänftigend seine Hände nach vorn und Daniel wusste, dass er keine andere Wahl hatte, als ihm zu vertrauen. Er hatte keine Zeit zu verlieren. »Bitte, Sie müssen mir helfen!«, keuchte er. »Da hinten, da ist ein Mädchen. Und der Mann, der hat eine Waffe!« Schon während er es sagte, spürte er, dass seine Worte kaum einen Sinn ergaben, doch den anderen Mann schien es nicht zu stören.

»Führ mich hin!«, war alles, was er sagte, und Daniel atmete erleichtert auf. Er machte auf der Stelle kehrt und lief zurück in die Richtung, aus der er gekommen war. Zumindest hatte er das vorgehabt, denn er kam nicht weit. Schon nach zwei Schritten spürte er plötzlich einen dumpfen Schlag auf den Hinterkopf und es wurde schwarz um ihn herum.

Geschäftig beugte Erhard sich herunter und tastete nach Daniels Puls. Dann hob er den jungen Mann in eine sitzende Position und lehnte ihn an einen Baum. Ungläubig schüttelte er den Kopf. »Sie hat es tatsächlich geschafft«, murmelte er bewundernd. »Und sie haben den Preis dafür bezahlt.« Er betrachtete Daniels leblose Gestalt mit einem mitleidigen Blick, dann zuckte er mit den Achseln. Er hatte keine Zeit für sentimentale Erwägungen. Schnell zog er den Reißverschluss seiner Jacke herunter und holte eine kleine Spritze aus der Innentasche. Anschließend schaltete er seine Taschenlampe ein und steckte sie sich in den Mund. Mit geschickten Fingern rollte er Daniels Ärmel hoch, suchte kurz nach seiner Vene und jagte ihm die Spritze hinein. Dann sah er auf die Uhr. Er hatte gut zwei Stunden, bevor der Junge aufwachen würde. Aufmerksam schaute Erhard sich um, prägte sich diese Stelle genau ein, damit er sie nachher ganz sicher wiederfand. Dann machte er sich schnell auf den Weg.

Erin spürte plötzlich eine fremde Präsenz am Rande ihres Bewusstseins. Sie blickte überrascht hoch und erstarrte. Der dunkle Lauf einer Pistole zielte direkt auf ihren Kopf. Wie in Trance erkannte sie, dass es Erhard war, der nur wenige Schritte von ihr entfernt stand und mit der Waffe auf sie zielte. Sie hatte nicht einmal mehr die Energie, sich zu fürchten. Sie schloss einfach nur ihre Augen und fügte sich dem Unvermeidlichen. Ein Schuss ertönte und sie zuckte zusammen in Erwartung des Schmerzes, der nun kommen würde. Als dieser ausblieb, öffnete sie verständnislos die Augen und sah den Sicherheitschef der *Bruderschaft* an sich vorbeistürmen. Überrascht drehte sie sich um und sah eine reglose Gestalt hinter sich auf der Schwelle des Dolmengrabs auf dem Boden liegen. Verwirrt beobachtete sie, wie Erhard die Waffe aus der Hand des Mannes fortkickte und dann nach dessen Puls fühlte.

»Von ihm droht dir keine Gefahr mehr«, bemerkte er grimmig. »Was hast du dir nur dabei gedacht, ihm ungeschützt deinen Rücken zu präsentieren?«, fuhr er dann das Mädchen an.

»Daniel ist fort«, murmelte sie zusammenhangslos.

»Und da dachtest du, du könntest dein Leben auch gleich beenden?« Er sah sie kopfschüttelnd an.

»Er ist nicht tot, er ist einfach nur weg«, korrigierte sie ihn mechanisch.

»Schon klar. Immerhin hältst du ja das Amulett der Heilung in deiner Hand.«

Es dauerte eine Weile, bis seine Worte durch den Nebel, der sich um ihren Geist gelegt hatte, in ihr Bewusstsein drangen. Sie riss die Augen auf und starrte Erhard schockiert an. »Sie haben es gewusst?«, flüsterte sie fassungslos. »Sie haben von Anfang an gewusst, dass das geschehen würde, und uns nichts davon gesagt!« Ihre Stimme überschlug sich und sie sackte noch mehr in sich zusammen. Gab es überhaupt noch irgendjemanden auf der Welt, dem sie vertrauen konnte?

»Ich habe es vermutet«, sagte er leise. Immerhin hatte er den Anstand, betreten zu Boden zu schauen. »Aber ich konnte es euch nicht sagen. Ich konnte nicht sicher sein, dass ihr nach dem Amulett gesucht hättet, wenn ihr es gewusst hättet.«

»Ihr blöder Stern ist wohl alles, was Ihnen etwas bedeutet!«, stieß Erin bitter hervor. »Sie haben uns nur benutzt, um das letzte Amulett zu finden!«

»Es war an der Zeit, endlich alle Amulette der Macht ins Spiel zu bringen«, erklärte er feierlich.

Müde sah Erin ihn an. »Ohne mich«, sagte sie schließlich heiser. »Ich habe all Ihre Spielchen und Ihre Machtkämpfe so satt. Die Amulette, das alles«, sie machte eine umfassende Geste, »hat mir nur Kummer gebracht.« Sie stockte. »Ich will damit nichts mehr zu tun haben.« Mühsam stemmte sie sich vom Boden hoch und kam auf die Beine.

»Was hast du vor?«, fragte Erhard alarmiert.

Erins Blick fiel auf das Amulett, das sie noch immer in ihrer Hand umklammert hielt. »Es gibt einen guten Grund, warum das hier die letzten siebzig Jahre verborgen geblieben ist. Es ist gefährlich. Kein Mensch sollte über die Macht verfügen, die es verleiht.« Sie verstummte und schüttelte ungläubig den Kopf. »Ich hätte nie gedacht, dass ich das sage, aber ich kann jetzt Erik Buchman tatsächlich verstehen. Ich weiß, warum er das Amulett versteckt hat. Und ich verstehe sogar, warum er gestorben ist. Er hatte gekämpft. Er hatte alles dafür gegeben, die Frau, die er so sehr geliebt hatte, zu retten. Und er hatte sie dennoch verloren. Und dann hatte er endlich erkannt, welchen Schaden das Amulett anrichten kann. Und ich weiß es jetzt auch. Ich werde nicht zulassen, dass es noch ein Menschenleben zerstört.«

»Erik Buchman war ein Narr«, widersprach Erhard ihr verächtlich. »Und du bist noch naiver, als ich gedacht habe, wenn du glaubst, dass du das Amulett irgendwo verstecken kannst, wo der Großmeister es nicht findet. Sein Mann«, er wies mit der Hand auf den leblosen Körper zu ihren Füßen, »ist dir bis hierher gefolgt. Und nur, weil er jetzt tot ist, wird der Großmeister deine Spur gewiss nicht verlieren. Nein«, er schüttelte ernst seinen Kopf. »Wenn du nicht willst, dass diese Macht, die du sosehr fürchtest, in seine Hände fällt, wird dir wohl nichts übrig bleiben, als selbst das Amulett vor ihm zu beschützen oder …« Er verstummte abrupt und Erin spürte eine mühsam unterdrückte Gier in seinem Inneren aufflackern. Sie verengte misstrauisch die Augen und sah ihn scharf an.

»Oder es jemand Anderem geben, der es beschützen soll?«, beendete sie seinen unausgesprochenen Satz. »Ihnen vielleicht?«

Schweigend wandte Erhard seinen Blick ab und Erin fragte sich, was eigentlich seine Ziele bei diesem Spiel waren. Er hatte ihr nun schon zweimal das Leben gerettet, vermutlich, weil er glaubte, dass nur sie den Stern zusammensetzen konnte. Aber was dann? Sie hatte keine Ahnung, wie seine Absichten waren, sollte es tatsächlich mal so weit kommen. »Nein«, sagte sie fest. »*Ich* habe es gefunden und *ich* habe den Preis dafür gezahlt.« Sie schnaubte freudlos. »Ich werde wohl für den Rest meines Lebens den Preis dafür bezahlen. Und wenn es schon von jemandem getragen werden muss, dann werde ich es sein.«

»Wie du meinst.« Erhard neigte leicht den Kopf. »Und nun?«

Verloren sah Erin sich um. Am Horizont erschien bereits der erste rötliche Streifen des Sonnenaufgangs. Ein neuer Morgen brach an. Einer von vielen, die sie ohne Daniel verbringen würde. Allein bei dem Gedanken daran hätte sie sich am liebsten in der dunklen Grabkammer verkrochen und wäre nie wieder herausgekommen. Oh ja, sie konnte Erik Buchman sehr gut verstehen.

»Er war ein Narr«, wiederholte Erhard, als hätte er ihre Gedanken gelesen.

Überrascht sah Erin ihn an.

»Er hatte eine entscheidende Sache nicht beachtet.«

»Und die wäre?«, fragte Erin ohne großes Interesse.

»Wer aufgibt, hat schon verloren. Und solange es Leben gibt, gibt es auch Hoffnung.«

Erin sah ihn nachdenklich an und spürte Ärger in sich aufsteigen. Ärger über die abgedroschenen Phrasen, die der Mann vor ihr zum Besten gab, ohne auch nur die leiseste Ahnung von dem Verlust zu haben, den sie gerade erlitten hatte, von der Leere und Hoffnungslosigkeit, die seitdem in ihrem Inneren herrschten. »Sie irren sich!«, entfuhr es ihr aufgebracht. »Er hatte nicht einfach aufgegeben, er hatte alles versucht! Er war sogar hierhergekommen, verdammt noch mal! Doch es hatte nichts geholfen. Seine Frau hatte sich nicht an ihn erinnert. Und ihm hatte es das Herz gebrochen, sie so zu sehen.« Sie verstummte und wischte sich mit dem Handrücken über die Augen.

»Mag sein, dass er gescheitert ist. Aber er hatte auch nicht die Möglichkeiten, die du hast.«

»Was wollen Sie damit sagen?«

»Es gibt eine Macht, die Daniel seine Erinnerungen zurückgeben könnte.«

»Die des Sterns«, flüsterte Erin leise, als sie verstand. Und plötzlich spürte sie eine ungeheure Wut. »Nein!«, brüllte sie den Mann vor sich an, der durch die Wucht ihrer Gedanken nach hinten geschleudert wurde und hart mit dem Rücken auf dem Boden aufkam. »Sie werden uns nicht noch einmal benutzen!«, sagte sie gefährlich leise, während sie näher an ihn herantrat. »Ich habe es satt, die Drecksarbeit für Sie zu erledigen!«

»Erin«, keuchte Erhard überrascht und mit unerwartetem Respekt in der Stimme. »Was hast du jetzt vor?«

Ohne ihn eines weiteren Blickes zu würdigen, ging sie an ihm vorbei und auf den Wald zu. »Ich werde Daniel suchen und dann werden wir nach Hause gehen«, sagte sie fest und verschwand zwischen den Bäumen.

Ende Teil 2

Die Geschichte um Erin und Daniel geht weiter!
Freuen Sie sich auf »Erwachen« –
das große Finale der »Stern der Macht«-Trilogie

Nachwort

Liebe Leserinnen und Leser,
ich freue mich sehr, dass Sie mich schon beim zweiten Band dieser Reihe begleiten, und danke Ihnen von Herzen für das Interesse, das Sie Erin, Daniel und ihrem Schicksal entgegenbringen. In diesem Band habe ich mich in ein neues Land gewagt, in das ich mich zugegebenermaßen beim Schreiben und Recherchieren sehr verliebt habe. Allen, denen es nach diesem Buch genauso ergangen sein sollte, kann ich das Buch "Traumzeit in Wales - Ein Reiseverführer" von Doris und David Lindner sehr empfehlen. Bei all meiner Recherche habe ich mir jedoch eine großzügige Portion künstlerischer Freiheit gelassen. Alle Personen und Handlungsorte in diesem Roman sind frei erfunden und haben keine beabsichtigte Ähnlichkeit zu lebenden Personen. Es gibt in Wales zwar einen kleinen Ort namens Brynmawr, seine Beschreibung entsprang jedoch meiner Fantasie. Auch die von mir erfundene Kapelle steht einfach stellvertretend für die vielen Chapels, die überall in Wales anzutreffen sind.

Der Ordnung halber möchte ich hier zum Abschluss noch ein paar Worte zu den von mir zitierten Bibelstellen verlieren. Während Erin und Daniel sich auf die Verse 1,13-1,14 des Buchs der Weisheit konzentriert hatten, hatte Erik Buchman in den Versen 8,6-8,7 des Hohelieds Rat und Trost gesucht. Beides wird König Salomon zugeschrieben und befindet sich, je nach Ausgabe der Bibel, auf einer Doppelseite. Zumindest ist es bei meiner Ausgabe der Fall. So ist es also nicht verwunderlich, dass sich jeder genau die Verse ausgesucht hatte, die in der jeweiligen Situation am vielversprechendsten erschienen.

Und nun haben Erin und Daniel bereits zwei Drittel ihres Weges geschafft und ich hoffe, dass Sie die beiden auch auf dem letzten Stück begleiten, mit ihnen mitfiebern und mitfühlen, wenn *der Stern zu neuer Macht erwacht.*

Ihre Elvira Zeißler

Buchempfehlung:

»Der Fluch der Loreley«
Ein spannender und gefühlvoller Jugendliebesroman rund um die mystische Legende der Loreley.

Im letzten Schuljahr treten gleich zwei Jungs in Caras bis dahin eher ruhiges Leben. Der charmante, zuvorkommende, fast perfekt scheinende Erik und Christian, der mit seinen langen blonden Haaren, blauen Augen und seiner atemberaubenden Stimme alle Mädchen in den Bann zieht.
Alle außer Cara. Und aus irgendeinem Grund sucht er ausgerechnet ihre Nähe. Aber gilt sein Interesse wirklich ihr, oder der Tatsache, dass sie anders ist? Allen Zweifeln und Geheimnissen zum Trotz fühlt sich Cara immer stärker zu Christian hingezogen.
Doch auf ihm lastet ein uralter Fluch ...

Leserstimmen:
"Spannend, dramatisch, emotional" - Beara liest
"Lasst euch verzaubern ..." - Martina Suhr

Buchempfehlung:

»Das Flüstern der Steine«
*Eine spannende Romantasy-Dilogie rund um
mystische Höhlen, alte Indianerlegenden und die
geheimnisvolle Macht der Steine.*

Steine und Höhlen haben die 21jährige Nell seit jeher
fasziniert. Als sie die Möglichkeit bekommt, den
Sommer als Betreuerin im Gemstone Caverns Camp in
den Rocky Mountains zu verbringen, ist sie daher mit
Begeisterung dabei. Doch bald nach ihrer Ankunft
geschehen merkwürdige Dinge. Nell trifft auf Jeremy,
der ihr von uralten Indianerlegenden erzählt, und auf
Joseph, hinter dessen smaragdgrünen Augen sich mehr
als nur ein Mysterium zu verbergen scheint.
Selbst die Höhlen, die Nell so sehr liebt, offenbaren nach
und nach ein gefährliches Geheimnis …

Leserstimmen:
»Mystisch, spannend, mitreißend« – Süchtig nach Bü-
chern
»Wunderbare Fantasy« – Lila Buecherwelten

Buchempfehlung

»Edingaard – Der Pfad der Träume«
Eine junge Frau. Eine fremde Welt. Eine große Liebe.

Seit ihrer frühesten Kindheit erscheint Julien in Cassandras Träumen. Er ist ihr Vertrauter, ihr Seelengefährte – auch wenn sie nicht einmal weiß, ob er tatsächlich existiert.

Als sie von einem düsteren Mann verfolgt wird, offenbart ihr Julien schließlich, dass er viel mehr als eine bloße Traumgestalt ist und dass sie beide in großer Gefahr schweben. Daher begibt sich Cassy auf eine gefährliche Reise in eine fremde, magische Welt, in der erbarmungslose Feinde und grausame Kreaturen schon auf sie lauern.

Gejagt, bedroht und verraten kämpft sie verzweifelt um ihr Leben und um das des Mannes, den sie liebt.

Leserstimmen:
»Einfach genial, magisch, unberechenbar!«
– Gironimo Sunshine
»Mystisch, Spannend, Fantastisch!« – Julia Schlösser
»Von der ersten Seite gefesselt in Cassys spannendem und magischem Abenteuer, vergisst man beim Pfad der Träume fast das Atmen und erwacht erst auf der letzten Seite aus einem magischen Bann.« – Birte

Über Elvira Zeißler

Elvira Zeißler (Jahrgang 1980) hat nach dem Abitur BWL an der Westfälischen Wilhelms-Universität Münster und der Copenhagen Business School studiert. Derzeit wohnt sie mit ihrer Familie im malerischen Bergischen Land und schreibt vor allem Fantasy und Mystery Romance-Bücher, die Jugendliche und Erwachsene gleichermaßen begeistern. Lassen Sie sich verzaubern von fantastischen Geschichten voll Abenteuer, Spannung, Gefühl und Magie.

<u>Bücher von Elvira Zeißler:</u>

<u>Jugend Fantasy Romance:</u>
»Gemstone Caverns 1: Das Flüstern der Steine«
»Gemstone Caverns 2: Das Herz des Berges«
»Der Fluch der Loreley«
»Stern der Macht 1: Herzensglut«
»Stern der Macht 2: Salomons Fluch«
»Stern der Macht 3: Erwachen«

<u>Fantasy:</u>
»Edingaard 1 – Der Pfad der Träume«
»Edingaard 2 – Der Klang der Magie«
»Edingaard 3 – Das Vermächtnis der Priesterin«
»Feenkind«
»Die Saga der Drachenrüstung«

Romantic Fantasy:
»Ein Cupido zum Verlieben«
»Echte Männer küssen besser«
»Seelenband«
»Dunkles Feuer«

Humorvolle Liebesromane als Ellen McCoy:
»Unsäglich verliebt – Alaska wieder Willen«
»Verliebt und zugeschneit – Alaska wieder Willen«
»Hin und weg verliebt – Alaska wieder Willen«

Preisgekrönte Familiensaga als Ella Zeiss
»Tage des Sturms: Wie Gräser im Wind«
»Tage des Sturms: Von Hoffnung getragen«

Elvira Zeißler im Internet:
www.elvirazeissler.de
www.facebook.com/elvira.zeissler.autorin
http://www.youtube.com/user/ElviraZeissler